Tomer Dotan-Dreyfus, 1987 in Haifa geboren, lebt seit zehn Jahren in Berlin und ist als freier Autor, Lyriker und Übersetzer tätig. Er studierte Philosophie und Komparatistik in Berlin, Wien und Paris und schreibt sowohl in hebräischer als auch in deutscher Sprache.

Für die Arbeit an *Birobidschan* erhielt er 2020 ein einjähriges Stipendium des Berliner Senats, außerdem wurde er für das Übersetzungsprogramm Jewish Writers in Translation 2021 der Jewish Book Week in London ausgewählt. Im September 2021 war er zu Gast auf dem Meridian Czernowitz International Poetry Festival in der Ukraine. 2022 erschien sein Essay-Band »Meine Forschung zum O: Unlearning Sprache« (Gans Verlag Berlin). *Birobidschan* ist sein erster Roman.

Tomer Dotan-Dreyfus

Birobidschan

Die Entstehung dieses Werks wurde durch ein Arbeitsstipendium der Berliner Senatsverwaltung für Kultur und Europa ermöglicht.

1. Auflage 2024

Lektorat: Kristina Wengorz
Korrektorat: Barbara Häusler
Fotografie/Cover: Frédéric Brenner
Umschlaggestaltung: Guerillagrafik
Satz: Fred Uhde
Druck und Bindung: CPI books GmbH, Leck

ISBN 978-3-86391-417-2

www.voland-quist.de

Für Suze und Lailah

TOMER DOTAN-DREYFUS ROMAN

BIROBIDSCHAN

This is the first thing
I have understood:
Time is the echo of an axe
Within a wood.

Philip Larkin, *The North Ship*

Vorwort

Die Zeit ist eine Linie. Sie bewegt sich wie eine Linie. Nein, nicht auf oder entlang einer Linie. Nicht linear. Die ganze Zeit ist eine Linie. Manchmal eine gerade, die die Landschaften dieser Erde von Osten nach Westen durchkämmt. Jeden Tag bewegt sich die Zeit so, mal angenehm wie Finger in den Haaren eines Geliebten, mal hartnäckig wie ein metallener Läusekamm der unsere kollektive Kopfhaut einkerbt. Manchmal ist die Zeitlinie rund und sieht aus wie ein winziger Ring, der immer größer wird: wie Epidemien, wie ein Meteor, der aus dem schwarzen sibirischen Nachthimmel in einem Wald in die Erde eindringt und Zeitwellen auswirft. Manchmal ist sie also eine Eins, eine gerade stolze Linie, manchmal eine Null, rund und beschützend.

Dieser Text ist ein Experiment, der Versuch einer Umkehrung: Kann die Zeit auch von links nach rechts, von Westen nach Osten kriechen? Kann sie von außen nach innen fließen?

Ich bin der Erzähler dieser Geschichte. Ich bin der Versuchsleiter. Die Beziehung zwischen einem Erzähler und einer Geschichte ist immer rund: Es gibt ein Innerhalb und ein Außerhalb – aber wer oder was befindet sich in wem oder in was?

Ich bin müde. Das ist mir bewusst. Ich spreche, um nicht einzuschlafen. Die Erzählung muss raus. Diese Welt von Birobidschan – nicht das Birobidschan der Welt – will ans Licht. Rand des Schlafes, Rand der Wirklichkeit. Gibt es dieses Birobidschan tatsächlich? Ja, ich sehe es doch vor mir. Aber mit jedem Blinzeln mag es verschwinden. Stillstehen, Biro! Damit ich dich zeichnen kann.

Als Erzähler habe ich keine Zeit, Fragen zu beantworten. Wenn ich einen Bären einfüge und dann kurz eine Zigarette rauche oder mich von Fragen ablenken lasse, mag es sein, dass ich nach fünf Minuten wieder zum Text zurückkehre und aus Versehen zwei Figuren verloren habe, weil ich den Bären nicht rechtzeitig wieder herausgeholt habe.

Manchmal muss man in eine Geschichte einfach einen neuen Bezugspunkt hineinwerfen, um zu schauen, wie die anderen Figuren darauf reagieren. Das erschwert vielleicht das Verständnis meiner Erzählung, aber das ist mir egal. Ich tue es nur für mich; der Text ist mein Labor, und ich bin der Versuchsleiter.

1.

In Birobidschan war alles anders.

2.

Der Fischer Boris Klayn hatte den Köder mit dem Haken durchstochen und die Angel im Eisloch des zugefrorenen Sees ausgeworfen.

Es war einer dieser ruhigen Tage zu Beginn des Frühlings, an denen nicht mal die Bocher aus der nahe gelegenen Kosnikova-Straße auftauchten, um ihn zu nerven. Meistens liefen sie stundenlang Schlittschuh auf dem See, besonders gern im Bereich der Fischereizone. Sie taten das wegen des Adrenalinkicks, denn sie wussten sehr wohl, wie gefährlich scharfe Schlittschuhe auf dünnem Eis waren.

Nun war Mai, und eigentlich durfte niemand mehr auf das Eis, selbst die Fischer nicht. Aber der Winter hatte deren Seele so ausgedörrt, dass einige es dennoch riskierten. Doch an diesem Tag war außer Boris niemand da. Auch keine Fische. Es gab manche Fastfische, aber er war augenscheinlich nicht mehr schnell genug für die Tatsächlichfische.

3.

Die Geschichte unseres Fischers, der hier den Köder mit dem Haken durchstach und der der älteste Jude in Birobidschan war, fängt 1932 an, also fünfundsiebzig Jahre zuvor. Da war er fünf Jahre alt.

Den Anfang einer persönlichen Geschichte kann nur die Person selbst bestimmen, und Boris' erste Erinnerung galt für ihn seit jeher als Anfang seiner Geschichte.

Sie beginnt im Januar 1932, einem harten Winter, ganz in der Nähe des winzigen Schtetls Ljuboml, hundertfünfzig Kilometer südöstlich der heutigen polnisch-belarussisch-ukrainischen Grenze.

Der kleine Boris war auf dem Nachhauseweg, nachdem er dem Vater beim Eisfischen zugesehen hatte. Der Schnee wirbelte in dicken Flocken umher, und Boris hatte Schwierigkeiten vorwärtszukommen. Sein schwarzer, viel zu großer Mantel, eine Leihgabe des kürzlich verstorbenen Mannes der Nachbarin, verfing sich zwischen seinen Beinen und klebte alle paar Schritte am gefrorenen Boden fest. Durch die drei Löcher im Mantel, die vermutlich mit dem Tod seines früheren Besitzers zusammenhingen, brannte die Kälte auf Boris' Haut.

Noch während er an seinen Vater dachte und sich fragte, wie dieser wohl den Schneesturm überleben würde, beschloss er, dass es seine Schuhe waren, die sein Vorwärtskommen behinderten, und zog sie kurzentschlossen aus. Seine Schuhe in der rechten Hand, die Brotdose seines Vaters in der linken, sah er schon das erste Haus Luboml, als er plötzlich seinen Körper nicht mehr spürte und auf ein Bett aus Eis und Schnee sank, nicht mehr fähig, die Farben um sich herum zu unterscheiden. Nur grau. Grauselig.

Was geht durch den Kopf eines fünfjährigen Kindes, wenn es auf seinem Sterbebett liegt?

Eine Stunde später – oder waren es drei Minuten? – spürte er eine kleine Hand, die seine geschlossenen Augenlider sanft berührte. Eine Welle plötzlicher Wärme überschwemmte ihn. Es war das erste Mal, dass er das Mädchen sah. Sie bewegte sich nicht, schaute ihn nur an, starrte sogar. Auf den ersten Blick war ihre Haut kaum vom Schnee zu unterscheiden, ihre Haare waren schwarz und kitzelten angenehm, als sie sich schließlich zu ihm beugte, ihr kleines Ohr auf seine Brust legte und dem Schlagen seines Herzens lange Minuten zuhörte.

Sie verströmte einen Geruch, den Boris nie wieder riechen würde. Als ob sie gar nicht aus dieser Gegend käme. Sie roch nicht nach dem Schweiß und Dreck, der die Bauern dieser Region auszeichnete, da es für sie keinen Grund gab, sich mehr als einmal pro Woche zu waschen. Stattdessen stand der süße Geruch von Frühlingsblumen, von Bienen und ihrem Honig in der Luft, Honig wie jenem, den er als Jugendlicher mit seinen Freunden aus den Bienenstöcken des christlichen Imkers klauen würde. Diesen Geruch nach

Honig vermisste Boris fünfundzwanzig Jahre später, als er seine künftige Ehefrau auf dem Birobidschaner Bahnhof traf. Paulas Geruch war aus allen ihm bekannten schönen Gerüchen komponiert – außer jenem des Honigs, den er zum ersten Mal im Schnee gerochen hatte. Ein purer, reiner Geruch war es, pur wie das frische Wasser eines gerade geschmolzenen Gletschers.

Es war, als lauschte das Mädchen einer anderen Stimme. Geflüster?

Boris, der das Gefühl hatte, es würde da über ihn geflüstert, zwischen seinem erfrorenen Herzen und dem fremden Mädchen, versuchte vergeblich aufzustehen.

Sie drückte ihn zurück in den Schnee, schaute ihn an und sagte tadelnd: »Du! Wenn du meine Hilfe nicht möchtest, gehe ich! Sag einfach: Soll ich gehen?«

Boris, verwirrt und überrascht, erwiderte stotternd: »Nein … Nein, geh doch bitte nicht. Aber hört auf, über mich zu reden!«

»Ich rede doch gar nicht über dich.«

»Spricht da keiner zu dir?«, fragte Boris und überlegte, ob er etwas Dummes gesagt hatte.

»Doch«, sagte das Mädchen, »aber ich erwidere nichts. Ich höre ihm zu. Auch du solltest ihm manchmal zuhören, dann würdest du wissen, dass du schon bald stark und vollkommen lebendig sein wirst und dass du keinen Grund hast, Angst zu haben.«

»Bist du sicher?«, fragte er. Und fühlte sich wieder dumm.

»Bist du sicher?«, ahmte sie ihn nach. Oder war es eine Gegenfrage?

Er war zwar nicht sicher, was sie damit meinte, war sich aber sicher, dass alles gut würde. Dass er nicht in diesem Schnee bleiben würde, dass er auf seine Füße kommen musste, aufstehen und einfach weiter nach Hause gehen, die letzte Ewigkeit, die letzten zweihundert Meter laufen würde.

Bis er alle diese Gedanken zu Ende gedacht hatte und Boris seine Augen wieder öffnete, hatte sich das Mädchen schon ein Stück entfernt. Er sah, wie sie ihm zum Abschied zuwinkte, ihre Gestalt immer kleiner wurde, und schon war sie verschwunden. Sie hatte einen geschmolzenen Pfad im Schnee hinterlassen, als ob sie tatsächlich wärmer wäre als andere Menschen.

Boris stand auf und schaute sich um. Er würde nicht nur gehen, sondern sogar rennen können. Die drei Löcher seines schwarzen Mantels hatten sich auf rätselhafte Weise geschlossen, und er musste nur noch über die Richtung seines Laufs entscheiden: entweder nach Hause oder dem Pfad der Wärme des mysteriösen Mädchens folgend.

Nach drei oder vier Schritten auf ihrem Pfad drehte sich Boris um und lief nach Hause.

Seine Mutter umarmte ihn erst, dann schrie sie ihn an, wollte alles wissen: Wo er gewesen sei. Warum sein Spaziergang so lang gedauert habe. Mit wem sein Vater beim Eisfischen gewesen sei. Was sie geredet hätten. Und wieder: Warum alles so lang gedauert habe.

»Aber Mama«, sagte er, »da war doch ein Schneesturm. Und der Schnee war so tief, ich konnte gar nicht schneller laufen.« Stolz wollte er seiner Mutter erzählen, wie er dennoch dem Unwetter getrotzt, wie er nicht aufgegeben hatte im Sturm.

An die Antwort seiner Mutter dachte Boris heute noch manchmal, wenn er allein zu Bett ging oder während kalter Tage, wenn er zwischen den jungen Fischern saß, die um ihn herum plauderten und lästerten, Witze erzählten, die er nicht mehr verstand; genau dann tauchte die Stimme seiner Mutter in seinem Kopf auf: »Schatz, es schneit doch heute gar nicht! Schau mal!«

Jenseits des Fensters strahlte eine warme, weiße Wintersonne, die alles in ein gnädiges Licht tauchte.

»Mein Sohn«, sagte sie zu niemand Bestimmtem, »der Arme hat schon Wahnvorstellungen, genau wie sein Vater!«

Wahnvorstellungen.

Wenn Boris sich Jahrzehnte später dieses Wort mit Mutters Stimme ins Gedächtnis rief, sagte er sich immer auch auswendig das gleichnamige Gedicht der berühmten jüdisch-polnischen Dichterin Judith Gorenstein auf:

Wenn Du vor mir kriechst
Von einem Schied unter den nächsten
Höre ich den Mond
Die Drei um die Ecke
Die quad-Rate
Stell mir den Wahn vor
Sind ja Wahn vor Stellungen.

4.

Das erste Mal, als er Birobidschan sah, war es gemalt. Auf einem großen Plakat, das eines Tages auf dem Platz des jüdischen Schtetls Ljuboml aufgetaucht war, sah Birobidschan aus, wie Boris sich den Garten Eden vorstellte. Berge mit weißen Gipfeln über flaschengrünen Abhängen und akkurat gepflügten Feldern. In der rechten unteren Ecke war ein ernster Bauer gezeichnet, der eine Heugabel hielt. Oben auf dem Bild stand in großer Schrift ein Wort, das Boris mühsam buchstabierte: »B-I-R-O-B-I-D-S-C-H-A-N«, was ihm wie ein Code erschien. Am unteren Bildrand stand in roten hebräischen Buchstaben, obwohl es gar kein Hebräisch war: »Ein jüdisches sozialistisches Paradies.«

In einem Regime, das proklamierte, das Ende der Geschichte gebracht zu haben, muss die Zeit nicht linear fließen. Also gelangten erst die Plakate in die verschiedenen Schtetl, dann fuhren die Juden dorthin, um sich in der unendlichen Weite Felder zu pflügen und kleine koschere Häuser zu bauen, genau wie es auf dem Plakat abgebildet war. Das musste der beste Ort der Welt sein, dachten sich die ersten zweihundert jüdischen Familien, die dort 1934 als Pioniere ankamen.

Die Juden aus Deutschland hatten zu dieser Zeit schon über manche Schwierigkeiten zu berichten, und den russischen Juden war klar, dass jene nun unter dem Faschismus leben mussten. In Birobidschan, wurde ihnen versprochen, wären sie sicher.

Keiner der ersten Pioniere war heute noch da.

Boris, der älteste lebende Birobidschaner, kam mit seiner Mutter erst fünf Jahre später. Doch auch im Jahre 1939 war Birobidschan noch kein Paradies, erst durch das, was sie den »zweiten Versuch« nannten, wurde es zu diesem schönen Ort, der damals vielleicht die letzte Zuflucht für sozialistische Juden war. »Vielleicht« die letzte Zuflucht, weil die Birobidschaner ihr Schtetl nicht so oft verließen und weil die »Verlassenden« – wie die vielen, die wieder gegangen waren, hier genannt wurden – nicht zurückkehrten, um zu berichten, ob es nicht vielleicht doch noch eine andere Zuflucht gab.

5.

Der Zweite Weltkrieg war für die Birobidschaner damals nur in jenen Geschichten fassbar, die sie darüber in der Moskauer Zeitung lasen. Diese kam einmal in der Woche und berichtete über Ereignisse, die zwei Wochen zuvor geschehen waren. Sascha saß auf seinem Schaukelstuhl auf der Veranda seines Hauses direkt gegenüber dem Bahnhof, als der Zeitungsmann aus Moskau kam.

Er war ein rätselhafter Typ, dieser Zeitungsmann. Seine Gesichtsmuskeln bewegten sich nie. Er trug einen abgenutzten schwarzen Anzug über einem vergilbten Hemd, das früher weiß gewesen sein musste.

»Guten Morgen, Herr Kaminski«, sagte Sascha.

Wie üblich kein Gegengruß.

»Was bringst du uns diese Woche? Lass mich wissen, was vor zwei Wochen hinter diesen Bergen geschehen ist! Was hat Genosse Stalin gesagt? Wie läuft es bei unseren Brüdern, den Arbeitern in Moskau? Sei nicht so schüchtern, Kaminski!«

An diesem 20. September war der erste Schnee gefallen, und das Kaminski'sche Schweigen klang in Saschas Ohren lauter als gewöhnlich. Nicht nur sein Mund schwieg, sein ganzer Körper beteiligte sich am Schweigen, insbesondere seine Augen. Selbst als fünf Jungs ihm einen großen Schneeball direkt ins Gesicht warfen, verzog er keine Miene. Nicht mal den Kopf drehte er.

»Sag mal, Kaminski, was ist los? Warum hast du deine verdammten Augen auf den Boden gerichtet? Suchst du dort was? Gold vielleicht? Merkwürdige Angewohnheiten hast du, Kaminski! Wenn es hier in Birobidschan Gold gäbe, hätten wir es sofort nach Moskau geschickt, darauf gebe ich dir mein Wort!«

Keine Reaktion. Kaminskis Schweigen war hartnäckig, und nachdem er die Zeitung vom 6. September 1939 auf den Tisch neben Saschas Schaukelstuhl gelegt hatte, drehte er sich um und ging genau dahin, wo er herkam. Zur Bahn. Richtung Moskau. Oder nicht? Eigentlich wusste keiner, woher Kaminski kam. Er war einfach drei Jahre zuvor aus dem weißen Nichts erschienen und hatte die Zeitung gebracht.

»Hallo«, hatte er gesagt, »das ist Ihre Zeitung.«

Seitdem hatte er nie wieder etwas gesagt. Da es die Moskauer Zeitung war, die er brachte, vermuteten die Leute, er müsse wohl aus Moskau kommen. Aber niemand wusste es. Und niemand wagte, den sonderbaren Herrn zu fragen.

Sascha bekam Gänsehaut.

Er nahm die Zeitung, trug sie ins Haus und legte die Nadel des einzigen Grammofons von Birobidschan auf die einzige Schallplatte, die er besaß. Johannes Brahms' dritte Symphonie, von den Königsberger Philharmonikern eingespielt, erklang, während Sascha Wasser in einem kleinen Topf zum Kochen brachte.

Die Schlagzeile war groß und rot, und die kyrillischen Buchstaben versuchten drei lange Minuten (während Sascha die Zeitung auf den Tisch legte, Brahms ins Zimmer einlud und Zitronentee zubereitete), in seine Pupillen zu springen, es war fast wie ein Zweikampf, den er zunächst zu gewinnen schien. Erst als er in seinem Sessel Platz genommen hatte, erreichte die blutige Schrift sein Gehirn.

Sascha Rosenzweig wohnte direkt am Bahnhof. Stalin hatte für ihn die Transsibirische Eisenbahn in diesem Tal zum Stehen gebracht, und Sascha war der Erste gewesen, der staunend auf diese Berge, Bäche und Seen geschaut hatte. Genau dort, wo er zuerst ausgestiegen war, hatte er später sein Haus gebaut.

Jetzt war Sascha seit zwei Jahren arbeitslos, nach diesem Unfall auf der Bahnstrecke, durch den zwei seiner Freunde ums Leben gekommen waren und die Einwohnerzahl des Dorfes wieder unter fünfzig gesunken war. Über den Unfall selbst wusste man allerdings nur wenig, da Sascha nicht darüber sprach. Es gab zwar Gerüchte, aber Dienst ist Dienst und Schnaps ist Schnaps.

Sascha Rosenzweig las ganz langsam und vorsichtig, was zwei Wochen zuvor passiert war.

Wenn er nichts anderes zu tun hatte, war er Prophet. Er saß dann auf seinem Schaukelstuhl, wach, aber mit geschlossenen Augen und zusammengezogenen Brauen, intensiv grübelnd, sehend. Seine Gedanken wanderten in diesen Momenten über den Amur und entlang der Steinigen Tunguska. Sie flogen hin und her in dem ausgedehnten Land Sibirien, durch Raum und Zeit, bis zu jenem Ereignis am nördlichen Ufer des Flusses Tunguska.

Dorthin war Sascha 1908 als Naturwissenschaftler geschickt worden, und er hatte erstaunt vor einer gespenstisch riesigen Waldlichtung gestanden. Die Menschen sagten, es sei ein Meteor gewesen, der da tief in den namenlosen Wald neben dem Fluss eingeschlagen war. Fünf Stunden lang hatte Sascha nur reglos in die Senke gestarrt, in der die entwurzelten Baumstämme auf dem Boden einen Kreis bildeten wie gefallene Mikadostäbchen, die Wurzeln in der Mitte und die Baumspitzen am Kraterrand.

Dort flog er hin, wenn er prophezeite, und dort sah er jetzt, als ob es im Zentrum der Waldlichtung eine Singularität, ein Wurmloch gäbe, all die schrecklichen Begebenheiten, zerschundenen Leichen, gerinnenden Bäche von Blut und Tränen, Unmenschen sah er, die ihre allzu menschlichen Fantasien auslebten.

Sascha war wieder da, im namenlosen Wald, doch er schaute nicht mehr hin, er konnte nicht. Er fühlte sich krank und musste sich übergeben. Eine Hand griff nach ihm, zog heftig an ihm und setzte ihn wieder in seinem kleinen Wohnzimmer ab. Dies alles hatte er schon in ähnlichen Momenten mit geschlossenen Augen in seinem Schaukelstuhl auf der Veranda gesehen und jetzt hatte er seine Visionen zum ersten Mal in seinem kleinen Wohnzimmer.

Sein Antlitz war von Entsetzen gezeichnet, als ihn schließlich der Nachbar fand.

Erst einige Tage später, als ganz Birobidschan langsam und schweigend vom neu gegründeten Friedhof zurückkam und Repräsentanten des Dorfes in Saschas Haus gingen, um seine Habseligkeiten zu erfassen und gleich und gerecht zu verteilen (das Grammofon und der Brahms befinden sich noch heute im kleinen Rathaus), erst Tage später, wie gesagt, bekam jemand mit, dass Deutschland drei Wochen zuvor in Polen einmarschiert war.

6.

Kurze Zeit war Polnisch auf den Birobidschaner Straßen zu hören. Hunderte Neuankömmlinge flossen ins Dorf, das langsam seine Dörfität verlor und zu einem Städtchen oder Schtetl wurde.

Doch der Zweite Weltkrieg bedeutete schließlich das Ende des »ersten Versuchs«, Birobidschan zu errichten.

Die Männer mussten an die Front, doch das war nicht das Problem: Die Birobidschanerinnen wussten, wie man sich um sich selbst kümmerte. Genau wie das Städtchen den Plakaten ähneln wollte, noch bevor es dort etwas anderes außer ewigem Schnee gegeben hatte, versuchten auch die Männer, die Frauen und sogar die Kinder, den Plakatsozialisten zu ähneln, und die Frauen Birobidschans arbeiteten genauso hart wie die Männer.

Die Probleme begannen, als die Männer nicht mehr zurückkehrten. Man konnte nicht gleich sein, ohne irgendwem zu gleichen, und die Frauen waren den Männern nicht gleich ohne ebendiese Männer. Und ohne diese Männer bemühte sich plötzlich ein Teil deutlich mehr als der andere, und das konnte der Sozialismus nicht ertragen.

Aus demselben Grund versuchte eine Gruppe zeitgenössischer russischer Künstler, die Kosmisten, die Nikolai Fjodorow zitierten, durch ihre Kunst »den Tod zu überwinden« – denn auch beim Sterben waren ja nicht alle gleich, und irgendwie musste das Thema auf sozialistische Weise geregelt werden.

7.

Es war an einem Herbsttag im Jahr 1941, als die Transsibirische Bahn mit laut quietschenden Bremsen anhielt und Herr Kaminski wieder einmal ausstieg. Am Anfang sah er etwas überrascht aus, dann aber setzte er wieder seine gewohnte reglose Miene auf. Er schritt geradewegs die dreißig Meter vom Bahnhof zu jenem Haus, das früher Sascha gehört hatte und dann praktischerweise dem zugesprochen worden war, der jetzt der einzige Bahnmitarbeiter Birobidschans war: Schimon Josephow.

Schimon war in das alte Haus vorsichtig und ängstlich eingezogen. Der Geist Saschas schwebte immer noch über und um den Schaukelstuhl auf der Veranda herum. Schimon hatte es zwei volle Jahre nicht gewagt, sich darauf zu setzen, und hatte den Stuhl nicht mal einen einzigen Zentimeter bewegt.

»Guten Tag, Herr Kaminski!«, sagte Schimon.

Kaminski nickte.

Schimon fürchtete sich vor jedem Mittwoch, an dem dieser Kerl wiederkam. Alle hatten das Gefühl, dass Herr Kaminski den Tod des früheren Besitzers des Hauses verursacht hatte, wussten aber nicht genau wie und betrachteten ihn argwöhnisch, als ob er ein Hexer oder ein Kapitalist wäre.

Fünf Minuten und dreißig Meter hinter Kaminski standen mindestens zweihundert Menschen, die große Mehrheit von ihnen Kinder.

»Was ist denn das?«, fragte Schimon Josephow. »Seit Jahren sind Sie der einzige Mensch, der hier aussteigt … Wer sind denn auf einmal diese Leute?«

Kaminski sagte nichts, sondern senkte nur den Kopf und reichte ihm die Zeitung.

Die Ausgabe von Ende September erklärte es auf der ersten Seite: Die Juden aus den östlichen Teilen Polens wurden nun nach Sibirien geschickt. Sie hätten Glück gehabt, kommentierte der Journalist – hätten sie einige Kilometer weiter westlich gelebt, wären sie in die falschen Hände geraten.

Schimon legte die Zeitung auf das Geländer der Veranda und dachte nach. Die Zeitung war zwei Wochen zuvor gedruckt worden, die glücklichen Juden hatten also zwei Wochen gebraucht, um hier anzukommen. Er schaute sie an. Sie sahen nicht sehr glücklich aus. Manche der Kinder waren so schmutzig, dass ihre Eltern sie nicht erkannt hätten. Wo waren die Eltern überhaupt?

Auf der Veranda des Nachbarhauses stand Frau Jakobovic (sie stammte vom Balkan) und stapelte Holzscheite der Größe nach.

»Kannst du das glauben, Anna?«, rief Schimon. »Man spricht in der Moskauer über Birobidschan!«

Das wäre das erste Mal, dass die Moskauer Zeitung über Birobidschan berichtete. Wahrscheinlich das erste Mal, dass überhaupt jemand außerhalb Birobidschans über Birobidschan berichtete.

»Blödsinn, Blödsinn«, sagte deshalb Frau Jakobovic, doch als sie den Blick von den Holzscheiten hob, fiel er auf die verwirrten Juden, die noch nichts davon wussten, dass sie nun angeblich im Paradies angekommen waren.

»Ach, zum Teufel!«, sagte Frau Jakobovic und spuckte aus. »Was ist denn das?«

»Sag ich doch! Das sind die neuen Siedler aus Polen! So steht's in der Moskauer!«, erwiderte der Bahnarbeiter.

»Ich wundere mich immer wieder, was du immer mit unserer Zeitung hast. Was siehst du denn da? Eine Gruppe Siedler? Das sind doch Kinder, die keine Ahnung haben, wo sie gerade gelandet sind!«

»Dann lies es doch selbst, Anna!«

Und Anna kam herunter. Ihr Haar war mit einer Haarspange festgesteckt, und sie hatte eine sehr strenge Nase. Mit sorgenvoller Miene nahm sie die Zeitung von Schimon Josephow entgegen und las.

»Du bist wirklich unglaublich, Schimon!«

»Wieso?« Jetzt war er schon fast beleidigt.

»Sie schreiben hier nichts von Birobidschan, sondern von Polen. Siehst du? Über ihre Abreise aus Polen wird berichtet, aber wo sind all die Journalisten mit ihren Fotoapparaten, die über die Ankunft im jüdischen Schtetl berichten? Es ist überhaupt kein Artikel über Birobidschan! Diese Kinder sind Flüchtlinge.«

Sie war gemein zu ihm, doch das war angesichts der augenblicklichen Belastung von Anna Jakobovic nur zu verständlich.

Die Hälfte der Birobidschaner Männer, darunter auch Herr Jakobovic, war seit Langem verschwunden. Daraus hatten sich bisher keine praktischen Probleme ergeben, da die Frauen wie gesagt alles genauso gut konnten wie die Männer. Aber mit der Zeit entstanden Gerüchte, und über manche Frauen wurde herumerzählt, dass sie sich in den kalten Nächten in die Betten der Hiergebliebenen wie Herrn Josephow schlichen. Schneller als das Wasser im Fluss Amur trat damit etwas Neues zutage, etwas, das im Paradies gar nicht angemessen schien: Gewalt. Die Anspannung und das Alleinsein waren für manche schwer zu ertragen, und schnell führten kleine Ereignisse wie eine falsch geschälte Kartoffel oder lautes Singen zu Gewaltausbrüchen. Dabei wussten die Verlassenen oft gar nicht, ob Ärger oder Schuld ihre Gefühle bestimmten.

Und nun waren plötzlich noch weitere Verlassene erschienen, diese Kinder, als ob die Birobidschaner auch das noch bewältigen könnten.

Schimon rannte zum Rathaus an der künftigen Pnina-Straße. Eigentlich war es ein Schuppen, das Holz war noch nicht gestrichen. Nur die Tür war bereits weiß und blau angemalt und genau jene, durch die fünfundsechzig Jahre später Joel Leibowitz reinstürmen sollte. Über der Tür stand auf Jiddisch »Stot Sal«.

Frau Klatschkin hatte nicht viel Arbeit als Bürgermeisterin, also war sie schon früher oft auf dem Feld neben ihrem Mann zu sehen gewesen, Erdschollen hackend, Ziegen melkend. Seit ihr Mann zur Roten Armee einzogen worden war, musste sie alle Aufgaben allein erledigen, und das Rathaus stand meist leer. Nur morgens sollte sie laut Beschluss der Gemeindeversammlung eine Stunde lang im Raum sitzen und alle anhören, die eine Beschwerde vortrugen. Dann saß sie dort in ihrem zugeknöpften blauen Hemd und las normalerweise ein Buch und trank einen Kaffee. Nach etwa einer Stunde ging sie aufs Feld.

Dort war sie auch heute, und dorthin lief nun auch Schimon, nachdem er die blau-weiße Tür verschlossen gefunden hatte.

»Hallo, lieber Schimon!«, freute sich Frau Klatschkin. »Wie kann ich dir helfen?«

»Es tut mir leid, dich beim Pflanzen zu stören.«

»Pflanzen?«, fragte die Bürgermeisterin ungläubig. »Es ist September, Schimon!«

»Ich, verzeih, ich bin verwirrt. Glaub mir, ich wollte dich nicht stören … Es gibt also … Anna meinte, ich solle sofort zu dir kommen und dir erzählen … Siehst du, es sind …« Schimon stotterte, er wusste überhaupt nicht, was er sagen sollte.

Frau Klatschkin stand vor ihm. Sie war so schön, und er wollte bloß, dass sie weiter auf dem Feld arbeitete. Eine dieser Frauen, über die es Gerüchte gab, war sie nicht. Ein starker Körper in weiten, bequemen Hosen. Ihre grünen Augen starrten direkt in seine Seele hinein.

»Beruhig dich, lieber Schimon, setz dich doch neben mich und erzähl mir ganz langsam, was los ist.«

Der Bahnarbeiter setzte sich auf einen großen Stein am Feldrand und schloss seine Augen, damit er ruhiger wurde. Verschiedene Bilder liefen durch seinen Kopf, Erinnerungen an die Vergangenheit und die Zukunft, und in einer künftigen Erinnerung saß Frau Klatschkin genau neben ihm.

Schließlich sagte er mit vor Erregung rauer Stimme: »Kinder, Dutzende von Kindern, am Bahnhof, sie kommen aus Polen, und jetzt sind sie alle da.«

»Oh mein Gott, Schimon, Lieber, ich bitte dich, geh schnell ins Dorf und benachrichtige alle. In einer Stunde versammeln wir uns im Rathaus. Hörst du? Kannst du das tun?«

»Ja … gerne! Ich, ich meine … Ja, klar, mach ich …« Schon wieder stotterte er. Während er sich erhob, sagte er noch leise: »Bis bald.«

Aber Frau Klatschkin hörte es nicht mehr, denn sie war bereits auf dem Weg zum Rathaus.

8.

Joel Leibowitz stürmte durch die blau-weiße Tür des Rathauses.

Der Bürgermeister Moische Edelman begrüßte ihn überrascht. »Was gibt's, Joel?«

»Kinder! Dutzende Kinder sind im Moment enttäuscht von mir, weil ich ihnen die Reise nach Moskau versprochen hatte, nachdem du mir versprochen hattest, sie zu finanzieren! Was ist denn jetzt auf einmal los? Gerade habe ich gehört, dass du kein Budget dafür hast. Und ich habe es nicht einmal von dir gehört, sondern von den Leuten unten am Kiosk, die es im Schtern gelesen haben! Hast du nicht den Anstand, es mir direkt zu sagen?«

Joel war neunzehn Jahre alt und Praktikant im örtlichen Büro des Allgemeinen Jüdischen Arbeiterbunds. Er leitete die kleine Ortsgruppe der Jugendbewegung Tsukunft des Arbeiterbundes, der fast alle Jugendlichen in Birobidschan angehörten.

Die Reisen des Jugendbundes nach Moskau in den vergangenen Jahren waren stets eine besondere Erfahrung gewesen, von der immer noch alle sprachen, die dabei gewesen waren.

Zwar fühlten sich die Jugendlichen während der ganzen Woche in Moskau ziemlich provinziell, aber auf den Versammlungen der Tsukunft empfanden sie plötzlich so etwas wie Stolz. Dort stellten sie nämlich jedes Jahr die größte Gruppe dar. Neben den Birobidschanern waren nur noch fünf weitere Gruppen vertreten: Vilnius, Warschau, Minsk, Lublin und Buenos Aires, und die schickten stets jeweils nur zwei Repräsentanten.

Die Folgen des dramatischen Endes der kommunistischen Ära hatten die Birobidschaner lange nur im Fernsehen gesehen. Veränderungen kamen hier immer verzögert an, weshalb die Birobidschaner sie kaum bemerkten. Es war wie mit dem Frosch in dem Wasser, das langsam bis zum Siedepunkt erwärmt wird. Er bleibt dort bis zum bitteren Ende. Auf diese Weise erlebten auch die Birobidschaner die Wendezeit, und es war für sie gut so gewesen. Die Moskauer hingegen waren wie der in schon kochendes Wasser geworfene Frosch.

2003 war die Birobidschaner Ortsgruppe der Tsukunft das erste Mal nach dem Zusammenbruch der Sowjetunion wieder nach Moskau gefahren, und die fröhlichen Reisenden bemerkten nicht, wie traumatisiert die Gesellschaft war, sie hatten so etwas ja noch nie gesehen. Was ihnen jedoch auffiel, waren die nicht weniger als fünfzehn verschiedenen Autotypen, die keiner von ihnen kannte. Das war aber nichts im Vergleich zu der Menge modischer Kleidung. So viele Anzug- und Krawattenträger waren ihnen noch nie begegnet. Die Menschen aus Birobidschan machten sich bloß zum Schabbat fein, und da kleideten sie sich traditionell in Weiß, und wenn sich der Bürgermeister Moische Edelman am jüdischen Neujahrstag und an Pessach für seine Reden formell kleidete, fanden es die meisten unnötig und peinlich.

Erst durch diese erste Moskaureise der Tsukunft waren den Birobidschanern die Folgen des Zerfalls der Sowjetunion gegenwärtig geworden. Nachdem die Jugendlichen von ihrer Reise erzählt hatten, wussten es alle: Russland würde anders werden, die Welt würde eine andere sein, nur das kleine jüdische, sozialistische Dorf zwischen den Bergen Sibiriens würde genau dasselbe bleiben, was es seit jeher war. Es war wie auf den Bildern der Propagandaplakate Stalins aus den 1930er-Jahren: Sie lebten in einem Paradies.

»Beruhig dich, Joel. Komm, setz dich doch«, versuchte der Bürgermeister den empörten jungen Mann zu beschwichtigen.

Joel war aber zu aufgewühlt, um sich zu setzen oder die Antwort abzuwarten. »Wenn die Stadt für ihre Jugendbewegung nicht bezahlen kann, werden wir das Geld irgendwie selbst besorgen. Wir fahren nach Moskau, und dabei bleibt es!«

Die Tsukunft war zwar offiziell keine Jugendbewegung der Stadt, sondern des Jüdischen Arbeiterbundes, doch diese Organisation existierte eigentlich schon längst nicht mehr. Nur ein Archiv in den USA und ein paar Schulen in Argentinien gab es noch, die ein Schild mit dem Namen der Partei über dem Eingang hatten, sowie einige winzige Gruppen in Osteuropa und Australien, denen jeweils ungefähr fünf bis zehn Kinder angehörten. Von »Bewegung« zu reden wäre also etwas übertrieben gewesen, und auch hier, zwischen vier Flüssen in Sibirien, wusste man inzwischen, dass der Jüdische Arbeiterbund bald am Ende sein würde.

In den letzten zwanzig Jahren war deshalb das Schtetl für die Aktivitäten der Tsukunft aufgekommen, sie finanzierten einen Raum und einige Extras. Dreimal im Jahr gab es lange Wanderfahrten – vier Tage an Chanukka, vier Tage an Pessach und seit vier Jahren eben die eine Woche Moskau in den Sommerferien. Im Gegenzug engagierte sich die Jugend im Schtetl, die meisten von ihnen halfen hier und dort zum Wohl der Allgemeinheit.

Joel war ein »Helfer«. In der Hierarchie unter ihm standen die Sechzehn- bis Achtzehnjährigen, die als Leiter und Leiterinnen die Jüngeren organisierten. Sie waren bereits reif genug, die Ideale der Bewegung, des Arbeiterbundes und Birobidschans zu übernehmen und weiterzugeben. Ab der elften Klasse bildeten sie ihre eigene kommunale Gruppe, innerhalb derer sie alles teilten, vom Wohnen bis zu den politischen Aktionen. Joel lebte zwar noch zu Hause bei Sulamith, besuchte aber seine Gruppe so oft, dass man fast meinen könnte, er würde dort wohnen.

Im Jahr zuvor hatten sie eine Demonstration gegen Homophobie organisiert, eine seltene Sache in dieser Gegend der Welt. Auf den Balkonen der Birobidschaner Hauptstraße Scholem-Alejchem-Allee standen die stolzen Eltern und warfen Blumen auf ihre aktivistischen Kinder. Die Demonstrierenden nahmen es ernst, hatten ihre jungen Gesichter in den Farben des Regenbogens bemalt und schrien gegen Faschismus und Kapitalismus. An der Kreuzung mit der Dimitrova-Straße standen die Birobidschaner Polizeibeamten neben ihren Autos und aßen bedächtig ihr Mittagessen, während die frohe Demonstration nach rechts abbog, und dann wieder nach rechts in die Kalinina-Straße und bis zum Haupt- und einzigen Bahnhof von Birobidschan zog, und da, am Jiddischplatz vor dem Bahnhof, fand eine Art Kundgebung statt. Verschiedene Sprecherinnen und Sprecher kletterten nacheinander auf die Bühne. Die Mehrheit der Reden richtete sich an den Kreml, manche jedoch wendeten sich an alle Bewohner Russlands und manche sogar an die ganze Welt. Jenseits des letzten Schtetls der Welt, zwischen sibirischen Bergen und Flüssen, hörte zwar niemand die begeisterten Reden, aber allen war bewusst: Nicht geistig waren sie von der Welt abgekoppelt, bloß geografisch.

9.

40/41

39←

»Aber auch geografisch sind wir nicht abgetrennt«, sagte Rachel Gerschonow zu Alexander Leibowitz, Joels jüngerem Bruder. »Wir sind ja auf der Erde, oder? Es ist bloß kulturell. Nein, nicht kulturell, es ist politisch. Wir befinden uns im Zentrum des Planeten, genau wie jeder andere Mensch und überhaupt alles Seiende.«

Alex mochte es, Rachel zuzuhören. Sie lag auf dem Bett und sprach einfach ihre Gedanken aus wie ein Zug ohne Halt, der mal nach Westen und mal nach Osten brauste. Alex saß am Computer und schrieb auf, was sie sagte. Irgendwann schwieg sie.

»Lies es mir vor«, befahl sie ihm dann.

Er zündete sich eine Zigarette an und reichte sie Rachel, die bedächtig den Rauch ins Zimmer blies, und Alex begann mit warmer Stimme zu lesen.

Alex, Rachel und der Rest wussten, dass sie und ihre Kämpfe keinen interessierten. Wenn sie ihre Eltern gefragt hätten, hätten diese das Gleiche gesagt. Niemand außerhalb Birobidschans interessierte sich für Birobidschan. Und in Birobidschan selbst glaubte niemand, dass Kinder zu belügen pädagogisch wertvoller war, als die Wahrheit zu sagen, auch wenn sie nicht einfach zu verdauen war. Falls sie aber gefragt werden würden, hätten die Eltern ihrer Antwort, dass das keinen interessiere, noch hinzugefügt: »Und es ist auch gut so.« Und das wäre noch nicht einmal eine Lüge, obwohl es wie eine Lüge klang.

Die Demonstrationen der Jugendlichen standen also für sich. Soziales und sozialistisches Bewusstsein sind wie Muskeln, die immerzu trainiert werden wollen, sonst schrumpfen sie schnell und man verliert wichtige Fähigkeiten.

»Es tötet die Kunst, und eine Welt ohne Kunst ist wie eine Uhr ohne Zahl und ohne Richtung. Sie misst die Zeit und zeigt sie, aber ohne auf das Jetzt zu verweisen.« So stand es später in Rachels von Alex notierten Gedanken. Was genau bedeutete dieses »Es«? Die Antwort war in den Notizen längst verloren gegangen.

Alex war zwei Jahre jünger als sein Bruder und stellte sich eine vollkommen andere Zukunft vor: Er wollte dortbleiben, wo die Bira den Bidschan traf, zwischen dem Amur und der Tunguska. Er würde eines Tages Rachel heiraten und sich mit ihr zusammen um die Kartoffelfelder seines Vaters kümmern, um die er sich gerade allein kümmerte, ohne Unterstützung von seinem Bruder.

Die künftige Braut wusste noch nichts davon und sollte auch nichts davon wissen. Sie war keines dieser Mädchen, die ihre Hochzeit seit der Kindheit planten und genau wussten, wo, wie und mit wem es geschehen oder, wenn nicht mit wem, dann wenigstens, wie er aussehen sollte. Es gab eigentlich überhaupt nicht so viele Mädchen in Birobidschan, die sich solchen Gedanken hingaben.

10.

Sorgfältig bereiteten sich die Männer auf einen neuen Fischereitag vor. Sieben Männer waren es und ein Mädchen, Hannah, die Tochter von Mordechay Greenboym. Ende März war sie dreizehn geworden und damit im Alter, in dem sie, wäre sie ein Junge, den Beruf des Vaters hätte erlernen sollen. Mordechay hätte es lieber gesehen, wenn sie zu Hause geblieben wäre.

Er wollte auf keinen Fall, dass sie seinen Beruf erlernte, und sagte zu ihr, dies seien keine guten Zeiten, um Fischer zu werden. Es gäbe zu viele Münder in dem kleinen Birobidschan und zu wenig Fische im See. Ohnehin dachte der alte Greenboym, dass es im 21. Jahrhundert für ein junges Meidl wie Hannah unendlich viel besser wäre, draußen mit Freunden zu spielen und sich um gute Schulleistungen zu bemühen. Vielleicht konnte sie eines Tages Programmiererin oder Grafikdesignerin werden. Fische würden sowieso bald in einer Fabrik hergestellt, man würde sie direkt über das Internet in so vielen Formen und Farben bestellen können, wie man mochte. Hannah habe, wie er meinte, bessere Chancen als Grafikdesignerin mit Fischen zu arbeiten als in der Fischerei.

Hinzu kam, dass in so einem kleinen Ort wie Birobidschan die Menschen übereinander redeten. In einer Großstadt redeten sie wahrscheinlich genauso, aber Mordechay wohnte nun mal in Birobidschan, und schon im letzten Monat hatte ihn seine Nachbarin Frau Leibowitz gefragt, ob er es für angemessen für so ein junges Ding halte, auf so dünnem Eis zu laufen, nur um vielleicht noch zwei, drei Fische zu fangen. Er hatte ihr erklärt, dies sei tatsächlich der innigste Wunsch seiner Tochter, woraufhin Frau Leibowitz gemeint hatte: »Weißt du, Herr Greenboym, manchmal muss ein Kind seine Grenzen kennen. Du solltest besser eine gute Frau finden.« Herr Greenboym hatte peinlich berührt gelacht und das Gespräch beendet.

Und jetzt im Mai war das Eis noch dünner, aber er hatte es Hannah nicht ausreden können mitzukommen. Sie hatte ihm am Sonntag so schön auf dem Markt geholfen, da wäre es nun eine echte Gemeinheit, wenn sie nicht mitkommen dürfte.

11.

Der Birobidschaner Markt war ziemlich seltsam. Er war eine Tradition, die seit Jahrzehnten jeden Sonntag stattfand. Man traf sich am Scholem-Alejchem-Platz, auf dem die Bauern und Fischer ihre Stände mit ihren Produkten hatten. Die Kunden, also die Lehrer und Lehrerinnen der Schule, der Rabbiner, die Mitarbeiter der Bahn, die Beamten des Bürgeramts, die Mitarbeiterinnen des kleinen High-Tech-Geschäfts, das alle scherzhaft »Silikon-Tol« nannten, die fünf Polizisten, deren Arbeit hauptsächlich darin bestand, den drei Feuerwehrleuten zu helfen, die ebenfalls da waren, die Kinder, die Kassenwarte, die Mitarbeiter der Fabrik und der Schriftsteller, freuten sich darüber, einander auf dem Marktplatz zu treffen, redeten und lachten laut miteinander, besonders am Stand von Naomi und Aharon Cohen.

Auf deren Tisch stand eine Gläserpyramide mit verschiedenen Sorten Marmelade. Sechs Etagen hoch war die Pyramide, jede in einer anderen Farbe: Die erste Etage war blutrot, Erdbeere mit Vanille, die zweite orangefarbig und enthielt die gleichnamige Frucht zusammen mit Aprikosen. Die dritte Etage der Pyramide war gelb, und es war

Alex' Lieblingsmarmelade, weil sie gar nicht süß war, sondern scharf und salzig, sie war nämlich aus gelber Paprika gemacht. Darüber kam die grüne, Apfel und ein bisschen Honig – kurz vor dem Neujahrstag waren die grünen Marmeladen immer am schnellsten ausverkauft. Auf der fünften Etage präsentierte sich stolz die blaue Marmelade aus Heidelbeeren und Nüssen. Die sechste und letzte Etage war die violette Marmelade, die schönste und außerdem die wirksamste bei Magenproblemen: Pflaumenmarmelade.

Vom Marmeladentisch bummelten die Kunden langsam zum Fischbereich. Dessen Geruch war einzigartig und durchdrang alle anderen Teile des Markts. Den vordersten Stand hatte ehrenhalber Boris bekommen.

Der Achtzigjährige saß ruhig hinter seinem Stand, auf dem sein Fang lag. Die Birobidschaner aßen sehr gerne Fisch, und die zwölf Fische auf Boris' Tisch reichten nicht lange. Aber nach den unausgesprochenen Regeln des Schtetls waren die Fische von Boris die, die zuerst verkauft werden sollten – solange der alte Boris noch Fische hatte, waren die anderen Stände bloß Dekoration. Er wusste das und fand, es war gerecht so. Alle Fische kamen letztlich aus dem gleichen See, auf welchem Tisch sie lagen, war Zufall.

Für Fisch gab es keine bestimmte Jahreszeit. Er passte immer. Er schmeckte mal so, mal so, je nach Wetter und Zubereitung. Auch Brot schmeckte immer. Obst und Gemüse dagegen gab es hier in Birobidschan nur zu bestimmten Zeiten. Lebensmittel wurden nicht importiert, weil es viel zu teuer für die kleine Gemeinde gewesen wäre, also aß man entsprechend der Sonne und des Schnees. Kartoffeln gehörten zum Sommer und Herbst. Sie waren wesentlich für die Versorgung der Birobidschaner, weshalb die Kartoffelbauern, die die größte Innung in Birobidschan bildeten, während des Frühsommers außergewöhnlich schwer arbeiteten, damit im Juni die Frühkartoffeln und später im Herbst ausreichend Kartoffeln für das restliche Jahr gekauft werden konnten.

Es war eigentlich kein wirkliches Kaufen. Geld hatte hier nur einen symbolischen Wert. Das Konzept war zwar theoretisch einfach, etwas schwieriger die praktische Verwirklichung, weshalb sämtliche Birobidschaner vom Jüngsten bis zum alten Boris in das Projekt involviert waren. Die Menge des Geldes im Schtetl war immer die gleiche und hatte sich lange Zeit nur ungefähr alle fünf Jahre verändert – mal hatte es eine Verringerung gegeben, mal deutlich mehr Geld. In den ersten Jahren nach dem Zusammenbruch der Sowjetunion aber wurden sogar Geldscheine verbrannt, weil man nicht wusste, was man mit dem Überfluss anfangen sollte und wo er überhaupt herkam. Im Lauf der Zeit verstanden die Birobidschaner jedoch den Grund für das plötzliche Auftauchen der Rubel und fingen an, außerhalb von Birobidschan Dinge zu kaufen, die für alle Einwohner nützlich waren. 1994 kauften sie ein Kühlsystem für die Kartoffeln, 1998 eine Heimkino-Anlage, die bis heute im kleinen Kino direkt neben dem Rathaus die Besucher bezaubert. Sie bestellten außerdem fünf Filme aus den USA, alle auf Jiddisch, sodass jeder sie verstehen konnte, worauf der damalige Bürgermeister zu Recht bestanden hatte.

Die Birobidschaner bemühten sich stets, dass jedem von ihnen dieselbe Summe zur Verfügung stand: siebzigtausend Rubel pro Person. Mit diesem Geld kauften die Leute Fische,

Marmeladen, Milchprodukte, Obst, Gemüse und Fleisch, wohl wissend, dass das Geld seinen Weg zu ihnen zurückfinden würde. Wenn ein Birobidschaner mehr als hunderttausend Rubel besaß, wusste er, dass jemand anderem Geld fehlte und dem geholfen werden musste. Fast immer wusste man nach wenigen Tagen, wer der Arme war, und half ihm, so gut es möglich war, bei der Feldarbeit oder lud ihn mal zum Abendessen ein, bis es ihm wieder besser ging. Ein Birobidschaner oder eine Birobidschanerin musste schon extrem selbstsüchtig sein, dass die Gemeinschaft ihm die Hilfe verweigerte.

Der Kaufakt selbst hatte also kaum eine Bedeutung, und den Bauern und Fischern ging es nicht darum, Geld zu verdienen, sondern darum, die Grundbedürfnisse aller zu befriedigen.

12.

Und es war dieser Wunsch, der Alexander Leibowitz antrieb, als er an diesem frostigen Morgen Anfang Mai mit der Sonne aufwachte.

Er zog seine Arbeitskleidung an, schlüpfte in den uralten Blaumann, der einmal seinem Vater gehört hatte, und in dessen schwarze Stiefel. Die Sonne marschierte geradewegs in den Himmel in ihren Kriegsfarben Rot und Orange und verbrannte die dunkle Nacht, während Alex große Körbe zu den Kartoffelfeldern schleppte. Er dachte an Rachel in ihrem roten Kleid, das sie zwei Tage zuvor am Maifest getragen hatte, und der Gedanke half ihm ein bisschen gegen die Kälte des Morgens.

»Entschuldigen Sie …«, hörte Alex eine Stimme hinter sich.

Als er sich umdrehte, sah er zwei Männer, die er nicht kannte, was an sich schon komisch war. Zudem trugen sie seltsame Hüte, die überhaupt nicht wie die bundistischen Arbeiterkappen aussahen. Er konnte sich auch nicht daran erinnern, dass ihn jemals jemand gesiezt hatte.

Verwirrt schwieg er einen Moment, dann fragte er knapp: »Ja?«

»Wissen Sie vielleicht, wo es hier ein gutes Hotel für zwei Reisende gibt?«

Alex sah sie an. Die beiden waren keine einfachen Männer wie er und die meisten, die er kannte.

»Es gibt kein Hotel in Birobidschan«, sagte er.

»Wo sonst könnten zwei bescheidene, einfache Menschen wie die, die vor Ihnen stehen, eine Nacht verbringen? Wir fahren erst morgen mit dem Zug weiter.«

Der Sprechende stand links, der Schweigende stand rechts, und obwohl dieser noch nichts gesagt hatte, ging eine gewisse Autorität von ihm aus. Er trug einen sauberen Anzug, und seine Schuhe sahen aus, als würden sie zum ersten Mal getragen. Etwas in seinem Gesicht kam Alex bekannt vor. Einige Stunden später fiel ihm ein, dass der Mann ansatzweise dem uralten Herrn Kaminski ähnelte, der früher immer die Zeitung aus Moskau gebracht hatte.

Der Fragende hatte eine fiepsige Stimme und trug einen grauen Baumwollpullover. Wenn er am Ende jedes Satzes lächelte, wurde seine Nase schrumpelig und seine blauen Augen (die zur Farbe des Pullovers passten, wie Alex später erzählen sollte) schmaler.

»Sie müsst verstehen«, missbrauchte Alex die ungewöhnliche Sie-Form (eigentlich wäre es auf Jiddisch »ihr«, aber die Fremden sprachen kein Jiddisch), »wir haben nicht so viele Touristen hier. Sie seid die ersten Touristen, die ich sehe. Wartet Sie … seid Sie überhaupt Touristen? Vielleicht wollt Sie in unsere Gemeinde eintreten?« Jähe Gänsehaut überlief ihn vom Halswirbel bis zum Zeh.

Nun lachten die zwei Männer so schallend, dass Alex sich ein bisschen beleidigt fühlte. Die Birobidschaner, die einander echte Freunde und Freundinnen waren, die immer die

Wahrheit sagten und seit der Kindheit daran gewöhnt waren, Kritik anzunehmen und zu geben oder eben nicht zu geben, waren sensibel für Situationen, in denen es besser gewesen wäre, den Mund zu halten, und kannten das Gefühl des Beleidigtseins kaum.

»Nein, wir sind weder Touristen noch neue Siedler«, meinte der Mann mit dem zu seinen Augen passenden Pulli.

»Was seid Sie dann? Wenn ich fragen darf …«

»Klar dürfen Sie, wir sind Jäger. Wir suchen den seltenen Kragenbären! Den Kragenbären kennen Sie doch sicherlich, oder?«

Natürlich kannte Alex dieses Tier.

13.

Zweimal hatte Alex den schwarzen Bären gesehen.

Er war fünf Jahre alt gewesen, als er und sein Bruder Joel in den Wald am östlichen Ufer der Bira fuhren, um Pilze zu suchen. Sulamith Leibowitz hatte ihre zwei Söhne in den Wald geschickt. Es war ein Oktobermorgen, und mit ihren Fahrrädern quälten sie sich durch den dicken Schlamm des Weges.

»Vorsicht!«, rief sein Bruder, woraufhin Alex zu Boden sah, aber den Ast viel zu spät entdeckte.

Die Welt stürzte mehrmals um, und er hörte nur noch eine entfernte Stimme: »Komm schon, du!«, kurz bevor Joel und sein braunes Fahrrad hinter dem Schleier des waldigen Nebels verschwanden. Sein Kopf schmerzte, und er spürte seine linke Schulter nicht.

Dann, aus dem Nebel steigend, tauchten zwei Augen eines gigantischen Tieres auf.

Solche Angst hatte Alex noch nie gehabt. Den Kragenbären kannte er bisher nur aus Geschichten, aber er war ja schon fünf! Er wusste, dass es keine Gespenster gab, auch wenn er nachts manchmal dachte, jemand flüstere auf den Wellen des Windes seinen Namen, er wusste, dass Vampire nur in den höchsten Büros US-amerikanischer Wolkenkratzer hausten, und er wusste, dass der schwarze Kragenbär nur am anderen Ufer des Amur lebte, am chinesischen Ufer, und nicht hier in Russland.

Der Bär starrte Alex sekundenlang an, und Alex schwor Joel später, dass er dabei gelächelt hatte. In Schockstarre verfallen, lag der kleine Junge auf dem zerbrochenen Ast, der sich schmerzhaft in seinen Rücken bohrte. Der Bär kam ihm bedrohlich nahe, stand schließlich über ihm und schaute ihm fest in die Augen. Alex durchflutete ein warmes Gefühl, das er nie mehr vergaß. Es war, als ob er von innen heraus umarmt würde. Er schloss seine Augen und wartete darauf, dass diese innere Wärme ihn verlassen würde, und auf alles, was das bedeuten konnte. Letzten Endes lief diese Wärme wirklich aus ihm heraus, doch Alex konnte seine Augen wieder öffnen. Der Bär war nirgends zu sehen. Es dauerte noch eine ganze Weile, bis sein Schock nachließ und er seine Glieder wieder bewegen konnte.

»Wo bleibst du denn? Nun habe ich schon alles selbst gesammelt! Was bist du doch für eine Heulsuse. Alle fallen hin und wieder vom Rad, aber nur du bleibst liegen und weinst wie ein Baby!«

Erst jetzt bemerkte Alex die Tränen, die sich in seinem Mund wie die Bira und der Bidschan trafen.

Das zweite Mal, dass Alexander Leibowitz den Kragenbären sah, war vor zwei Jahren gewesen, dieses Mal aus sicherem Abstand.

Es war eine Sommernacht, und er saß in seinem Zimmer. Seine Mutter war im Rathaus bei einer Versammlung und Joel bei einem Treffen der Tsukunft.

Rachel war gerade bei Alex gewesen, und er glaubte, dass sie sich geküsst hatten. Er war sich nicht sicher, weil er es noch nie gemacht und keine Vergleichsmöglichkeiten hatte – konnte er gut küssen oder nicht? Er bewegte die Zunge langsam auf der Oberlippe, sie war noch süß. Auf und ab mit der Zunge.

Er sah nach draußen, und da, neben dem See, vielleicht nach Fisch Ausschau haltend, lief ein Bär. Genau in dem Augenblick, als Alex ihn entdeckte, blieb er stehen und richtete seinen Blick auf ihn. Hundertfünfzig Meter entfernt vom Fenster stand er wie eingefroren, so schwarz, dass seine Schwarzheit mit der Dunkelheit der Nacht verschmolz. Hypnotisiert von dem glanzvollen Blick sah Alex etwas, das wie ein Zwinkern aussah. Dann stieg der Bär einfach ins Wasser und kam nicht wieder raus.

Das konnte doch nicht sein! Bären konnten nicht unter Wasser atmen, er musste irgendwann auftauchen. Er überlegte kurz, ob er nach ihm suchen sollte, hatte aber Angst, was wohl passierte, wenn er das berüchtigte wilde Tier finden sollte. Es anzusprechen war ja keine Möglichkeit.

»Warum hast du mich damals nicht getötet?«, hätte er fragen können, aber woher konnte er wissen, dass es derselbe Bär war? Doch wie hoch war die Chance, dass ein zweiter Kragenbär die Grenze überschritten hatte?

Alex blieb in seinem Zimmer, schrieb alles in sein Tagebuch und schlief darüber ein.

14.

»Nein. Soweit ich weiß, gibt es diese Tiere nur auf der anderen Seite der Grenze. Sie müsst bis Chabarowsk fahren. Dort ist der nächste Grenzübergang«, sagte er und wandte sich wieder den Kartoffeln zu.

Der schweigende Mann griff nach seinem Arm und sagte ganz ruhig und leise: »Sie sind ein gutes Kind. Ich kann es in Ihren Augen sehen. Die Bahn nach Chabarowsk fährt nur abends. Wir müssen uns noch waschen, essen und ein bisschen schlafen.«

Er zog einen Fünfhundertrubelschein aus der Tasche und steckte ihn Alex in die Hand. Der fühlte sich komisch. Nie bekam er Geld zugesteckt. Und noch nie hatte er das gemalte Solowezki-Kloster auf diesem bedeutsamen Papier gesehen.

»Das dürfen Sie behalten«, sagte nun der mit der quietschenden Stimme. »Ich bin mir sicher, dass Sie uns helfen können, oder?«

»Es tut mir leid, das Geld darf ich nicht annehmen. Über solche Sachen müssen wir in unserer Gemeinschaft entscheiden.«

Alex' sozialistische Prägung sprach aus seinen Worten. Geld wurde in Birobidschan als Mittel benutzt, aber als privates

Eigentum war es unerwünscht. Doch nicht nur theoretisch konnte er das Geld nicht behalten, sondern auch in praktischer Hinsicht nicht: Spätestens heute Abend würde man sicher herausfinden, dass jemand in Birobidschan fünfhundert Rubel besaß. Er gab dem Mann den Schein zurück.

»Oh«, sagte der Sprecher, »in diesem Fall müssen wir …«, aber bevor er den Satz vollenden konnte, unterbrach Alex ihn und sagte: »Wahrscheinlich könnt Sie sich bei uns ausruhen. Meine Mutter schläft zwar bestimmt noch, aber sie freut sich immer über Gäste. Sie könnt in der Küche warten, und sobald sie aufsteht, sagt sie, dass ich euch reingelassen habe.«

Die Männer bedankten sich, und Alex brachte sie zu sich nach Hause und schaute zu, wie sie sich an den Esstisch setzten.

Später dachte er darüber nach, dass es ja gar keine Bahn gab, die morgens um halb fünf in Birobidschan ankam, aber sie waren wohl auch nicht mit dem Auto gekommen, wenn sie auf die abendliche Bahn morgen nach Osten warteten. Hatten sie gelogen? Oder hatten sie vielleicht die Nacht schon irgendwo in der Stadt verbracht? Aber dann hätte er sicher gehört, dass Fremde da waren. Das konnte also auch nicht sein. Hatten sie vielleicht doch ein Auto? Aber wozu wollten sie dann auf die Bahn warten? Hatten sie ein Auto und es war kaputtgegangen? Ja, das konnte die einzige Erklärung sein, sie hatten ein Auto und es war kaputtgegangen. Aber warum hatten sie nichts gesagt? Es gab einen guten Mechaniker in Birobidschan. Auch Gepäck hatte Alex nicht gesehen, nicht einmal ein Jagdgewehr.

Die autonome Oblast sah nie schöner aus als an diesem Tag auf dem Kartoffelfeld. Alex hatte drei Stunden gearbeitet und genug für einen Tag geerntet. Die Sonne schien kräftig und er schwitzte. Er würde unter die Dusche gehen müssen, bevor er sich auf den Weg zu Rachel machte.

Das junge Paar, das sich streng genommen nicht als Paar definierte, weil die Jugend dieser Zeit in Birobidschan nichts definieren mochte, war unter den großen, uralten Ulmen verabredet, die in dieser Gegend heimisch waren (Ulmus macrocarpa). Die Bäume standen jetzt im Mai frisch und grün da wie ganz neue Bäume. Doch ihre Blätter trogen, vermittelten allen ein falsches Gefühl der Ewigkeit. In den hartnäckigen Wintern ragten ihre Gerippe in den Himmel, fälschten ihren Tod, fälschten die Trauer eines Verlusts. Im Herbst tauchten die verschiedenen Farben des Verglühens auf, von Lila über Orange bis Gelb, und ließen den ganzen Süden des breiten Tals erröten. Bis zur Auslöschung, die bezaubernd langsam vonstattenging, bedeckten und schützten die Blätter die Liebespaare.

15.

»Alles ist einmalig«, dachte sich Boris, als er die alten Ulmen zum ersten Mal sah. »Alles ist vergangen.«

»Bist du sicher?«, fragte eine Stimme.

Er erkannte sie sogleich und rief in einer Mischung aus Staunen und Schrecken: »Du! Was machst du hier?«

Die Stimme schwieg.

»Ich habe dich gesucht ... Du hast nicht nur mich geheilt, oder? Was hast du ... Du hast die ganze Natur ... die Zeit ... wo versteckst du dich? Ich habe viele Fragen, ich brauche dich!«

Die Stimme antwortete wieder nicht. Nicht mehr an diesem Tag.

Geheimnisvoll schrieb Boris in sein Tagebuch: »... und plötzlich kamen alle Antworten wie ein Wasserfall aus Funken zu mir, ein Funkenfall also, der von der Arbeit der Schweißer und Schweißerinnen, die dieses Paradies aufgebaut hatten, auf mich herabfiel.«

Die Antworten selbst schrieb er nicht nieder. Vielleicht weil, sobald die Arbeit der Schweißer aufhörte, auch der Funkenfall verglomm.

16.

Alex setzte sich unter »ihre« Ulme. Rachel war noch nicht da, aber sie verspätete sich viel zu oft, als dass es sich gelohnt hätte nach ihr zu suchen. Und tatsächlich sah er die rennende Rachel bald in der Ferne.

Einen Moment lang gesellten sich seine grünen Augen zu seinen Händen, die in der Tasche nach dem mitgebrachten Brot und Saft suchten, und als er sie wieder hob, war das Mädchen mit dem Streifen-T-Shirt nicht mehr zu sehen.

»Rachel?«, fragte er leise, und für einen Augenblick hatte er den Eindruck, sie wäre vielleicht in einer anderen Dimension, ihm ganz nah, ohne dass er sie sehen konnte.

Immer wenn seine Gedanken um das Thema weiterer Dimensionen kreisten, wurde offensichtlich, dass Alexander Leibowitz ein gläubiger Mensch war. Er war überzeugt, dass es zahlreiche Ereignisse und Entwicklungen gab, die wir (alle oder manche von uns, das stand für ihn noch nicht fest) einfach verpassten oder übersahen, weil sie sich gar nicht im Bereich unserer Erkenntnis abspielten. Konnte es sein, dass er oder die beiden Männer von heute Morgen die Grenze zwischen einer Dimension und der nächsten überschritten hatten?

Ein Schmetterling unterbrach seinen Gedankenlauf, und im nächsten Moment erschrak er durch eine sanfte Berührung von hinten.

»Rachel! Jetzt habe ich den Schmetterling aus den Augen verloren!«, sagte er, schämte sich aber sofort wegen seiner Schreckhaftigkeit und drehte sich zu ihr um.

»Mich hast du doch auch aus den Augen verloren!«, erwiderte sie lachend. »Freust du dich nicht, dass ich hier bin?«

Sie hatte gute Laune, und das hob sogleich die von Alex. Er vergaß die Gedanken über Dimensionen und Züge, die nie um vier Uhr morgens in Birobidschan ankamen, gerade als sie begannen, sich miteinander zu verknüpfen.

»Doch, aber … pass auf, du! Ich habe heute etwas ganz Merkwürdiges erlebt.«

»Nu? Soll ich weiter fragen, oder erzählst du es mir einfach?«

»Zwei Männer, groß und klein. Sie müssen wohl mit der Bahn angekommen sein, aber es gibt ja keine Bahn so früh morgens. Sie sind nun bei uns zu Hause. Ich habe sie in die Küche gelassen, und sicher hat Mama sie schon ausgefragt, wie immer bei Besuchern, und weiß wahrscheinlich schon alles.«

»Nu denn, lass uns zu ihr gehen und hören, worum es geht, oder?«

»Ja, aber zuerst – küss mich!«, zitierte Alex mal wieder diesen berühmten Satz, den sie im Künstlertheater in Moskau gehört hatten.

Die schöne Schauspielerin, die den Satz zu ihrem Kollegen gesagt hatte, hatte die Jugendlichen derart beeindruckt, dass sie ihn sofort nachahmen mussten, auch um ihre eigene Scham zu überwinden. Das war für die Gruppe zynischer Halbwüchsiger zu menschlich, und da sie ihre eigenen Emotionen gerade erst kennenlernten, fanden sie es sehr peinlich und flüsterten einander »Küss mich« zu, und manche lachten leise.

Am Tag danach hatte ein Kumpel Alex gebeichtet: »Gestern habe ich Olga geküsst und an die Schauspielerin im Stück gedacht. Ist dir das auch mit Rachel passiert?«

»Nein«, hatte Alex gelogen.

Einen Monat später dachte wirklich keiner mehr beim Küssen an die Schauspielerin, das Zitat aber war geblieben.

Das Sich-Küssen dauerte bis zum Sonnenuntergang, bis die Felder des Dorfes im orangen und roten Licht gefärbt waren, als ob ganz Sibirien zusammen mit den Herzen der zwei Teenager brennen würde.

17.

Zwischen Sascha und Gregory gab es nur ein einziges Mal Streit. Abgesehen davon war ihre Freundschaft sehr harmonisch. Es ging dabei um etwas, das jede andere Person als Kleinigkeit betrachten würde – nicht aber Sascha.

Sie waren in ihren Zwanzigern, beste Freunde und mit zwei Frauen zusammen, die ebenfalls beste Freundinnen waren. Die vier machten fast alles gemeinsam. Es war, als wären sie in einer viereckigen Beziehung. Selbst die Wochenenden verbrachten sie miteinander, und an einem dieser Wochenenden fuhren sie weit weg von den bekannten Flüssen, sogar über Smidowitsch hinaus bis zum Urmi-Fluss. Dort errichteten sie zwei Zelte, weiß und orange. Sie hatten genug Essen für das Wochenende mitgebracht, außerdem Spiele, Bücher, schlechtes Marihuana, das Gregory schon vor Wochen von jemandem am Bahnhof gekauft hatte, der gleich darauf mit demselben Zug, mit dem er gekommen war, wieder verschwunden war, Kondome und zwei Flaschen des feinsten Wodkas, den Sascha hatte finden können, der war zwar nicht wirklich gut, aber ihren Ansprüchen genügte er.

Sie zelteten am schmalen Uferstrich, den Wald hinter sich. Die Männer gingen trockenes Holz suchen, kleinere Zweige für den Anfang des Feuers und dicke, schwere Äste für später in der Nacht, wenn keiner mehr Lust haben würde, sich um das Feuer zu kümmern, und es dennoch lange weiterbrennen sollte.

Die vier saßen nah am Feuer. Sie hatten ein Dreibein gebaut, an dem ein mit Wasser gefüllter Topf hing. Am Rand der Feuerstelle legten sie glühende Kohlestücke zusammen, die sie onomatopoetisch »schuschkende Kohle« nannten, denn »schusch« war ihr Klang, wenn man ganz still nur dem Feuer zuhörte. Auf die Kohle stellten sie eine Pfanne mit Gemüse.

Nach dem Essen spielten sie Karten und rauchten ein bisschen von dem Marihuana. »Das ist echt ekelhaft, Gregory, wo hast du das bloß gekauft?«, musste er sich anhören. Und: »Es ist so trocken, es ist, als würden wir bloß das Papier rauchen.«

Nachdem sie ein bisschen von dem Wodka getrunken hatten, packte Josephin ihren Freund Gregory am Arm und sagte: »Komm, lass uns ins Wasser gehen!«

Das Licht, das das Feuer auf die Gesichter warf, war zauberhaft. Man konnte ewig lang das Feuer anstarren, wie es schuschte und zischte, wie es an dem Holz nagte. Wenn man neben dem hypnotisierenden Feuer saß und in dessen flackerndem Licht schimmerte, wurde man Teil des Zaubers.

Gregory rannte mit Josephin in den eiskalten Fluss und rief den anderen beiden zu: »Kommt mit!«

Sascha schnalzte mit der Zunge und sagte mehr zu sich: »Gregory und sein Quatsch«, aber Naomi lächelte bereits schüchtern und schuschte: »Ich gehe auch ins Wasser. Magst du nicht?«

Die drei spritzten eiskaltes Wasser aufeinander und in Saschas Richtung, versuchten, ihn zu sich zu locken. Schließlich gab er auf. Er zog sich wie die anderen bis auf die Unterhose aus und watete etwas verklemmt in den kalten Fluss.

»Nur damit ihr endlich aufhört, Wasser auf das Lagerfeuer zu spritzen, es ist schon fast aus«, erklärte er.

»Jaja, mach dich locker, Sascha!«, rief Gregory und spritzte ihn nass.

Sascha war so schlank und blass, dass sich manche Birobidschaner Sorgen um ihn machten. Nun schnellten seine Arme hoch, um seine abgemagerte Brust vor dem Wasser zu schützen. »Hör auf, Grego…«

Aber bevor er den Namen zu Ende sprechen konnte, verschwand Gregory im Wasser und schwamm zwischen den sechs Beinen hin und her, kitzelte sie, bis die jeweilige Person, zu der die Beine gehörten, auf ihn fiel. Die Frauen fielen schnell ins Wasser, er war wie Simson im Tempel von Dagon.

»Ich will sterben mit den Philistern!«, zitierte Gregory dann auch und lachte, versuchte, auch Sascha ins Wasser zu ziehen. Als ihm das nicht gelang und die hilflosen Hände von Sascha im dunklen Fluss nach ihm suchten, streckte Gregory seinen Arm aus und zog Saschas Unterhose runter. Dann tauchte er auf.

»Ach, komm«, sagte Gregory zu seinem Freund, dessen Gesicht komplett rot geworden war. »Ihr habt einander doch schon nackt gesehen, oder?«

Alle schwiegen.

Josephin flüsterte schließlich: »Manchmal bist du echt taktlos«, und stieg aus dem Wasser.

»Was?« Gregory war verwirrt. »Du weißt es bestimmt schon, oder?«, fragte er Naomi und dann Sascha: »Sie weiß es doch, oder?«

Sascha drehte sich um, schnappte sich seine Klamotten und ging zum Zelt.

»Leute, es ist doch keine große Sache, oder? Viele sind unbeschnitten, es ist doch scheißegal. Oder?«

Keiner antwortete ihm mehr an diesem Abend.

18.

Boris Klayn war zum Wald auf dem Hügel gegangen. Im Jahr 1965 war Birobidschan halb so groß wie heute und es gab nur diesen einen Wald in Laufnähe des Schtetls. Das kleine Wäldchen, das die Birobidschaner »Wald« nannten, war die einzige größere Baumgruppe vor dem Fluss im Osten des Dorfes. Boris ging oft dorthin, um sich zu beruhigen, aber manchmal sah sein Spaziergang genau wie das Gegenteil von Beruhigung aus, so, als ob er die ganze Zeit etwas suchte. Der Spaziergang an diesem sommerlichen Tag gehörte zur zweiten Art.

Nachdem er rechts und links und links und rechts herumgesucht hatte, setzte er sich und nahm aus seiner Brotdose Brot und Butter, damals gab es nicht viel mehr. Der Wald aber war edelmütig und bot Anfang Juli die roten Beeren der Heckenkirschen und die auf Jiddisch Maline und Agresn heißenden Himbeeren und Stachelbeeren reichlich dar. Brot und Butter waren also mehr als genug.

Boris pflückte die süßen Geschenke der Sträucher und legte die besonders weichen auf sein Butterbrot. Behutsam zerdrückte er die Beeren mit dem Messer und verstrich sie, bis das Butterweiß rot-blau geworden war. Kurz vor dem ersten Biss aber, als sein Mund schon offen und bereit war, zerriss ein grauenerregender Schrei die Stille des Waldes. Einen solchen Schrei hatte Boris noch nie gehört, und er hatte viele Schreie gehört, manche von ihnen würde er sein Leben lang erinnern.

Das frisch Aufgestrichene auf dem Boden zurücklassend, rannte er durch den Wald nach Norden, woher der Schrei zu stammen schien.

Er war der Zweite, der es sah. Eine große, beeindruckende Buche stand da, an deren stärksten Ast ein Seil geknüpft war. Am unteren Ende dieses Seils, unter einem Henkersknoten, hing die Leiche von Aaron. Aaron war neunzehn Jahre alt gewesen, als er starb.

Während der nächsten Woche halfen alle Männer Birobidschans, die Bäume des verfluchten Wäldchens abzuholzen, sodass ein solcher Schrei wie der von Aarons kleiner Schwester Julia, die später die Mutter von Frau Leibowitz sein würde, nie wieder gehört würde. Nur die größte Buche ließen sie auf dem nun kahlen Hügel stehen.

Im Verlauf der Zeit würde das Dorf sich vergrößern, weitere Wälder würden von dort in Laufnähe liegen, und die Buche würde zu einem romantischen Ort für die hormongetriebenen Jungs und Mädchen werden, die ihre ersten Schritte in die Welt der inneren Sonnenuntergänge wagten und auf Entdeckungsreise zueinander (und manchmal zu sich selbst) von dieser Buche ausgehend aufbrachen.

19.

Die beiden Männer, die in der Küche saßen, tief in ihren Gedanken versunken, waren Frau Leibowitz nicht ganz geheuer. Sie waren offensichtlich nicht aus Birobidschan. Sie stammten wahrscheinlich überhaupt nicht aus Sibirien, nicht mal aus Russland. Als Ost und West noch getrennt gewesen waren, hatte ein bestimmter Kanon der Orte existiert, aus denen man kommen konnte. Kein Franzose oder Niederländer hätte sich plötzlich in eine fremde sibirische Küche verirrt, und selbst nach Ende des Kalten Krieges hatte sich daran nicht viel geändert.

»Kaffee?«, fragte Frau Leibowitz verunsichert und hoffte, kraft ihrer Stimme die Männer aus deren Versunkenheit herauszulocken, aber das gelang ihr kaum.

Der Mann mit dem Pullover murmelte nur: »Guten Morgen, Frau Leibowitz«, als ob er ganz und gar nicht gestört werden wollte, und fügte dann doch hinzu: »Kaffee wäre sehr lieb, danke dir.«

Der andere Mann schaute nur kurz auf und nickte.

Erst als kleine Blasen im sich erhitzenden Wasser aufzusteigen begannen, sagte Frau Leibowitz: »Übrigens, ich bin Sulamith. Hat euch mein Sohn reingelassen?«

»Ja. Dein Junge ist wunderbar.«

»Ich habe sogar zwei davon«, gluckste Sulamith und nahm den Birobidschaner Schtern von der Türschwelle. »Also«, fing sie an, während sie den aufgebrühten Kaffee brachte und sich den Männern gegenüber hinsetzte, »woher kennt ihr meinen Alex?«

»Oh, ein Missverständnis, Frau Leibowitz, wir kennen deinen Alex nicht. Wir haben ihn heute Morgen zum ersten Mal getroffen, und er hat uns großzügigerweise erlaubt, hier auf dich zu warten. Wir haben eine weite Reise hinter uns, um endlich das berühmte Birobidschan zu erreichen.«

Der andere Mann nickte wieder.

Sulamith wartete auf weitere Erklärungen. Wo sie herkamen, wer sie waren, wie sie hießen. Das Porträt von Herrn Leibowitz an der Wand über ihren Köpfen sah aus, als ob es ebenfalls auf Antworten wartete.

»Nun, ich bin Arouet, und das ist David. Sag mal was, David, sie ist unsere Gastgeberin, verdammt!« Und dann zu Sulamith: »Pardon. Er ist ein bisschen schüchtern.«

David streckte seinen Arm zum Händedruck aus, und Sulamith gab ihm die Hand, aber das Paar wurde ihr langsam unheimlich. Sie verspürte eine unbestimmte Angst, eine Art Angst, die sie nur selten empfand. Genauer gesagt empfand sie diese Angst immer, wenn sie Birobidschan verließ, und das passierte nicht so oft.

»Darf ich nach Herrn Leibowitz fragen?«

»Ja, du darfst«, sagte Sulamith leise, obwohl sie es eigentlich übergriffig fand. »Vladimir hat Birobidschan kurz nach der Geburt von Alex verlassen. Er soll heute angeblich in

Sankt Petersburg leben, die letzte Nachricht von ihm kam allerdings vor fast zehn Jahren. Seit 1997 habe ich nichts mehr von ihm gehört. Früher hatten wir mal eine Art Briefwechsel. Die Trennung schien mir gut für ihn, aber ich … hier zurückbleibend, allein mit zwei Kindern, verstehst du? Für mich war es ein bisschen schwieriger …« Plötzlich wurde ihr klar, dass sie zu viel zum Thema gesagt hatte, mehr als sie beabsichtigt hatte. »Wieso fragst du überhaupt nach Vladimir? Hat er etwas verbrochen? Steckt er in Schwierigkeiten?« Ein kleines Ängstchen kitzelte sie hinter ihrem Pupik, und falls sie zu diesen Fragen nicht schnell eine Antwort bekam, würde sich dieses Ängstchen in einen großen schmerzhaften Ball im Bauch verwandeln.

»Nein, nein, keine Sorge. Wir wissen nichts über deinen Mann, wir haben nur aus purer Höflichkeit gefragt.«

Merkwürdig, dachte sie, jeder andere hätte diese Frage für unhöflich gehalten.

»Du hast ein ganz schönes Haus, Frau Leibowitz.«

»Danke.«

Sie fühlte sich unwohl mit diesen zwei Männern und wollte sie eigentlich schnell wieder aus ihrem Haus haben. Doch die beiden hatten ihren Kaffee noch nicht ausgetrunken, und nun wusste sie nicht, auf welche Weise sie sie verabschieden könnte, ohne dass sich danach das Gerücht, sie sei eine schlechte Gastgeberin, verbreitete.

»Was hat euch denn in unser Schtetl geführt?«

Sulamith gab sich geduldig, vielleicht waren dieser Arouet und dieser David doch ehrliche Leut. Dass sie aber ausgerechnet heute, an ihrem freien Tag, daherkamen. Sie arbeitete als

Lehrerin an der Birobidschaner Grundschule, der Leib Malach Elementarschul, und jeden Mittwoch hatte sie den Morgen für sich, um im Dorf herumzulaufen, mit ihren Freundinnen im Café zu sitzen und …

»Warum? Ganz einfach: Wir haben es deinem Sohn schon erklärt. Wir haben gehört, es gäbe hier in der Nähe Kragenbären. Kennst du die Kragenbären, Frau Leibowitz?«

»Nun … Ich habe Bilder von ihnen gesehen, aber nie war einer in dieser Gegend! Ich … ich dachte, die leben nur auf der chinesischen Seite, und immerhin bin ich in Birobidschan geboren und lebe hier seit über vierzig Jahren. Ich schwöre euch, kein einziges Mal habe ich so einen Bären in unseren Wäldern gesehen.«

»Komisch, dein Alex hat geschworen, dass er den Bären mehrmals gesehen hat.«

Nun bekam Sulamith wirklich Angst. Es fing kalt und kitzelig am obersten Halswirbel an und kroch langsam, einen Wirbel nach dem anderen, hinunter bis zu ihrem Steißbein. Sie wusste, dass Kinder zuweilen ihre Eltern anschwindelten, und nahm ihre Söhne davon nicht aus. Aber log Alex auch, wenn es eine lebensbedrohliche Lüge war? Warum? Sie konnte gut verstehen, dass er geleugnet hatte, geraucht zu haben, obwohl seine Klamotten nach Tabak stanken, oder dass Joel, als er siebzehn gewesen war, felsenfest verneint hatte, mit dem christlichen Mädchen aus dem Nachbardorf Oblutschje zusammen im großen See schwimmen gewesen zu sein, und das, obwohl sie sogar ihre Unterwäsche am Strand liegen gelassen hatten und der alte Professor Mirski die beiden gesehen hatte. Aber warum würde

Alex es ihr, seiner Mutter, verschweigen, wenn es um den Kragenbären ging?

»Was ist?«, fragte der Mann, der anscheinend einige Geheimnisse ihrer Familie besser kannte als sie selbst.

Sulamith versuchte ruhig zu bleiben, konnte ihre Unruhe aber schlecht verbergen. »Nein, nichts, ich bin nur etwas überrascht.«

»Das kann ich mir vorstellen!«, antwortete Arouet. »Aber es ist so, Frau Leibowitz, dass die Regierung uns hierhergeschickt hat. Diese Bären sind ein Problem, ein großes Problem, und unsere Aufgabe besteht darin, die Bären, die die Grenze überquert haben, wieder hinüber zur chinesischen Seite zu treiben oder, falls uns das nicht gelingt, sie zu töten. Das sind ganz gefährliche Tiere, wie du wahrscheinlich weißt, Frau Leibowitz.«

20.

Da Alex und Rachel sich aufs einheitliche Staatsexamen, ihren Schulabschluss an der Oberschule, vorbereiten mussten, gingen sie zu Rachel nach Hause. Das Haus an der Scholem-Alejchem-Allee war senfgelb mit einem blauen Dach und roten Fensterrahmen. Es war das bunteste Wohnhaus in ganz Birobidschan und sah aus wie ein Puppenhaus, die Birobidschaner nannten es »psychedelische Puppenstube«.

Rachels Mutter, die Künstlerin und Bäuerin Josephin, bereitete gerade Piroggen und einen Borschtsch zu, außerdem Rugelach, die sie Rachel und Alex zum Probieren anbot. Die beiden nahmen sechs Stück noch warme Rugelach und gingen auf Rachels Zimmer.

»Bin gleich zurück«, sagte Alex und gab vor, kurz seine Zähne auf Essensreste untersuchen zu wollen. In Wahrheit hatte er Bauchweh und hoffte, irgendwann würde es eine Zeit geben, in der Rachel und er sich offen über solche Bedürfnisse austauschen konnten.

Im Badezimmer zog Alex seine Hose herunter und berührte dabei etwas in der Gesäßtasche. Einen Schein. Peter der Große hatte ihn zwar nicht verspottet, aber sein Lachen hörte man in ganz Birobidschan. Fünfhundert Rubel. Einen Moment lang hatte Alex das Gefühl, sein Herz spränge gleich aus seiner Brust, aber dann verspürte er eine plötzliche Erleichterung. Rachel hatte den Schein noch nicht gesehen. Was würde sie denken? Sie würde sicher davon ausgehen, dass er von dem Geld in seiner Tasche wusste und dass es nicht koscher sein konnte. Sie würde vermuten, dass er es vom anderen Ufer des Flusses hatte. Was wiederum bedeuten würde, dass er in unsaubere Geschäfte verwickelt war. Und zwar hinter ihrem Rücken! Das wäre sicher zu viel. Er musste sich entscheiden, ob er ihr von den fünfhundert Rubeln erzählen und sich damit ihren berechtigten Verdächtigungen aussetzen oder ob er das Geheimnis lieber für sich behalten wollte.

»Was dauert denn da so lange?«, hörte er Rachel neckend.

»Ich komme gleich.«

Später beim Mittagessen konnte Alex die Piroggen gar nicht anschauen, geschweige denn von ihnen kosten. Wie hatte sich Peter der Große überhaupt in seine Tasche gezwängt? Hatten diese zwei komischen Männer ihm heute Morgen den Schein heimlich zugesteckt?

»Es tut mir leid, Josephin«, sagte er plötzlich, nachdem ihn beide Frauen schon eine ganze Weile sorgenvoll angestarrt hatten. »Ich muss nach Hause, ich hab meiner Mutter versprochen, dass ich …«

Er war nicht mal in der Lage, sich eine Ausrede auszudenken, aber Rachel und Josephin glaubten ihm ohnehin nicht und ließen ihn einfach ziehen.

21.

»Je suis désolé«, sagte Arouet. »Ich hoffe, sie kommen alle irgendwann zurück!«

Dieser Kommentar war Sulamith unangenehm. Das ganze Gespräch war unheimlich. Es fühlte sich an, als ob etwas nicht stimmte, als ob Sulamith und die beiden Männer nicht in der gleichen Realität wären. Es war, als wären sie nicht wirklich bei ihr zu Hause, sondern bei einer anderen Sulamith, die sie gar nicht sehen oder hören konnte und die einen ganz anderen Humor, eine andere Art, einen anderen Stil hatte als sie selbst. Ihr Ruf in Birobidschan war ihr zu diesem Zeitpunkt schon egal. Jeder, der dieses beklemmende Gespräch mitgehört hätte, hätte ihr recht gegeben, wenn sie die zwei rausschmiss.

»Arouet, ähm … David, darf ich ehrlich zu euch sein? Ich fühle mich nicht wohl in eurer Anwesenheit. Nehmt es bitte nicht persönlich, vielleicht kommen wir aus unterschiedlichen Kulturen, trotzdem darf ich ein unangenehmes Gefühl haben, oder?«

»Liebe Frau Leibowitz …«, fing Arouet an. »Von wem ist eigentlich der Name Leibowitz, von Vladimir? Egal, ich werde mit dir ab jetzt ganz ehrlich sein, okay? Die Regierung bezahlt Jäger normalerweise nicht, um Kragenbären zu finden. Du hast dich darüber zwar nicht gewundert, ich erzähle es dir aber trotzdem: Es muss einen Grund dafür geben, dass das Tier auf diese Seite der Grenze kommt. Die Bären wurden auch in anderen Dörfern in Sibirien gesichtet, das ist bezeugt. Wenn man eine Karte betrachtet …«

Der Mann unterbrach seine Rede und wartete kurz. Als nichts geschah, drehte er seinen Kopf ein wenig nach links und schaute David an. Der Schweigende verstand nicht, und Arouet sagte: »David, die Karte bitte?«, und David sprang in der plötzlichen Erkenntnis seiner Aufgabe auf. Er holte eine zerknitterte Karte von Ostsibirien aus seiner Anzugjacke und entfaltete sie.

Zuerst sah Sulamith nur Flecken: einen kaffeebraunen, einen kohleschwarzen sowie zwei kleine blutrote. Dann aber entdeckte sie, dass vieles auf dieser Karte mit Bleistift markiert und ausradiert und wieder markiert worden war.

»Siehst du, alle diese Dörfer haben so was berichtet«, sagte Arouet und zeichnete mit seinem Finger eine imaginäre Linie nach, die fünf oder sechs Siedlungen verband. »Ihr seid hier die erste Ansiedlung nach der Grenze, ja, aber dann laufen die Bären weiter …«

»Angeblich«, bemerkte Sulamith

Und Arouet stieg rein in ein Verwirrungsschweigen und sofort wieder raus: »Ja … klar, angeblich laufen sie weiter bis zu … Ich meine, es kann auch ein Zufall sein, aber unser nördlichster Bericht kommt aus …«

»Tunguska.«

»Ja, genau.«

»Ihr seid also nicht zufällig in Birobidschan gelandet, oder?«, wisperte Sulamith nervös. »Ihr denkt, es hätte was mit dem Verschwinden von Gregory zu tun?«

»Ich meine, wir denken, dass …«

Er konnte den Satz nicht mal vollenden, Sulamith schnitt ihm mit Tränen in den Augen das Wort ab. Es war wie an jenem Tag, als sie zu Josephin nach Hause gerannt war und diese auf dem Boden liegend und mit den Fäusten auf die Dielen schlagend vorgefunden hatte. Neben Josephin hatte der beste Freund ihres Mannes gestanden, Sascha, den Kopf zwischen den Händen.

»Wir konnten nicht sofort zu Josephin gehen, sie ist … sensibler, weißt du? Wir hoffen, du kannst mit ihr vielleicht reden und …«

»Geht bitte.«

»Frau Leibowitz, du musst verstehen, es ist wichtig zu wissen, ob hier paranormale Aktivitäten …«

»Geht! Jetzt sofort, bevor ich die Polizei rufe!«

22.

Josephin und Rachel räumten schweigend den Tisch ab und begannen mit dem Abwasch.

Es dauerte genau sechzehn ewige Minuten, bis die Mutter sich in das Schweigen drängte: »Glaubst du, Schatz« – sie war so vorsichtig wie möglich in dieser Frage – »dass er sich mit einem anderen Mädchen trifft?«

Rachel war so belustigt von diesem Gedanken, dass sie kichern musste. »Mama, das ist Birobidschan, nicht das Moskau oder Sankt Petersburg aus deinen Seifenopern. Wenn Alex nur darüber nachdächte, sich mit einer anderen zu treffen, hätte ich es schon von jemandem gehört.« Das stimmte nicht unbedingt, korrigierte Rachel sich selbst in Gedanken – schließlich dachte auch sie hin und wieder an einen anderen, und niemand wusste davon. »Und überdies ist es ihm auch nicht verboten.«

»Wie meinst du das, Liebling?«, fragte Josephin unsicher, und genau jetzt schlug die Standuhr, die Rachels Vater Gregory von seinem Großvater geerbt hatte, jenem Großvater, der einer der wenigen Erwachsenen unter den Kindern war, die eines Tages am Bahnhof Birobidschans aufgetaucht waren. Neun Schläge, so laut, dass Rachel die Antwort schreien wollte, um gehört zu werden, und sie schrie sie doch nicht.

»Charascho, Schatz, du musst selbst wissen, was dir guttut.«

»Genau. Sag mal, apropos, wo ist Jakov?«

»Er muss länger im Büro bleiben.« Die Mutter verstummte.

»Ach, schon wieder? Vielleicht bekommst du diese Ideen doch nicht nur aus deinen Seifenopern.«

Josephin tat, als hätte sie ihre Tochter nicht gehört. Sie räumten das Geschirr weg, und nach einer Weile sagte Josephin: »Rachelinka, ich gehe wieder ins Atelier. Ich muss noch eine Arbeit fertig machen. Sehen wir uns morgen zum Frühstück?«

»Mal schauen, Mama, ich möchte eigentlich ausschlafen.«

»Na dann, gute Nacht, Rachelinka.«

»Gute Nacht, Mama.«

Rachel ging auf ihr Zimmer und legte sich aufs Bett. Sie schloss die Augen, konnte aber ihren eigenen Gedanken nicht entfliehen. Seit sie diese Methode gefunden hatte, sich zu entspannen, auch ohne mit Alex zu schlafen, kam es öfter vor, dass sie allein in ihrem Zimmer mit einem imaginären Joel rummachte und manchmal auch schlief. Ihr schlechtes Gewissen machte alles intensiver, die Farben des imaginären Zimmers waren, wenn sie die Augen schloss, schimmernder, der Atem tiefer. Sie mochte die Gefahr, mit der Person zusammen zu sein, die Alex am nächsten war, und die Gefahr schwebte im Raum, auch wenn sie es bloß gedanklich machte. Joel fasste sie genau an den richtigen Erhebungen und Punkten an, mit kontinuierlichem sanftem Druck, und er bewegte sich, teils kreisförmig, teils rauf und runter, sehr selten auch rein.

An diesem Abend war sie auffällig erfolgreich, ein kleines Tunguskachen, dachte Rachel mit rotem Gesicht tief im Kissen. Dann holte sie langsam Luft, stand auf und zog einen Pullover über, wusch sich schnell und machte sich auf die Suche nach Alex.

23.

Alex war den ganzen Weg gelaufen, vom Zentrum bis zum Dorfrand, wo ihr Haus am See lag, und platzte atemlos ins Wohnzimmer.

Seine Mutter saß kichernd vor einem leeren Weinglas, neben ihr der Sprecher. Der Schweiger war nicht da.

»Mein Schatz!«, sagte Sulamith, erfreut über das plötzliche Erscheinen ihres Sohnes.

Auf dem Tisch standen eine Weinflasche und ein weiteres leeres Glas, die Szenerie empörte Alex, er wusste nicht genau, warum.

»Alex, Arouet kennst du schon, oder?« Sie lachte.

»Noch nicht beim Namen«, antwortete er und reichte dem Fremden die Hand. »Freut mich.«

»It's a pleasure!«, erwiderte der Bärenjäger.

Den Wechsel ins Englische fand Alex arrogant.

»Mama, ich muss mit dir reden.«

»Was ist denn los, Schatz?«

»Ich meine, allein.«

»Das wäre doch unhöflich, oder? Wir haben Gäste. Komm, wir trinken! Trinkst du mit? Du bist alt genug, ich bin mir sicher, dass es nicht dein erstes …« Und nun lachte sie so glucksend, dass sie den Satz nicht zum Ende brachte.

»Woher hast du den Wein überhaupt?«, fauchte Alex.

»Der nette Arouet hat ihn aus seiner Heimat mitgebracht!«

»Mama, können wir kurz reden oder nicht?!«

»Nein, Alex, sei nicht dreist jetzt. Morgen. Morgen können wir reden. Jetzt will ich trinken, nicht reden.«

Also ging er, die Haustür hinter sich zuschlagend, und hockte sich ans bemooste Seeufer, das sich entlang der Straße erstreckte. Nachdenklich fingerte er nach dem Fünfhundertrubelschein. Er sollte die Finger davonlassen. Alex stierte vor sich hin und entdeckte nicht weit von sich eine verloren gegangene Plastiktüte, die auf ihn zu warten schien. Rasch füllte er sie mit einigen herumliegenden Steinen und steckte den gerollten Geldschein dazu. Es würde nicht reichen, dachte er, die Tüte einfach weit in den See zu werfen. Er streifte mit seinen Fingern durchs Wasser. Es war kalt, aber nicht winterlich. Nachdem er sich fast komplett ausgezogen hatte, sprang er in den See und tauchte unter, in die Tiefe. Dort schwamm er, bis er einen großen Stein entdeckte, groß genug, um darunter die Tüte zu verbergen.

24.

Es war der 31. Dezember 1987, und in der Ecke des großen Saals, in dem normalerweise das Plenum tagte, wurde ein Jolka-Baum errichtet. Zwei ältere Damen und ein junger Mann waren dabei, ihn zu schmücken, und reichten einander die rote Glühbirnengirlande.

Im Hof ruhte sich der Boris auf einer Sitzbank aus und rauchte seine Elita-Zigarette.

»Hallo, Sulamith!«, grüßte er die, die später die Mutter von Joel und Alex sein würde, zu diesem Zeitpunkt aber noch eine junge Frau war und gerade in den Hof geeilt kam.

»Grüß dich, Boris. Hast du vielleicht meine Mutter gesehen?«

»Das schönste Mädchen unter den Neuen.«

Die Neuen, so nannte man in Birobidschan nach all den Jahren noch immer die Kinder, die eines Tages aus dem Westen gekommen waren.

Sulamith lächelte schüchtern und erwiderte: »Schade, dass ich nur meinem Vater schrecklich ähnlich sehe«, und beide lachten kurz.

»Sie ist drin, hilft beim Dekorieren der Jolka.«

»Danke, Boris. Wann hörst du eigentlich mit dem Rauchen auf?«

»Nach der nächsten Zigarette, wie immer.«

Sulamith betrat den Saal und suchte ihn nach ihrer Mutter ab.

»Sulinka, mein Schatz! Wie schön du geworden bist!« Ihre Mutter wusste, dass sie ihren Spitznamen »Sulie« hasste.

»Mama, ich muss dir was erzählen.«

»Natürlich, liebe Tochter, meine Sulinka!«

Bereitwillig ließ Julia Josephow sich von ihrer Tochter in eine Ecke des Saals ziehen. Sie freute sich jedes Mal, wenn Sulamith ihr etwas Geheimes erzählen wollte. Sie schwankte oft zwischen Tagen extremer Trauer und Tagen voller Energie und vergaß oft, was ihre Tochter beschäftigte, und war immer ganz aufgeregt, wenn diese sich ihr anvertraute. Die einzige glasklare Erinnerung, die Julia hatte, obwohl keiner davon wusste, weil sie sie für sich behielt, war jene an ihren Bruder Aaron. Und eben weil in Julias Gedächtnis kein Platz für neue Erinnerungen war, erzählte Sulamith ihr alles: ihre Abenteuer im Wald, ihre Suche nach Pilzen, Beeren oder verlorenen Gespenstern (je nach Jahreszeit), ihre Träume, auch die gewagtesten. Und so war Julia, seitdem sie erkrankt war, zu Sulamiths bester Freundin geworden.

»Kennst du die neue Nachbarin von Mark, die in die Scholem-Alejchem-Allee eingezogen ist?«

»Klar, ganz süße Frau!«

»Sie hat einen Sohn, in meinem Alter, Isaak.«

»Süßes Kind, ganz süßes Kind!«, sagte Julia.

»Ja, sehr süß. Ich habe mit ihm geschlafen, Mama. Vor zwei Monaten, hinter dem Rathaus.«

»Was sagst du da, Sulinka? Warum habt ihr hinter dem Rathaus geschlafen?«

»Haben wir gar nicht. Wir waren ziemlich wach. Wir hatten Sex!«

»Ach ja?!«

»Ja! Es war wunderschön, Mama. Er war so sanft und einfühlsam. Es ist ernst zwischen uns, ich liebe ihn. Wir sind zusammen, weißt du?«

»Du und das süße Kind von der Nachbarin auf der Scholem-Alejchem-Allee?«

»Ja!«

»Na ja, wenn es zwischen euch ernst ist, wünsche ich euch viel Glück.«

»Ich muss dir noch was sagen …«

»Auch über die süße Nachbarin?«

»Nein, von Isaak, ihrem Sohn.«

»Ach, süßer Isaak! Was ist mit ihm?«, fragte Julia, die schon in einer Wolke von Durcheinander schwebte.

»Wir werden bald eine Familie«, sagte Sulamith und sah, wie die Pupillen ihrer Mutter sich vergrößerten, als wäre dieser Teil der Information zu abrupt bei ihr gelandet. »Ich bin schwanger, Mama, und ich brauche deinen Segen.« Sie schwieg.

Julia schloss die Augen, und zwei langsame, schöne, ruhige Tränen tauchten auf, eine aus jedem Auge. Fünf Minuten lang ließ sie geräuschlos die beiden Tränen über die Wangen bis zum Mund sickern und vom Mund bis zum Kinn.

Sulamith umarmte ihre Mutter und wisperte: »Keine Sorge, er ist ein echter Gentleman. Wir machen das zusammen, es wird schön, du wirst schon sehen.«

Und die Mutter öffnete ihre Augen wieder und flüsterte zurück: »Sie sind weg.«

»Was meinst du, Mama?«, fragte Sulamith.

»Die süße Nachbarin von der Scholem-Alejchem-Allee und ihr süßes Kind, der Isaak. Sie sind weg. Heute Morgen sind sie plötzlich ausgezogen. Der Sascha hat es gesehen und es mir vor dem Abendessen erzählt.«

»Quatsch!«

»Quatsch, Quatsch, Quatsch!«

»Warum sagst du so was?! Warum verletzt du mich? Heh?!«, schrie Sulamith plötzlich.

»Es tut mir leid, mein Schatz, es ist die Wahrheit. Du kannst hingehen und nachse…«

»Schweig! Du weißt doch selbst, dass du dich nicht mal ans Abendessen erinnern kannst!«, schrie Sulamith weiter und bedauerte ihre Schroffheit sogleich.

Ihre Mutter schluchzte nun heftig und schlug die Hände vors Gesicht.

Sulamith stürmte aus dem Saal, im Hof blieb sie kurz stehen. »Boris, meine Mutter steht drinnen. Kannst du dich ihrer annehmen? Kann ich sie dir anvertrauen?«

»Klar, Sulamith!«, sagte er, und Sulamith rannte die Straße hinunter.

Das Herz klopfte ihr in der Brust, als ob es rauswollte. Die Häuser der Puschkin-Gasse verschmolzen in einem Orkan von Farben und Düften, ihr wurde übel. Die Scholem-

Alejchem-Allee war schon in der Ferne zu sehen, und sie schwitzte wie nie zuvor. Der Schweiß lief ihr von der Stirn, über die Wangen bis zum Mund, zum Kinn.

So kam Joel zur Welt.

Mit Alex war die Geschichte ganz anders.

25.

Boris saß auf der Bank am Ufer und hüllte sich in eine Wolldecke. Die Tage waren zwar schon warm in Birobidschan, die Nächte aber immer noch sehr kalt, und Boris, der sich inzwischen zu alt fühlte, um mit den anderen Fischern zusammen morgens fischen zu gehen, brach neuerdings erst kurz vor Sonnenuntergang zum See auf, um die letzten Fische des Tages mit seinem Kescher einzusammeln.

Das war am Mittwoch.

Am Donnerstag waren die zwei obskuren Männer längst weg. Aus dem Dorf, aber nicht aus der Erinnerung.

Joel kam nach Hause und setzte sich an den Esstisch. Alex stellte eine Schale violette Suppe vor seinen Bruder und fragte nach dem Grund für dessen strahlendes Gesicht.

»Ich werde es dir erzählen, möchte aber, dass Mama es auch gleich hört«, sagte Joel. »Wo ist sie? Ich glaube, ich habe sie seit drei Tagen nicht gesehen.«

»Sie ist auf ihrem Zimmer, untröstlich, weil diese ekelhaften Männer verschwunden sind.«

»Sei nicht so ein Arschloch, Alex. Vielleicht hatten sie ja was miteinander.«

»Was denn? Liebe?«

»Na ja. Mama hat außer Josephin keine echten Freunde, Oma ist schon lange krank, und seit unsere Väter weg sind, hat sie keinen Mann mehr kennengelernt, das weißt du doch. Sie ist einsam.«

»Was willst du damit sagen, Joel?«

»Wir bemühen uns, dass die Menschen echte Bindungen zueinander entwickeln, aber nicht nur die in Birobidschan, sondern die Arbeiter weltweit. Brüderschaft, Schwesternschaft und Freundschaft.«

»Erspar mir deine Propaganda«, unterbrach Alex ihn. »Also: Was ist heute in der Tsukunft passiert?«

»Wir fahren auch dieses Jahr zur internationalen Konferenz!«, sagte Joel nun mit glühendem Gesicht und strich sich den blonden, unbändigen Haarschopf nach hinten.

»Wie das? Ich dachte, euch fehlt das Geld.«

»Also pass auf. Heute kam Boris ins Rathaus. Ich kam gerade aus einer Diskussion mit Moische und war ziemlich angefressen, weißt du? Der Typ nervt mich einfach. Etwas bei ihm läuft nicht ganz rund. Jedenfalls war ich überrascht, Boris anzutreffen. Er ist ja sonst nie im Rathaus.«

»Joel, bitte, komm zur Sache. Ich muss gleich los«, murrte Alex ungeduldig.

»Gut, reg dich ab. Ich habe also Boris gefragt, was er hier macht, und er sagte: ›Du wirst es mir nicht glauben, Joel.‹ – ›Komm schon, sag doch.‹ Und dann, Alex, hat er mir erzählt, dass er gestern Abend beim Fischen war und einen Fünfhundertrubelschein im Netz hatte!«

Alex fühlte sich auf einmal schlecht. Die Temperatur seines Kopfes stieg sprunghaft an. Er rannte ins Badezimmer und erbrach eine violette Soße reich an Roter Bete.

»Alex? Du weißt doch, dass du Laktoseintoleranz hast, wieso isst du den Borschtsch mit Joghurt? Lebst du noch?«

»Jaja, ich lebe … Meine Laktoseintoleranz ist doch gar nicht so schlimm! Lass mich einfach in Ruhe, es nervt mich gerade, mit dir zu sprechen.«

»Naja, ich dachte, du darfst gar keine Milchprodukte … oder?«

»Du hast doch keine Ahnung. Fahr doch nach Moskau zu deiner Scheißkonferenz!«

»Wie bitte? Alex, vielleicht habe ich keine Ahnung von deiner Allergie, das ist aber noch kein Grund, so unverschämt …«

Hier wurde Joels Rede unterbrochen, da Alex aus dem Haus stürmte.

26.

Die Kinder spielten im Hof der Synagoge. Es war das Jahr 1967. Gregory, der als Letzter eine Armbanduhr von seinen Eltern bekommen hatte (der Tradition nach bekamen Kinder die erste Uhr mit sechs, und Gregory war der Jüngste unter den Spielenden), Gregory also verspürte plötzlich ein winziges, kaum wahrzunehmendes Erdbeben.

Sascha spielte Gregory den Ball zu. Der Ball traf Gregorys Knie, prallte zurück und landete in Saschas Gesicht, der sofort wütend wurde.

Gregorys Gedanken waren jedoch woanders. Sie flogen über die Bergkuppen, über die Wipfel der sibirischen Zirbelkiefern, die die Berge bedeckten, sie sanft umschmeichelten. Und plötzlich war Gregory in einem anderen Wald. Auch hier war Sibirien, die gleichen Büsche, die gleichen Bäume, Gregory kannte sie, doch er konnte es in seinem Bauch spüren, dass er weit, weit weggeflogen war. Wo genau er war, wusste er nicht.

Allein im fremden Wald wurde Gregory von einer unerträglich lauten Explosion erschreckt, auf die ein großes Schweigen folgte. Eine halbe Stunde lang hörte der Junge nichts außer einem sirrenden Piepton. Nach dieser halben Stunde, die auch zwei Minuten gedauert haben könnte, tauchte ein rätselhafter Nebel aus dem Erdboden auf, der zunächst Gregorys Füße umschlang, dann seinen kleinen Rumpf. Als er in Mund und Nase kroch, fühlte es sich an, als ob etwas Gregory würgte, als könnte er dem Ersticken aber nichts entgegensetzen.

»Hallo, Dummkopf!«, durchstach Saschas Schrei seinen Tagtraum.

Ein bisschen älter als die anderen, nämlich acht, war Sascha schon in der Schule und dafür brachten die Sechsjährigen ihm Respekt entgegen.

27.

Mehrere Jahrzehnte nach diesem Spiel mit Gregory und den anderen Jungs, im Jahr 1998, saß Sascha auf der Veranda und las einen Roman des japanischen Schriftstellers Kawabata Yasunari. Sascha bewunderte die japanische Kultur dafür, dass sie die letzte noch existierende Festung der Natur überwunden hatte: den Tod. Der Suizid mittels Durchdringung des eigenen Bauches trug sogar sechs Namen auf Japanisch, er konnte sich aber nur an fünf erinnern: Seppuku, Harakiri, Kappuku, Tofuku, Isame Fuku. Außerdem gab es die Kamikaze-Einheiten, deren Angehörige sich durch Harakiri das Leben nahmen. Das Sterben, um nicht gefangen zu werden – diese Geisteshaltung faszinierte Sascha besonders. Nicht nur die Natur wurde hier in ihrem Kern abgelehnt, sondern auch die Kultur.

Erst zwei Wochen zuvor hatte er den Kommentar eines französischen Philosophen zu diesem Phänomen gelesen:

> *Ironischerweise bekommt man ausgerechnet in der Gefangenschaft ein eigenes Gesicht. Wenn auch nur für eine Sekunde im Moment der Erfassung, sieht*

> *der Einfangende den Gefangenen an, und so erhalten beide ein Gesicht, ein menschliches Gesicht. Ein Gesicht, das später zwischen den beiden den Vollzug der entmenschlichenden Praxis der Folter überhaupt erst ermöglicht.*
> *Im politischen Spiel will jeder das Gesicht des anderen enthüllen, ohne sein eigenes Gesicht zu offenbaren. In Demonstrationen wie auf dem Kampffeld maskieren sich die Gegner und versuchen, der anderen Seite die Maske zu entreißen.*
> *Die Japaner jedoch nehmen an dieser Maskerade nicht teil. Sobald die Totalität des Subjekts durch die Kriegsmaschinerie aufgehoben wird, will man vor der gegnerischen Seite verschleiern, dass man überhaupt ein entlarvbares Gesicht hat. […] Kamikaze ist also die Urversion eines unbemannten Luftfahrzeugs, und zwar eine bemannte Version davon.*

Nun aber las Sascha etwas ganz anderes. Er las von einem Mann aus Tokio, der sich in eine Frau vom Land verliebte, die als Geisha in einem Thermalbad arbeitete.

Auf einmal erhob Sascha sich und brach in Richtung Japan auf. Keiner in Birobidschan sah ihn je wieder.

Er wusste natürlich, dass der Ozean seinen Weg kreuzen würde, und entschied, dass er sich, wenn er erst einmal Svetlaya erreicht hatte (hier muss ich als Erzähler vielleicht erklären, dass Svetlaya ein Dorf an der russisch-fernöstlichen Küste ist, das genau in der Mitte zwischen Birobidschan und Japan liegt), noch immer überlegen konnte, was er tun würde. Vielleicht würde er einfach rüberschwimmen.

Und diese Gedanken waren wirklich nicht typisch für den rationalen Sascha, der immer ganz klar dachte und viele Birobidschaner Diskussionen mit seinen logischen Argumenten dominiert hatte. Doch als drei Monate später seine Leiche am Strand der japanischen Kleinstadt Rumoi gefunden wurde, bestätigte sich, dass ein anderes Denken Besitz von Sascha ergriffen und dass er sein Ziel auf mysteriöse Weise erreicht hatte.

Der nächste Sascha, der ein paar Jahre zuvor als Sohn Sulamiths und als Bruder Joels geboren worden war, bestand von diesem Tag an darauf, von allen Alex genannt zu werden.

28.

»Ich weiß nicht, was ich tun soll.«

»Was meinst du, Alex? Wovon sprichst du?«

»Der alte Fischer hat mein Geld gefunden und es der Stadt gegeben, die es dann an Joel für seine Scheißreise nach Moskau weitergereicht hat.«

»Du … was? Welches Geld? Wieso glaubst du, die Reise nach Moskau ist scheiße? Was ist los, Alex, sei ein bisschen klarer, dann kann ich dir vielleicht helfen.«

»Du hast recht, es tut mir leid.«

»Alles gut, ich bin da, und du kannst mir alles erzählen, wirklich.« Sie strich durch seine lockigen Haare. »Aber sei daytlekh.«

In dieser Nacht erzählte Alex Rachel wirklich alles. Nicht nur die Geschichte der fünfhundert Rubel für die Moskaureise, sondern alles. Weinend sprach er von den ersten und den letzten Erinnerungen an seinen Vater, von dem gelegentlichen Mitleid, das er für seine Mutter empfand, und davon, wie schuldig er sich fühlte.

Um sechs Uhr morgens umarmten sich Alex und Rachel fünfzehn lange Minuten. »Verlass mich nicht«, flüsterte er, während sie sein schwarzes Haar streichelte.

29.

96/7

Der Frühling war endgültig da. Dicke Knospen brachen auf, und neue Blütenblätter wuchsen in die Luft hinaus und in die Seelen hinein.

Rachel legte ihre Hand sanft auf Joels Oberschenkel. Sie lagen unter der Ulme, verborgen in deren Schatten. Joel nahm Rachels Hand und küsste sie behutsam.

»Wir dürfen das nicht mehr machen, Rachel. Das Dorf ist viel zu klein«, sagte er leise. »Ich weiß, was du denkst, aber man kann Birobidschan nicht einfach verlassen. Man kann nicht einfach weggehen von hier. Ich habe Verpflichtungen – und du ebenfalls, auch wenn es nicht so aussieht. Du musst vor allem erst mal die Schule beenden.«

»Du magst also lieber von mir weggehen als aus diesem gottverlassenen Ort? Wir sind Nebbiche, Joel, ist dir das nicht klar? Fünf Kilometer von hier weiß keiner, was und wie Birobidschan überhaupt ist. Wie kannst du ernsthaft denken, dass hierzubleiben eine Verpflichtung wäre?«

»Ach, willst du jetzt berühmt werden, oder was? Willst du, dass die ganze Welt deinen Namen kennt? Komm, sei nicht so albern«, antwortete Joel verärgert und entzog seinen

Oberschenkel ihrer Hand. »Ehrlich, Rachel, manchmal bist du so kindisch, dass ich mich frage, was ich mir dabei gedacht habe, für dich meine Beziehung zu Alex und zu allen anderen aufs Spiel zu setzen.«

Feuchtigkeit erschien in Rachels Augenwinkel, doch kurz bevor sie sich in eine Träne verwandeln konnte, war eine Explosion oder ein ohrenzerreißender Schuss zu hören, der die beiden Jugendlichen mit Panik erfüllte. Hastig erhoben sie sich und rannten bergab. Joel versuchte, im Laufen nach Rachels Hand zu greifen, doch sie wehrte ab.

Als sie das Schtetl erreichten, bog Rachel plötzlich in eine andere Richtung ab. Joel versuchte, ihr zu folgen und erneut ihren Arm zu schnappen. Ihre Ablehnung blieb jedoch unverändert strikt. Sie lief rechts, als er sich nach links wandte.

30.

98-101

97←

Der Schuss hallte im ganzen Tal wider, und man sah Herden, fürstliche Pferde in Schwarz und Weiß, die über die grünenden Flächen stürmten, als würde glühende Lava einen Hang hinunterfließen. Alle waren aus ihren Häusern auf die Straße geeilt und schauten mit aufgerissenen Augen zum fliehenden Gewimmel am »großen Hügel«. Schüsse fielen in Birobidschan nie.

Hinter den drei nun völlig durcheinander stiebenden Herden erschienen drei junge Hüter, standen nebeneinander auf der Kuppe wie Protagonisten einer griechischen Tragödie: Sie waren, wie menschlich, zur falschen Zeit am falschen Ort gewesen, und nun erwarteten alle Blicke eine Antwort auf das, was sich auf den ersten Klang nach Deus ex machina angehört hatte. Die verwirrten Jungen standen sprachlos da, das Schweigen vom plötzlichen Bruch des hohen und zugleich tiefen Tons war das Einzige, was mit dem wirbelnden Wind ins Tal gedrungen war und es unangenehm ausfüllte.

Während die Herden nur von dem Schuss aufgeschreckt worden waren, war er nicht der einzige Grund für die Erschütterung der jungen Hirten: Sie hatten Boris tot aufgefunden,

87← →102

an der Buche lehnend, jener Buche, die alt und stolz seit Jahrhunderten in der Mitte des Waldes wurzelte. Voller Biss- und Kratzspuren war er, die von einem Tier, vielleicht einem Bären, herzurühren schienen. Dies erzählte einer der Hirten den umstehenden Männern und brach damit das lange Schweigen.

Schockiert machten sich die Birobidschaner auf, um zwischen den Pferden den Hügel hinaufzusteigen, als einer plötzlich schrie: »Halt! Warum ein Schuss, wenn er von einem Tier angegriffen wurde?«

»Im Wald finden wir es heraus. Und bringt eure Kinder heim, das hier ist nichts für sie, verdammt.«

»Es wurde doch ein Schuss abgefeuert, oder? Es gibt also jemanden in unserem Wald, der mit einer Schusswaffe herumläuft!«

»Vielleicht ist er psychopathisch?«

»Offensichtlich ist er psychopathisch, er hat Boris erschossen! Der Arme, der in seinem ganzen Leben nichts Böses getan hat!«

»Boris wurde nicht erschossen, sondern angegriffen, hört mal!«

»Dann wurde eben jemand anderer erschossen, verdammt!«

»Pass auf deine Sprache auf, es sind Kinder hier.«

»Warum sind hier immer noch Kinder? Ich habe doch klar gesagt, ihr sollt mit euren Kindern heimgehen.«

»Wo ist der Arzt?! Holt mal den Arzt!«

Und einer der Jungen rannte schnell, um den Arzt zu holen, und begegnete Rachel auf der Straße. Ein kurzer Gruß. Erklärung der Dringlichkeit. Schweigen. »Rachel? Wohin gehst du denn?« – »Nach Hause.« Etwas komisch, dachte der

Junge. Wie ruhig sie zu sein schien. Zu ruhig in Anbetracht der schrecklichen Nachrichten, die jeden Birobidschaner aufwühlen mussten. Aber Rachel nun zu verdächtigen? Das wäre vielleicht ein wenig zu viel.

Rachel hatte kurz zuvor ein Gedicht gelesen, das ihr schon alle Erschütterungskräfte genommen hatte. Das Gedicht der jüdischen Dichterin Ida Weiss lautete:

O wenn wir dich nur hätten
O wie die Uhr Ohne Zeig
Er O
Ne Zeuger
Die Zeit schwärmt
In Kreisläufen
Läuft in Kreiseln
Auf'm ---

Weiter hatte sie nicht lesen können.

Rachel war sich schon immer wie ein Fremdkörper vorgekommen, im Sinne von örtlich, also in Birobidschan deplatziert. Jetzt wurde ihr jedoch bewusst, dass es bei ihrem Deplatzierungsgefühl nicht um den Ort ging, sondern um die Zeit: Destundierungsgefühl also.

In Rachel klang der Schuss aus dem Wald wieder und wieder nach. Ihr schien, als hallte er aus jedem Stein, aus dem Pflaster jeder Gasse wider.

Solange sein Echo in Birobidschan schallte, waren die Menschen im Vergleich dazu ganz leise, fast stumm. Für gewöhnlich liefen sie geschäftig hin und her, stritten und lachten laut miteinander, lobten und beschimpften einander. All dieses Irrsal und Wirrsal wurde aber mit dem jähen Schuss aufgehoben, einem Schuss, der noch eine ganze Woche lang die kleine Gemeinde erbeben lassen würde.

31.

Der Arzt Leonid Goldstein hatte in der Zwischenzeit den kalten Boriskörper erreicht. Er lehnte tatsächlich an der traurigen alten Buche. Der Baum hatte sich um die neue Leiche gekümmert, bis die Gesandtschaft eingetroffen war.

Die Sonne hatte ihren täglichen Tauchgang begonnen, und der Wald brach in Flammen aus, genau wie am Tag davor und am Tag danach.

Der Arzt legte zwei Finger auf die Halsschlagader und analysierte: »Tot.«

Neben ihm stand der Biologe, dessen Schwerpunkt zwar die sibirischen Pflanzen waren, der sich aber an genug aus seinem Studium erinnerte, um festzustellen, dass a) die Finger des Arztes den falschen Punkt auf der alten Haut berührten, und dass es b) völlig egal war. Boris war schon seit einigen Stunden tot, jeder konnte es sehen, und die, die einen entwickelten Geruchssinn hatten, konnten es auch riechen.

32.

Rachel lag auf Alex' Bett, die Tür zum Zimmer seines Bruders stand offen, das Zimmer voll mit dessen Geruch, aber ohne ihn.

Sie las Alex vor:

»O wenn wir dich nur hätten
O wie die Uhr Ohne Zeig
Er O
Ne Zeuger
Die Zeit schwärmt
In Kreisläufen
Läuft in Kreiseln
Auf'm Herz
O du Auge, du Wunde
Die stetig blue
Tête ist O hätten
Wir dich, wären unsere Zeiger unsre Zeuger
Gebrannt in ewiges Feuer
O Gebärmutter Auge Bärmutter Hab Erbarmen!

Was denkst du, Alex?«

»Ich verstehe nicht warum sie ›blue tête‹ so komisch schreibt.«

»Ach, vergiss es«, murmelte Rachel und schloss das Buch von Ida Weiss, auf dem Einband das Bild zweier nackter Körper, die ineinander verschlungen waren.

»Verzeih, Rachel, ich bin gerade nicht in der richtigen Laune für deine Gedichte. Schließlich wurde Boris ermordet.«

»Fuck, ja!« Das Mädchen stand auf, ging zum Fenster und blickte auf den See, der im Licht des blutroten Sonnenuntergangs aussah wie ein großer lippenstiftgeschminkter Mund. Vielleicht würde aus ihm gleich eine gleißende Zunge auftauchen, sich Alex um den Hals legen und ihn wegtragen.

Alex erhob sich schweigend vom Bett, stieg die Treppe hinab in die Küche, wo er schwarzen Tee aufsetzte, und ging ins Wohnzimmer.

In der Küche brodelte das Teewasser, das Pfeifen des Kessels kroch durch das Haus, begann fauchend und dehnte sich langsam bis zum letzten Kubikzentimeter aus. Der Ton schraubte sich immer höher.

»Hörst du das nicht?!«, rief Rachel aus Alex' Zimmer.

Alex stand noch immer im Wohnzimmer, der Küche nah, und starrte weit über das Fenster hinaus. Die bärenlose Nacht blickte zurück. Als er sich umdrehte, stand auf einmal Rachel da und sah ihn mit diesem durchdringenden Blick an, der sich wie Bleiche auf seinem Gesicht anfühlte.

»Zitrone?«, fragte er sie, während sie sich an den Tisch setzte, auf dem der Samowar stand.

Jeder Haushalt in Birobidschan besaß einen traditionellen Samowar, üppig gestaltet, als wäre er eine Art Familienwappen, in Wahrheit glichen sie einander alle. Sie standen unbenutzt da, nur fürs Auge.

»Du schläfst ja im Stehen!«, sagte Rachel, als Alex nun in die Küche ging und das Feuer ausmachte, aber noch immer den Tee nicht aufgoss.

Ungeduldig folgte sie ihm. »Was ist denn los mit dir, Alex?«

»Glaubst du, sie waren tatsächlich Jäger?«, murmelte er, ohne den Blick vom Wasserkessel zu lösen, den Rachel nun vom Herd nahm.

Sie schwieg. Goss geräuschvoll den Tee auf und meinte dann ruhig: »Nein, natürlich nicht. Wieso glaubst du immer alles? Wir wissen doch, dass es hier diese Scheißbären gar nicht gibt. Die beiden kamen offensichtlich nicht mit der Bahn, sie hatten sich auch keinen Schlafplatz organisiert … Natürlich, *natürlich* sind sie nicht das, was sie zu sein behaupten.«

Er sah sie an. »Warum hast du mir das nicht früher klargemacht?«

»Komm schon, Alex.« Sie stellte Tassen auf den Tisch und fuhr ihm mit den Fingern durch die Haare. Sie wusste, wenn sie das tat, schmolz er dahin und vergaß, dass sie ihn manchmal »Dummerle« nannte. Aber nicht jeden Tag ist Purim, heißt es auf Hebräisch: Hatte man mit einem Trick ein Mal Glück, gab es keine Garantie, dass es auch beim zweiten oder zehnten Mal funktionierte.

Alex duckte sich unter ihrer Berührung weg und stieß ihren Arm zurück.

Rachel verspürte plötzlich ein Bedürfnis in sich, das sie schon lange nicht mehr verspürt hatte. Da war keine Angst, Angst hatte sie ziemlich oft. Da war auf einmal das Bedürfnis, die Angst sichtbar zu machen. Sie wollte, dass er sie sah. Sie brach in Tränen aus und stürmte aus dem Haus, die Tür hinter sich zuknallend.

Alex blieb verlegen stehen. Die letzten Tage waren für seine junge Seele zu viel. Wäre er in einem Buch oder einem Film, so fühlte er, gäbe es zu viele Handlungslücken. Seine Unruhe würde nicht verdampfen, bis es gelang, diese Lücken zu füllen. Warum war Boris ermordet worden, wer waren diese Jäger, was genau wollten chinesische Bären diesseits der Grenze und warum schwankte in letzter Zeit Rachels Stimmung so oft?

33.

Doktor Goldstein hatte also nicht viel tun können. Er hatte leicht den toten Hals mit seinem Zeige- und Mittelfinger gedrückt, seine Augenbrauen in eine Ernsthaftigkeit demonstrierende Position gebracht und seinen Augenglanz in eine unbestimmte Ferne geschickt, einen Augenglanz, der als solcher schon Wichtigkeit aussagte, und hatte analysiert: »Tot.«

Still. Die Wasser des Flusses Amur standen auch für Birobidschans ältesten Bewohner still.

Wie bei jedem Todesfall beschloss man, die Chewra Kadischa aus Chabarowsk zu holen, jene Organisation, die für die Toten verantwortlich war. Sie wuschen, gruben und beteten auf der Beerdigung. Sie waren für alles da, was die Toten noch brauchten. In Birobidschan starb man nicht so oft, dass es sich gelohnt hätte, ein eigenes Büro zu haben, weshalb jeder Tod eine kleine Reise nach Chabarowsk bedeutete.

Die Birobidschaner fuhren nie allein dorthin, denn die Leute der Chewra Kadischa waren kauzig und morbid, und keiner wollte allein mit ihnen und ihrem unangenehmen Schweigen den Weg zurück nach Birobidschan fahren.

»Na, wer kommt also mit?«, fragte der Arzt leidenschaftslos.

»Ich«, sagte Sulamith unvermittelt mit einer vom Weinen gebrochenen Stimme und trat aus der zufälligen Versammlung hervor.

»Noch jemand?«, bellte der Arzt, dem Frau Leibowitz wohl nicht genügte. »Nein? Na gut. Sulamith, kannst du rasch holen, was du brauchst? Wir müssen uns gleich auf den Weg machen.«

(Säuselte hier etwa ein Echo von Sapphos Worten, verfrachtet auf die Flügel des Windes? »Eros erschütterte mir die Eingeweide, wie Sturm im Gebirge in Eichen stürzt.«)

»Ich komme auch mit.«

Sulamith wandte sich um und sah Julia, die Oma ihrer Söhne, fast im gleichen Alter wie der Gestorbene. Ihre guten braunen Augen ruhten in den gleichfarbigen, doch mandelförmigen von Sulamith, der auf einmal wieder Tochter gewordenen Mutter.

»Ich brauche Luft, Luft brauche ich. Und was mache ich, wenn dir etwas auf dem Weg passiert? Ich komme mit.«

»Du kommst also auch mit?«, fragte der Arzt. »Also gut, geht nach Hause und holt, was ihr braucht. Wir treffen uns in einer halben Stunde vor dem Rathaus.«

34.

»Wo fahren wir eigentlich hin, Sascha?«, fragte Gregory, nachdem es seinem Freund, der hinter dem Lenkrad saß, gelungen war, minutenlang zu schweigen.

Sascha antwortete nicht, lächelte nur ein wenig mit dem Mundwinkel.

Das beruhigte Gregory ein wenig. In mehr als vier Jahrzehnten Freundschaft hatte er schon oft erlebt, wie Sascha in wirkliche Schwierigkeiten geraten war und Gregory mit sich in die Tiefe genommen hatte, sodass Letzterer eine Lösung hatte finden müssen. In diesen Fällen hatte Sascha nicht gelächelt. Die winzige Bewegung des Mundwinkels bedeutete also, sie begaben sich auf ein Abenteuer.

Und doch kroch ein Ängstchen in Gregorys Herz. Es war das Jahr 1990, und man sagte, die Berliner Mauer sei gefallen. Wäre der Motor nicht so alt, könnten sie mit dem Auto praktisch überall auf der Welt hin. Könnten sie bis nach Südamerika fahren? Wie lange würde es dauern? Und wie sollten sie das Beringmeer überqueren? Vielleicht müssten sie raus aus dem Auto und es auf der gefrorenen See anschieben. Nein, wenn sie überhaupt Richtung Osten fuhren, dann bestimmt nach Japan. Sascha hatte zuletzt so viel von diesem Land gesprochen, dass es klar war, er würde irgendwann einfach hingehen. Dass er Gregory mit nach Japan entführte, wäre auch schon nicht mehr überraschend. Verdammte Kirschbäume, dachte Gregory, wie sollten sie sich da mit den Menschen verständigen? Sie konnten ja kaum Englisch und Japanisch schon gar nicht.

Drei Stunden von Birobidschan entfernt, stellt Gregory dieselbe Frage noch einmal, diesmal jedoch mit mehr Nachdruck.

»Nu, okay, ich sage es dir«, antwortete Sascha und machte die Musik aus.

Er hielt am Rand der kaum asphaltierten Straße, und die beiden stiegen aus, setzten sich auf das frische Gras. Unendliche und unordentliche Reihen von Bäumen erstreckten sich vor ihnen bis zum Horizont und darüber hinaus.

Sascha holte eine metallene Brotbüchse hervor, darin zwei Butterbrote, von denen er eines Gregory reichte, und sah ihn mit nassen Augen an.

Gregorys Verwirrung verwandelte sich in ein plötzliches Heimweh. Er wollte die Frage nicht noch einmal stellen, und da keiner etwas sagte, schwebte sie noch im Raum und blieb zwischen den beiden, hing über ihnen wie ein Mistelzweig an der Tür am christlichen Chanukka.

In der Zeitung hatte Gregory mal gelesen, diese Mistelzweige repräsentierten die männliche Fruchtbarkeit, da ihre Früchte wie Samen aussahen. Wieder schweifte er ab, wie es ihm öfter passierte, wenn Sascha schwieg. Der versuchte wahrscheinlich nur, Spannung aufzubauen, Gregory aber befand sich mit seinen Gedanken schon auf weit entfernten Kontinenten, Planeten; drei Bäume nebeneinander hatten Hexenbesen, wie sonderbar! Und er blickte plötzlich in die erwartungsvollen Augen seines Freundes, grün und groß. Aha.

»Also, Sascha«, pflückte Gregory die imaginären samenähnlichen Früchte der mistelzweigigen Frage, »wo fahren wir hin?«

Sascha wirkte nun, als wäre er es, der aus einem schönen Traum aufwachte, als wäre in den Hexenbesen gewesen.

Langsam antwortete er: »Hast du von Tunguska gehört?«

Gregory blinzelte. »Dem Fluss?« Er blickte seinen Freund ratlos an, er wusste nicht, ob Sascha nun vollends von der Rolle war.

»Nein … Ich meine, ja, die Tunguska ist auch ein Fluss, richtig, aber ich meine, das Tunguska-Ereignis. Hast du davon gehört?«

»Das mit den Bäumen, die irgendwie in einer Nacht gefallen sind, oder so?«

»Nicht in einer Nacht, Gregory, sie sind in einer Sekunde gefallen. Die Menschen berichteten, dass sie eine große Explosion gehört hätten, und die Bäume fand man auf dem Boden, alle kreisförmig angeordnet und nach außen gerichtet.«

»Ja, genau, jetzt kann ich mich wieder an diese Geschichte erinnern. Und was hat es mit uns zu t… O nein, Sascha, bitte sag mir nicht, dass wir dorthin fahren! Wozu denn?«

Sascha setzte sein spitzbübisches Lächeln auf: »Doch.«

Nun stand Gregory auf und ging zurück zum Auto. »Komm, Sascha, wir fahren nach Hause.«

»Halt, halt! Denk kurz darüber nach, okay?« Sascha folgte ihm, setzte sich wieder auf den Fahrersitz, startete den Wagen und fuhr in die Birobidschan entgegengesetzte Richtung.

»Was gibt es da genau nachzudenken? Auch wenn ich es für eine gute Idee hielte, bis dorthin sind es bestimmt drei Tage mit diesem Auto, oder? Hast du überhaupt genug Essen eingepackt? Es gibt doch keine Raststätten in Krasnojarsk. Verlässt du dich etwa auf die Gutherzigkeit der Ewenken oder was?«

»Erstens, der Kofferraum ist voll mit Essen, und zwar für eine ganze Woche. Zweitens, die Ewenken sind doch nett. Ich habe mal einen von ihnen am Bahnhof in Birobidschan kennengelernt. Er hat mich nach dem nächsten Restaurant gefragt, weil er ein paar Stunden herumbringen musste, und ich trank mit ihm einen Kaffee, er war sehr süß.«

Gregory konnte nicht glauben, was er da von seinem besten Freund hörte. »Hast du es mit Josephin besprochen? Sie ist schon genervt, wenn ich nur fünf Minuten zu spät bin. Jetzt redest du von einer Woche, die wir weg sind.«

»Ja, ich habe es mit Josephin geklärt. Und wir haben genug Essen, das mit den Ewenken war nur ein Witz … Ich meine, du hast nicht gelacht, deshalb die Erklärung …«

»Sascha, warum hast du nicht mit mir geredet? Ich verstehe es einfach nicht. Ja, wir verreisen manchmal übers Wochenende, aber eine ganze Woche? Was ist in dich gefahren?«

Sascha saß da mit seinen lockigen schwarzen Haaren, die sich wie die wäldlichen Hexenbesen auf seinem Kopf arrangiert hatten, und schaute verständnislos zu ihm herüber.

Gregory hatte das Gefühl, dass sein bester Freund verrückt geworden war, und wusste nicht, ob er nicht besser einfach mitspielen sollte.

»Guck mal …« Gregorys Stimme war voll jener väterlichen Sanftheit, mit der er Josephin abends immer von seinem Tag erzählte. Sie war von seiner Stimme stets bezaubert und hörte seinen Erzählungen zu wie ein kleines Kind einer Gutenachtgeschichte.

Gregory arbeitete in der Fabrik, und oft kamen die anderen Arbeiter zu ihm, um sich von ihm beraten zu lassen, oder auch einfach nur, um von den Dingen zu erzählen, die sie zu Tränen gerührt hatten. Unter vier Augen, in der Pause, weit entfernt von den anderen. Langsam hatte sich eine Art besondere Weichheit in ihm entwickelt. Er wusste es, weil er das Wetter im Laufe der Zeit intensiver spürte. Er spürte innerlich, wenn es sonnig war, wenn es regnete, schneite. Dann wusste er: Diese Härte, die die anderen oft zeigten, war unnatürlich. Er war der Ansicht, Menschen mit Tieren waren sanfter, weil sie ihren Tieren in die Augen blicken und sehen konnten, dass auch diese manchmal traurig und genervt waren, dass auch sie manchmal aufgeregt waren, dass auch sie weinten. Durch seinen Hund und die beiden Katzen sowie die gelegentlichen Begegnungen mit den Rehen der Region wusste er, dass Natur hieß, die eigenen Gefühle nicht in Abrede zu stellen. Kultur hielt er hingegen für eine gewalttätige, kalte, emotionslose Vorstellung. Wenn er eins mit der Natur war, weil er den Regen und die Sonne und den Schnee und nach einer Weile sogar den Morgentau spüren konnte, wirklich spüren – unter, nicht auf der Haut –, wusste er, dass er aufweichte, und war unglaublich froh darüber, er fühlte sich auf einmal frei. Befreit von der künstlich männlichen Haltung, die ihn so viele Jahre festgehalten hatte.

Diese innere Sanftheit holte er nun hervor und sagte: »Guck mal. Wir fahren hin, wir machen diese merkwürdige Fahrt nach Tunguska und zurück. Aber überleg dir bitte, ob diese Reise für mich ist oder für dich.«

Zwei Stunden verbrachten sie daraufhin in Schweigen.

Nach einer weiteren Essenspause setzte Gregory sich hinter das Lenkrad.

Sascha blickte aus dem Fenster. »Die Tundra ist schön im Frühling«, sagte er. Sie fuhren westwärts, wie die Sonne, und Sascha klang, als ob er enttäuscht wäre, dass die Bäume mit ihrem Sprießen nicht auf sie gewartet hatten.

Darauf antwortete Gregory: »Das sind Wälder, keine Tundra. Oder soll das bedeuten, dass du noch weiter zum Tundra-Gebiet fahren möchtest? Ja, vielleicht können wir einen Monat lang herumreisen. Wieso fahren wir eigentlich nicht nach Japan? Das liebst du doch, oder?«

Sascha schluckte seinen Speichel herunter. Soll und Haben hatten sich augenblicklich umgekehrt: Vor einer Stunde hatte Gregory Sascha sein volles Vertrauen geschenkt, nun war er es, der Gregory sein Vertrauen schenken musste.

Am Abend knurrte das Auto langsam in eine Kleinstadt. Auf einem rostigen Schild stand der Name »Tschita«.

»Wir haben Glück, dass wir überhaupt einen Ort mit Menschen finden, wo wir die Nacht verbringen können«, sagte Gregory.

»Na ja, im Kofferraum gibt es auch …«

Doch Gregory durchschnitt die Rede seines Freundes wie mit einem Skalpell: »Nein! Ich will nichts von dem Zelt und den Schlafsäcken im Kofferraum hören, Sascha, es ist Mai, okay? Und das hier ist Sibirien, nicht die Sahara.«

»Eigentlich«, sagte Sascha ganz leise, »kann die Wüste ganz schön kalt sein in der Nacht. Manchmal ist es dort kälter als hier.«

35.

Es begann zu regnen. Bald prasselte es in einem militärischen Rhythmus, es klang wie die Trommeln eines Krieges, und Sulamith holte einen Regenschirm hervor und spannte ihn über ihre Köpfe.

Vor dem Rathaus wartete Leonid Goldstein auf sie. Es würde drei Stunden dauern, Chabarowsk zu erreichen und die Mitglieder der Chewra Kadischa zu holen, und drei Stunden zurück.

Im grünen Auto von Leonid hing der Geruch von altem Rauch, der im roten Leinenbezug versunken war.

Die Straße war ziemlich leer, und Leonid fuhr schneller und schneller.

Nachdem er zum dritten Mal beschleunigt hatte, fragte Julia endlich, ob er nicht ein bisschen langsamer fahren könne, da sie sich unsicher fühle. »Das hier ist keine deutsche Autobahn, weißt du? Wir sind in Sibirien.«

»Ach, und woher weißt du, wie die Autobahn in Deutschland ist, Frau Leibowitz?«, fragte der Arzt spöttisch, ohne den Wagen um einen einzigen Stundenkilometer zu verlangsamen.

Julia meinte nur, sie brauche etwas Luft, und öffnete ihr Fenster, das sich direkt hinter Leonid befand. Der Windstoß überraschte den Fahrer, der auf einmal zur erlaubten Geschwindigkeit zurückfand und dadurch Sulamith weckte, die erschöpft ihren Kopf an das Fenster gelehnt hatte.

»Sind wir schon da?«

»Nein, noch nicht. Wir sind aber fast bei Smidowitsch.«

Smidowitsch, eine kleine Siedlung eine Stunde von Birobidschan entfernt, beheimatete hundertunddrei Menschen in nur zwölf Familien. Man nannte diesen Ort das »orthodoxe Birobidschan«, weil die Orthodoxen der kleinen jüdischen Stadt in den Siebzigern aus Angst vor ihrer langsam verschwindenden Lebensart die neue Siedlung gegründet hatten.

RUMPELN.

Was war das?

RUMPELN.

Das Auto fuhr weiter, niemand wusste, was der Grund für das plötzliche Rumpeln war. Keiner wagte, danach zu fragen.

An der Smidowitscher Ausfahrt trauten sie ihren Augen kaum: Die Bewohner der Siedlung standen allesamt am Rande der Autobahn.

Julia, die die alten Smidowitschaner noch kannte, mit manchen sogar noch in Kontakt stand, betrachtete die Menschenreihe mit Sorge und sagte, anfangs leise und dann lauter: »Halt, Leon, hier ist was geschehen, vielleicht brauchen sie unsere Hilfe.«

Zwei Reihen, in Schwarz und Weiß, guckten nach oben. Leonid beschwor Julia, sich nicht einzumischen in die Smidowitschaner Merkwürdigkeit, hielt dann aber doch den Wagen an und mahnte zur Eile.

»Albert.«

Albert schaute Julia mit glasigen Augen an.

»Was ist los, Albert?«

Albert antwortete nicht sofort, griff nach ihren Schultern und sagte dann kaum hörbar: »Siehst du es nicht, Julia? Siehst du es nicht?«

»Was soll ich denn sehen, Albert?« Dann blickte auch sie nach oben.

Am Himmel sammelten sich die Wolken auf eine ganz seltsame Weise und segelten in verschiedene Richtungen, als gäbe es nicht nur einen Wind, sondern mehrere Winde, als würden sie miteinander kämpfen und jeder von ihnen wäre so stark wie der andere. Das Rumpeln war offenbar ein außergewöhnlich lauter Donner gewesen, der plötzlich ein inneres Zittern im Herzen der drei Reisenden auslöste. Sulamith, Julia und Leonid sahen. Als die Wolken ineinander prallten, fing es mit einem Schlag an zu donnern, zu blitzen, zu rasen.

Leonid sagte: »Julia, Sulie, wir müssen unbedingt weg, bevor wir nicht mehr weiterkommen.«

»Ihr werdet sowieso nicht mehr weiterkommen«, sagte der alte Albert und zeigte mit seinem Finger auf den vor ihnen liegenden Weg.

Eine riesige Zirbelkiefer erstreckte sich von einem Rand der Straße bis zum anderen und schickte ihre Äste und Zweige in die Fenster der ersten Häuser Smidowitschs hinein. Ein Blitz schnitt den Himmel entzwei, warf sich zuckend aus einem nahe gelegenen See zurück, der ebenfalls anfing zu tosen.

Manche Leute taumelten in tiefem Gebet, andere fanden, es wäre vielversprechender, das in der Synagoge zu tun. Albert stimmte zu und eilte mit ihnen dorthin.

»Julia, kommt ihr mit? Ihr könnt auf keinen Fall draußen bleiben. Oder wollt ihr zu mir heim? Ich werde nach dem Gebet zurückkommen. Es gibt Hühnersuppe, die ihr euch aufwärmen könnt.«

Die drei schauten einander an, und Leonid sagte: »Ich gehe jetzt in keine Synagoge, lasst uns die Hühnersuppe bei Albert aufwärmen. Danke für die Einladung. Und ich will nicht unhöflich sein, aber ich frage mich, ob ihr neben euren bestimmt wichtigen Gebeten die Behörden in Chabarowsk kontaktiert habt, um diesen Holzriesen von der Straße entfernen zu lassen?«

»Selbstverständlich, Herr …«

»Nur Leon.«

»Leon, wir sind zwar traditionelle Beter, aber nicht dumm. Für euch hängt das manchmal zusammen, ich weiß. Und leider übernehmen manche hier sogar eure Vorstellung von uns, in dem Versuch, sich euch anzunähern. Das Gespräch darüber können wir gerne später weiterführen.«

36.

Tschita war eigentümlich, die Stadt sah ganz anders aus als Birobidschan. Die Dächer der Häuser waren runder, wie Buchstaben in Schreibschrift, und ihr Scheitelpunkt etwas spitzer.

»Pagoden!«, schrie Gregory.

Sascha sagte: »Kann es sein, dass wir aus Versehen die Grenze überquert haben?« Die Angst in seiner Stimme war deutlich hörbar. »Sind wir also in China, oder was?« Und nach einigen Sekunden: »Quatsch, das kann doch gar nicht sein. Die Grenze wird überall bewacht, wir hätten sicher bemerkt, wenn wir sie überquert hätten.«

»Ich bin mir nicht so sicher wie du. Sie sind zwar sehr streng auf der chinesischen Seite, aber nicht auf der mongolischen. Es könnte also sein, dass wir aus Versehen die mongolische Grenze …«

»Das wär richtig übel, wenn es so wäre. Steig ein, wir fahren sofort zurück, bis wir sicher sind, dass wir wieder in Russland sind. Letztes Jahr ist die Mauer gefallen, alles bewegt sich gerade. Genauso fangen Horrorgeschichten an, mit Menschen, die sich verfahren und in irgendeinem gottverlassenen Ort landen.«

»Du siehst zu viel fern, oder?«

»Das ist gar nicht lustig! Steig ein.«

»Sieh mal, da drüben, die Schrift am Hotel, das ist Kyrillisch. Wir sind also doch noch in Russland.«

»Genau genommen benutzt man die kyrillische Schrift auch in der Mongolei«, sagte Sascha, »aber ja, du hast recht, das hier ist doch Russland. Ich habe es auf der Karte gefunden: Tschita. Wir sind aber tatsächlich nicht weit von der Mongolei.«

»Was für eine Erleichterung! Ich denke übrigens, dass sie uns, falls wir in der Mongolei gelandet wären, trotzdem zurückgelassen hätten. Die Mauer gibt es ja nicht mehr, und die Sowjetunion ist sowieso bald Geschichte, sagt man.«

Worauf Sascha in witzelndem Ton erwiderte: »Endlich, die Russen fallen in die Mongolei ein! Es hat ja nur achthundert Jahre oder so gedauert!«

Und die beiden lachten vor Erleichterung, die Anspannung, die bisher zwischen ihnen geherrscht hatte, löste sich. Eine Hand wurde sogar freundlich auf eine Schulter gelegt.

»Schön ist es, wie ein bisschen Stress uns Menschen zusammenschweißt.«

»Deshalb ist unser kleines Birobidschan ein Wunder«, sagte Sascha plötzlich in einem ernsteren Ton. »Keiner hat uns je Ärger gemacht, und trotzdem sind wir eine Gemeinschaft geworden, nicht wahr?«

Gregory nickte, obwohl ihn dieser Satz, weit weg von Birobidschan, sogar noch weiter davon zu entfernen schien. Eine frische Sehnsuchtswelle nach seinem Heimatsschtetl brach sich in seinem Herzen wie an einem Wellenbrecher, und als das Wasser sich zurückzog, blieben winzige Salzkörnchen schmerzend zwischen den Felsen seines Herzens.

Trotzdem nickte er langsam und sagte: »Ja, einen komischen Ort haben wir da, oder? Kaum echt, könnte man sagen, kaum Ort.«

Im Hotel bezahlten sie für eine Nacht im Voraus und gingen zu ihrem Zimmer hinauf. Es war wahrscheinlich seit langem nicht belegt gewesen war, denn es roch nach Museum, nach abgestandenen Räumen adeliger Schlösser.

Gregory öffnete das Fenster, und der Wind drang ganz langsam ins Zimmer und nicht etwa zerstörerisch, wie es manchmal in diesen verlassenen Gebieten geschah, wo der Wind aus vergeudetem Potenzial zu bestehen schien. Wind kannte keine Grenzen, genauso wenig wie ein Nichts, das einst ein Potenzial war.

Sie hatten sich einen langen Vortrag der netten Empfangsdame über die besondere Architektur der Stadt Tschita angehört, die tatsächlich mongolische Einflüsse habe, obwohl sie nie zur Mongolei gehört habe. Die Architektur sei hier ein bisschen von der Pagode beeinflusst, ja, weil sie es schön fänden. Auf jeden Fall schöner als die Wohnblöcke Stalins und …

Doch Sascha hatte gegähnt: »Es tut uns wirklich leid, aber wir sind schon sehr, sehr müde.«

Oben, bei offenem Fenster, mit dem sanften kalten Wind, der ein- und ausging, sagte einer: »Gute Nacht, Bruder. Träum schön, ja?«, und der andere antwortete: »Ja, von Dschingis Khan werde ich nun träumen«, und beide schliefen lächelnd ein.

37.

Beim alten orthodoxen Albert in Smidowitsch versuchten Sulamith und ihre Mutter Julia zu schlafen, doch draußen regnete es in Strömen. Es war laut, und das Haus von Albert fühlte sich an wie ein Spukhaus.

»Manchmal sprechen Holzmöbel«, sagte Sulamith, um ihre Mutter zu beruhigen, indem sie den Geräuschen einen irdischen Sinn gab und diese so aus der Unheimlichkeit hob.

»Aha«, antwortete Julia, schon fast am Einschlafen. »Holzmöbel sprechen? Dann sollen sie damit aufhören. Sie sollen den Mund halten und schlafen gehen, es ist Nacht.«

»In der Nacht machen sie Geräusche, weil die Temperatur sinkt. Möbel sind wie Vampire!«

»Aha«, machte Julia erneut. »Das erklärt die ächzenden Möbel, wieso aber schläfst du nicht?«, fragte sie und drehte sich in ihrem Bett um.

»Warum bist du mitgekommen, Mama?«, fragte Sulamith ganz leise, mit einer Stimme, die Julia sehr nah und gleichzeitig sehr fern vorkam.

»Ich brauchte ein bisschen Abstand von diesem Birobidschan, mein Schatz.« Und nach einer Weile fügte sie hinzu:

»Ich habe ein ungutes Bauchgrimmen, etwas stimmt nicht in unserer Stadt. Was genau? Das weiß ich nicht. Aber ein schreckliches Grimmen im Bauch habe ich. Hast du auch manchmal das Gefühl, als wärst du, als wäre dein Leben der Traum einer anderen Person?«

»Na ja … nicht wirklich. Aber ich verstehe, was du meinst. Denke ich.«

»Ich kam damit zurecht. All die Jahre kam ich damit zurecht. Wenn dieser Mensch schöne, bunte, blumige Träume hatte, war ich dabei. Wenn er schreckliche Albträume hatte, war ich auch dabei. Aber nun ist es so, dass ich es einfach nicht mehr verstehe.«

»Du verstehst nicht, ob es ein Albtraum ist oder nicht, meinst du das, Mama?«

»Nein, ich meine … Träume sollen eine bestimmte Bedeutung haben, oder? Wenn ich Teil einer träumerischen Realität bin, was ist dann meine Bedeutung? Zu was werde ich – werden wir alle –, wenn diese Person aufwacht?«

»Schau dich mal um, Mama. Diese Dunkelheit ist echt. Die Betten, die Kommode zwischen den Betten, die diese Dunkelheit schön zudeckt, der Regen draußen, der dummköpfige Arzt, der im Nebenzimmer schläft, die sind alle echt, sie sind kein Traum! Meine Söhne, deine Enkel.«

»Du verstehst mich überhaupt nicht«, brummte die alte Frau und warf sich auf die andere Seite.

»Dann erklär es mir, Mama, ich mache mir Sorgen um dich!«

»Du genießt es, Sulamith. Du genießt es, dir Sorgen zu machen, mein Schatz. Du machst dir um alle Sorgen. Um

Alex und Joel, um Josephin, sogar um Birobidschaner, die du gar nicht kennst. Fühlst du dich wirklich so nutzlos, dass alle dir das Gefühl, gebraucht zu werden, geben müssen?«

Nun war es an Sulamith, beleidigt zu sein und sich im Bett herumzuwerfen. Ihre Mutter hatte noch nie in diesem Ton zu ihr gesprochen. Vielleicht war genau das der Punkt, dachte Sulamith. Julia wollte ihr demonstrieren, wie es sich anfühlte, in einem schlechten Traum zu sein. Trotzdem mochte Sulamith diesen kleinen Streit überhaupt nicht.

»Ich versuche nun wieder zu schlafen, Mutter. Warum du so böse zu mir bist, verstehe ich wirklich nicht. Diesmal hast du also recht: Ich verstehe dich ganz und gar nicht.«

»Es ist überhaupt nicht böse gemeint, Sulinka. Ich bin manchmal wirklich vergesslich, aber ab und zu habe ich hellsichtige Momente, und seitdem sie den armen Boris an der Buche gefunden haben, erinnere ich mich an alles. Nein, es ist mehr als eine Erinnerung, ich erlebe alles wieder neu. Glaub mir, mein Schatz, so klar habe ich auch in meinen jüngeren Jahren nicht gesehen.«

»Ich freue mich für dich«, sagte Sulamith. Es klang passiv-aggressiv.

»Bist du etwa immer noch beleidigt? Pass auf, Sulinka. Ich war da, als du erfahren hast, dass Isaak auf einmal weg ist. Ich war da, als Vlad verschwand und das Blut in deinen Adern gefror und nicht mehr floss, bis die erste Postkarte aus Sankt Petersburg kam. Wer hat sich da um Joel und das Baby gekümmert? Ich, ja. Hör zu, Sulinka, jeder möchte gebraucht werden. Nur bei manchen von uns, die sich zu oft nutzlos gefühlt haben, ist dieser Drang, gebraucht zu werden, etwas stärker. Ich meine, so, wie du an deinem Kontrollzwang festhältst, tut das nur jemand, der ständig ein Gefühl von Kontrollverlust hat. Findest du nicht? Ich will, dass es dir besser geht. Nur deswegen sage ich es so deutlich.«

Sulamith ließ die Diagnose ihrer Mutter mit dem Rücken zu ihr über sich ergehen, in einer Fötusstellung, die Knie und Schenkel waren kalt und ihr Gesicht bedeckt mit Tränen.

»Weißt du, Mama, Weintränen unterscheiden sich von anderen Tränen durch ihre chemische Beschaffenheit«, sagte sie. Sie wollte weder von sich reden noch von den Verlassenden, sie wollte von ihren Tränen reden.

Sie hatte in einem Fernstudiengang der Staatlichen Universität Ferner Osten von Chabarowsk Biochemie studiert. Seit Anfang der Neunziger boten dies einige Fakultäten an, was den Birobidschanern sehr praktisch vorkam. Die wenigen, die bisher zur Universität gegangen waren, in Moskau oder Sankt Petersburg, waren in der Regel auch dortgeblieben und kamen nur alle paar Monate nach Hause. Für Julia war es eine große Erleichterung gewesen, ihre Tochter nicht so weit weg schicken zu müssen. Außerdem hatte die Tochter zu dieser Zeit schon selbst ein Kind, und es war Julia klar gewesen, dass das Baby bei ihr in Birobidschan hätte bleiben müssen, wenn Sulamith zum Studium weggegangen wäre.

Sulamith war also Biochemikerin, hatte aber nie geglaubt, dass ihr Beruf in einem Ort wie Birobidschan irgendwann noch nützlich sein würde. Zwar hatte sie ab und zu bei kleinen Projekten in Birobidschan gearbeitet – wenn die Regierung dort das Wasser der Bira oder des Bidschans untersuchen ließ –, doch die winzigen provisorischen Labore waren allesamt so schnell wieder geschlossen wie eröffnet worden.

Hier aber war sie nun, unter einem weißen Plumeau im Haus eines netten Fremden in Smidowitsch. Hier lag sie neben einer Frau, die mit ihr plötzlich wie vor zwanzig Jahren sprach, bevor sich ihr Weltbild langsam eingetrübt hatte, und sie konnte es nicht fassen. Allein für diesen Moment hatte sie Chemie studiert!

»Der Anteil bestimmter Hormone ist in Weintränen viel höher bei den Tränen des Weinens. Prolaktin zum Beispiel ist eines davon. Es ist hauptsächlich für die Milchproduktion in den Brüsten während des Stillens verantwortlich, auch für die Erzeugung von Spermien bei den Männern.«

Sie machte eine kurze Pause und lauschte. Julia reagierte nicht, schien aber auch noch nicht zu schlafen. Sulamith zog die Nase hoch und trocknete sich die Tränen am Plumeau ab.

»Das zweite ist auch wie das erste ein Peptidhormon. Es heißt … Es hat einen sehr langen Namen, und es ist schon eine Weile her, dass ich das alles gelernt habe, es heißt so ähnlich wie Adrenocorticotropin. Hörst du Mama? Dieses Hormon wird bei Panik ausgeschüttet, und durch das Weinen säubert sich der Körper buchstäblich von dieser Panik. Die Tränenflüssigkeit ist eine Art Abwasser des Körpers, eine Verkörperung der sexuellen Bedürfnisse und der Panik. Beide werden rausgespült. Ist das nicht schön? Keine Aufregung gibt es beim Weinen. Natürlich gibt es Leute, die weinen und zugleich aufgeregt sind, sie beruhigen sich aber langsam durch das Weinen. Ist das nicht schön? Hörst du, Mama?«

Die alte Dame jedoch war nun schon tief im Traum. Sie befand sich im großen Meer, aber sie schwamm nicht im Meer, sondern war Teil davon. Als Teil-*mère* in einer blauen, ewigen Wasserfläche, die sich vor ihren Augen entfaltete. Sie konnte problemlos tauchen, das Untermeerische war auch ein Teil von ihr, und sie war ein Teil davon. Sie schaute unter sich zum Meeresboden und sah ihr kleines Birobidschaner Haus in der Ferne, es schien in den Strömen zu wogen, hin und her, es zitterte mit der Strömung, als wäre ihm kalt, wie das Feuer immer zitterte, es war ja dem Feuer immer kalt.

Julia schwamm ruhig zu ihrer Haustür hinunter und öffnete sie. Zunächst der schmale Eingangsbereich mit dem Platz für die Schuhe, dem grünen Teppich, dem Eimer für die Regenschirme. Alles schwebte in dem mit Wasser gefüllten Raum. Sie zog ihre Schuhe aus und schwamm den Flur entlang bis zum Wohnzimmer. Dort stand auf einem kleinen Tisch ein Bild von Gregory. Er war hübsch gewesen, dachte sie, schon als Kind, als sie sich manchmal im Waisenhaus um ihn hatte kümmern müssen. Später waren alle immer neidisch auf Josephin gewesen. Jeder, der frühzeitig starb und Geliebte hinterließ, stieg im Ansehen, in der Erinnerung nahm er mindestens den Rang eines Hübschen ein, und manchmal kamen auch weitere Eigenschaften hinzu, die er im Leben nie besessen hatte. War das nicht gemein? Die Toten stiegen in die Welt der Makellosen auf, ließen die anderen in ihrer furchtbaren Mittelmäßigkeit zurück, immer und überall, war das nicht gemein?

»Grüß Boris von mir, ja?«, sagte plötzlich der im Bild gefangene Gregory. »Er könnte deine Fragen beantworten. Er oder das unheimliche Mädchen. Du weißt, wovon ich spreche, oder? Er hat es dir erzählt, oder?«

Und als Julia die Wasserfläche erreichte und mit einem Schlag den Kopf überwasserisch brachte, wachte sie auf. Der Regen hatte aufgehört, und durchs Fenster schmuggelte sich der dünne Lichtstrahl einer schüchternen Sonne.

38.

Im Norden von Birobidschan lag ein großes Feld mit unzähligen Hochspannungsmasten. Es sah aus wie ein Urwald aus Trauerweiden, die schwarze Kabel und Metallteile bodenwärts wachsen ließen. In den Psalmen hieß es, dass die Hebräer ihre Harfen an die Weiden hängten, als sie an den Flussufern von Babylon saßen, an die Heimat dachten und weinten.

Hier gab es keine Harfen, sondern nur den Klang klirrender Wodkagläser. In der Mitte des spannungsgeladenen Urwalds stand nämlich eine graue Holzhütte, in der der Elektriker Dmitri Kowalowitsch gerne alle empfing, die spielen mochten: Karten um Geld. Um zwanzig Uhr wartete schon ein kleines Grüppchen vor der Hütte, drei oder vier Männer, oftmals war auch eine Frau dabei. Niemand hätte ihnen angesehen, dass sie Spieler waren.

Einer schrieb als Journalist für den Schtern, verkündete seine Meinung zur Politik Russlands. Nichts Interessantes. Es hatte sowieso jeder in dieser Stadt seine eigene Meinung, und allen war egal, was ein Kolumnist dachte. Mit Jakov, dem Mann von Josephin und Stiefvater von Rachel und ab und zu eben auch Journalist, war das Kartenspiel manchmal problematisch. Sobald er unmäßig getrunken hatte, konnte es sein, dass er drohte, am nächsten Morgen alles in die Zeitung zu setzen, wenn die anderen seiner Frau verrieten, dass er hier spielte. Aber Abraham, der beste Freund von Dmitri und Mechaniker in der einzigen Autowerkstatt Birobidschans, war gut mit Jakovs erster Ehefrau Rivka befreundet und wusste, dass die beiden noch sechs oder sieben Nächte miteinander verbracht hatten, als Jakov bereits mit Josephin verheiratet war. Rivka Klatschkin, die Enkelin der früheren Bürgermeisterin von Birobidschan, war noch immer verliebt in Jakov, und ab und zu hatte der ihre Liebe ausgenutzt, sobald er mit Josephin im Streit lag.

Nachdem Jakov den anderen mal wieder gedroht hatte, hatten diese Rivka zum nächsten nächtlichen Kartenspiel in die Hütte des Stromkabel-Weidenwalds eingeladen. Die Männer mussten Jakov gar nichts erklären. Als Rivka zum ersten Mal auftauchte, wurde Jakovs Gesicht mit einem Schlag weiß marmoriert. Seither kam sie immer mal wieder zum Spielen. Sie genoss es, besonders, wenn sie gewann.

Dmitri guckte nach draußen. Er konnte spüren, wenn die Wölfe draußen in der Dunkelheit spielten.

Aber diesmal war es nur Rachel. Sie saß auf der Anhöhe gegenüber der Hütte. Die Männer dachten, diese Kvitlech-Gruppe sei ihr Geheimnis, aber nichts entging dem Blick eines gelangweilten Mädchens in einer kleinen Stadt wie Birobidschan. Sie saß auf dem Hügel und verfolgte das Spiel mit dem Fernglas.

Plötzlich spürte sie hinter sich einen kalten Windzug. Sie drehte sich um und starrte in die Dunkelheit. Sie sah nichts, wusste aber, dass da etwas war. Etwas dräute aus dem dunklen Nichts. Angst beschlich sie. Wenn bloß Alex hier wäre!

Kvitlech war ähnlich wie Blackjack. Der Kartensatz bestand aus vierundzwanzig Karten von eins bis zwölf, jede Karte gab es zweimal. Die Zwei und die Elf waren traditionell mit einem gezeichneten Rahmen verziert, während alle anderen nur eine Zahl, groß und schmal, in der Mitte der Karte zeigten, Schwarz auf Weiß. Das war hier nicht anders.

Das Päckchen war mit einem Stempel von »Piatnik & Söhne, Wien« versehen, die dieses Spiel hundert Jahre zuvor gedruckt hatten. Dmitri ging sehr vorsichtig mit diesem Kartensatz um. Er hatte ihn auf einem Flohmarkt in Berlin gefunden, Jahre bevor er nach Birobidschan gekommen war. Er war auch immer der Dealer, also der Kartengeber. Zehn Prozent des Geldes, das die Teilnehmer für einen Platz am Tisch zahlen mussten, gingen an ihn, die restlichen neunzig Prozent an den Gewinner – meistens die Gewinnerin.

Dmitri teilte jedem eine Spielkarte aus, die Bildseite nach unten, und erklärte währenddessen die Spielregeln. Jakov warf einen kurzen Blick auf seine Karte.

Abraham steckte sich eine Zigarette an und schenkte eine Runde Wodka aus. »Jedes Mal, Dmitri! Musst du es jedes Mal wieder erklären? Wir haben schon seit zwei Jahren niemand Neuen in der Runde!«

»Hundert Rubel für den Wodka, erstens. Zweitens: Ihr Barbaren könnt zu Hause spielen, wie ihr wollt, mir ist das scheißegal. Ihr könnt Zahlen auf Karton schreiben und damit spielen wie wilde Tiere. Aber in meinem Haus spielt man wie ein Gentleman, und Gentlemen, Gentlemen müssen klare

Regeln haben, und diese müssen sitzen. Was soll ich tun, wenn du hinterher plötzlich sagst: ›Ich wusste nicht, dass man die einundzwanzig nicht überschreiten darf‹, ha?«

Abraham kippte den Wodka herunter und brummte: »Mich erschießen! Wie du's mit dem armen Boris getan hast.«

Stille breitete sich im Raum aus wie Gas.

Dmitri sprang auf und machte einen Schritt, beugte sich gefährlich Kuss-nah an Abraham heran. »Idiot. Ich habe den Alten nicht erschossen, warum sollte ich so was getan haben? Häh? Was ist deine Theorie?«

»Theorie? Keine Theorie«, erwiderte Abraham. »Jakov, kennst du sonst noch jemanden in Birobidschan, der ein Gewehr besitzt? Ich auch nicht. Siehst du, Dmitri, du bist der Einzige …«

»Sei still!«

»Ein Gewehr, sagte ich …«

»Du, Abraham, echt jetzt, halt mal die Klappe, ich höre was«, unterbrach Dmitri ihn. »Jemand ist da draußen vor der Tür.«

Nach einer Pause flüsterte Jakov unter seinem Schnauzbart: »Vielleicht ist das ein mysteriöser Cowboy mit dem berüchtigten zweiten Gewehr Birobidschans.«

Obwohl Dmitri gereizt war, drang das große, fast wilde Lachen von Rivka in sein Herz und taute es auf. Nun lachten alle, und Dmitri begann, die Regeln des heutigen Abends von Anfang an zu wiederholen. »Bildseite verdeckt! Nein! Nicht schummeln, Abraham, du Mistkerl! Gebt mir die Karten, ich teile noch mal aus wegen des Idioten.«

Nun aber hörten es alle. Das Klopfen an der Hüttentür wurde immer lauter und heftiger. Als die Tür fast aus ihren Angeln gehoben wurde, sprang Dimitri aus seiner Starre und zur Tür. Dort stand ein Mädchen, vielleicht siebzehn, vielleicht schon achtzehn.

»Nun? Was kann ich für dich tun um diese Uhrzeit?«, fragte Dmitri.

»Du musst mich reinlassen oder ich erfriere hier draußen«, sagte Rachel zitternd.

»Moment, ja?«, erwiderte er misstrauisch und schloss die Tür. Er wandte sich zur Runde. »Weiß jemand, wer das ist?«

»Ist das nicht die Tochter von Josephin?«, fragte Abraham. »Ich meine, ist das nicht die Tochter von *deiner* Josephin, Jakov? Die Tochter aus erster Ehe?«, hakte er nach.

»Liebe Herren … ähm, Dame …« Jakov stand auf. »Ich bin etwas betrunken. Hab das Gesicht nicht gesehen, aber falls es um die kleine Rachel geht, solltet ihr sie unbedingt reinlassen. Und mich raus, Dmitri, aber aus dem Fenster deines Schlafzimmers, mein Freund. Josephin darf nicht wissen, wo ich heute Abend war.«

Die Menschen um den Spieltisch blickten einander an, fragten sich, was wohl gleich geschehen würde.

»Ich weiß, dass du da bist, Jakov«, drängte sich eine Stimme durch die Tür in den Raum.

Jakov legte den Zeigefinger an die Lippen, um allen zu bedeuten, den Mund zu halten. Die Stimme von der Tür hielt sich nicht daran: »Du kannst mir vertrauen, verdammt, ich weiß es schon seit Langem. Seit Langem weiß ich, dass du unser Geld hier an diesem Tisch verspielst. Ich weiß auch, dass du dein Druckmittel verloren hast, weil du meine Mutter betrogen hast. Und nie habe ich was gesagt, absolut nichts! Ihr müsst mich reinlassen, hier draußen ist es bitterkalt!«

Jakov, der tatsächlich besoffen war und dem es gerade ziemlich schlecht ging, Jakov, dessen Magen sich umdrehte, dessen Kopf auf einmal unerträglich an Gewicht zugenommen hatte, versuchte plump, ins Schlafzimmer zu gelangen, doch ein bizarres Hüpfen war es, eine viel zu lange Reise. Versuch und Irrtum, Irrtum und Versuch, Fallen, einige Schritte, Stolpern, Taumeln, Fallen, lauter Krach, als er einen Stuhl mit sich zu Boden riss. Alle Augen richteten sich auf ihn, außer Rachels, die noch immer vor der verschlossenen Tür stand und dem Ganzen ohrlich folgte. Als er sich durch die schmale Öffnung des Fensters zwängen wollte, blieb er dort hängen.

»Er steckt fest …«, sagte Rivka zwischen Wispern und Kichern.

»Nein«, sagte Abraham, mit Absicht ganz laut, »er ist eingeschlafen. Lass doch das Mädchen rein, Dmitri.«

Dmitri machte die Tür auf und ließ Rachel herein. Sie war vom Wirbel bis zum Zeh durchnässt, setzte sich vor den Ofen und erzählte der dubiosen Gruppe von ihrer unheimlichen Begegnung, gleich hier draußen, auf dem Hügel gegenüber. Jemand hörte noch das Schnarchen von Jakov, aber wie das Fenster irgendwann später am Abend geschlossen wurde, wusste niemand.

In der schwarzen birobidschanischen Nacht, die an diesem Tag sogar sternenlos war, sah es aus, als würde das ganze Schtetl unmerklich, aber stetig in den Abgrund sinken. Es war eine dieser Nächte, in denen Birobidschan an einem Ort zwischen Flüssen und Bergen in Sibirien einschlief und ganz woanders, zwischen Flüssen und Bergen in Sibirien, wieder aufwachte.

In Dmitris Hütte erwachte man mit dem Schrei des Zeitungsjungen: »Zweite Leiche gefunden! Zwei in einer Woche, zweite Leiche gefunden!«

Rachel wischte sich den Schlaf aus den Augen und wusste genau, um wen es ging. »Ich muss nach Hause«, rief sie, »ich muss zu meiner Mutter, jetzt!«, und stürmte hinaus.

39.

»Sie sind noch wach, Herr …«

»Goldstein. Dr. Goldstein, aber Leonid ist auch in Ordnung. Und du bist … Albert? Habe ich es richtig in Erinnerung?«

»Ja, Albert. Schön, Sie kennenzulernen«, sagte Albert, der, gerade aus der Synagoge gekommen, seinen Fedora aufhängte, tief in seinen Sessel fiel und einen Seufzer ausstieß.

»Wir können uns duzen, nicht wahr? Ihr seid immer so höflich, dass man das eigene Konzept von Höflichkeit anzweifelt.«

Der Rabbiner seufzte noch einmal und antwortete: »Ja, duzen, wir können uns gerne duzen. Hast du schon gegessen? Ich bin gleich auf einen nächtlichen Tee bei meinem Nachbarn Moyshe eingeladen. Komm doch mit.«

»Gerne«, meinte Leonid.

Albert lehnte sich in seinem Sessel zurück und schloss, offensichtlich ermüdet, die Augen.

»Wie war es in der Synagoge?«, störte Leonid den Versuch des Nickerchens. »Übrigens, habt ihr hier wirklich keine Kadischa?«

»Nein, tatsächlich nicht«, erwiderte Albert. »Wenn jemand stirbt, rufen wir die Chewra Kadischa in Chabarowsk an, und sie kommen her, wir müssen nicht hinfahren.«

»Und wieso gehen sie nicht ran, wenn wir anrufen?«

»Das sind die Privilegien der Menschen, die an den gleichen Gott wie sie glauben. Ihr und euer protestantisches Judentum – von ihnen aus gesehen seid ihr schlimmer als die protestantischen Christen, weißt du?« Albert stand wieder auf und nahm seinen Fedora vom Haken.

»Was für ein Quatsch! Wir glauben doch an genau denselben Gott. Deshalb fahren wir ja überhaupt nach Chabarowsk: weil wir eine koschere Beerdigung für Boris wollen!«

»Boris der Fischer? Ach, der war nett. Er ist also verstorben?«

»Brutal angegriffen sogar«, sagte Leonid in einem Ton, als wollte er alle pikanten Details erst einmal für sich behalten, die es über diesen Fall zu erfahren gab, aber gleichzeitig bereit wäre, über die Preisgabe dieser Informationen mit dem Orthodoxen zu verhandeln.

Aber zu seiner Überraschung sagte Albert nur: »Schrecklich. Erzähl mir nichts Weiteres, ich will das nicht wissen. Sie vergiften die Seele, diese Geschichten. Es beweist aber meine These, dass eine solche schreckliche Tat nur unter denen passiert, unter diesen Heiden in ihren großen Städten, in ihren dunklen Gassen, in ihren schmuddeligen Bahnhöfen, das kann nur bei euch passieren. Hier in Smidowitsch kommt so etwas nicht vor. Wir bleiben Gott treu. Kannst du die Tür hinter dir schließen?«

»Wieso? Ich dachte, ihr bleibt Gott treu, und Er gibt euch als Seinen Teil des Deals eine Art Kriminalitätsversicherung oder so was.«

»Pass auf … Leonid war dein Name? Leonid, ich möchte nur nicht, dass die Katze rausläuft. Kannst du bitte die Tür schließen, bevor es zu spät ist?«

Leonid lächelte.

Der kurze Weg von Albert zu Moyshe war regnerisch und stürmisch. Die wenigen Schritte schienen Ewigkeiten zu dauern, und das Herz klopfte von innen an die Brust des Arztes.

»Wer ist da? Rebbe Albert?«, hörten sie eine alte Stimme.

»Ja, Moyshe, ich bin hier mit einem Freund.«

Moyshc öffnete die Tür und blickte die zwei Besucher lange an. »Du bist nicht von hier. Dich kenne ich nicht.«

»Richtig, Moyshe, das ist Leonid. Er kommt aus Birobidschan. Sie sind auf dem Weg nach Chabarowsk und übernachten bei mir. Er ist mit meiner alten Freundin Julia da, aus meiner Zeit in Birobidschan, bevor ich hierherkam«, erklärte Albert. »Er ist Arzt.«

Leonid fühlte sich unbehaglich. Der Mann vor ihm war klein. Auch die Frau in der Küche hinter ihm war klein, sie hatte ein buntes Tuch um ihren Kopf geschlungen. In Birobidschan trugen die Frauen nur aus praktischen Gründen Kopftücher, zum Beispiel bei der Feldarbeit, um den Schweiß daran zu hindern, in die Augen zu tropfen. Die Frau hinter Moyshe aber trug es ihretwegen. Leonid vermutete, sie war rothaarig. Ihre Nase und Wangen waren mit Sommersprossen bedeckt.

»Sarah, mach uns bitte eine Kanne Tee.« Und die junge Frau lächelte spitzbübisch und verschwand in der Küche.

Auch das Haus war klein, aus Holz gebaut. Leonid berührte die Wände, als ob er die Verarbeitung des Holzes prüfen wollte.

»Es sieht nur schwach aus. Das Haus hat aber mehrere Stürme überlebt. Auch dieser Sturm wird es nicht zerstören. Hier bist du sicher, keine Sorge!«

Die Männer setzten sich um einen runden Tisch, und der Fedora wurde nochmals vom Kopf gezogen. Eine Kanne wurde mit heißem Wasser gefüllt, es wurde auf Jiddisch geseufzt, der Hausherr wurde vom Rabbiner gefragt, wie er den heutigen Maggid gefunden habe.

»Welche Parascha habt ihr gelesen? Was liest man Mitte Mai?«, fragte Leonid. Jede Woche wurde ein weiteres Stück Text aus den fünf Büchern Mose, der Thora, gelesen.

»Die Parascha dieser Woche heißt ›Bamidbar‹ oder ›In der Wüste‹. Kennst du sie? Gehst du denn in die Synagoge?«, fragte der Hausherr.

»Ihr geht bestimmt nur an Jom Kippur, oder? Und dann wundert ihr euch, dass die Kadischa nicht ans Telefon geht«, hänselte Albert den Arzt. »Ihr ruft bestimmt aus Versehen auch am Samstag an, oder?«

»Weißt du was, Albert? Danke für deine Gastfreundschaft, aber du beginnst, mir auf die Nerven zu gehen. Ihr denkt, ihr seid diese tollen Wesen, die ihr Leben Gott widmen, die alle diese zusätzlichen Schritte machen, ihr denkt, das macht euch besser als uns, ja? Aber wir fahren jetzt nach Chabarowsk, um die richtigen Bestatter zu holen, weil am Ende, ganz am Ende, sind wir genau gleich. Im Tod sind wir alle gleich, nur manche von uns leiden im Leben etwas mehr als andere. So oder so, die Totengräber, die Häuser, die sie bauen, währen bis zum Jüngsten Tage. Genau wie euer holziges hier.«

Die beiden Smidowitscher beeindruckte das überhaupt nicht.

»Das denkst du? Dass wir mehr Leid auf uns nehmen? Sehr lustig. Ihr habt euch doch der christlich-säkularen Welt unterworfen. Das ist viel schwieriger! Ihr tragt nun die Last der ganzen monotheistischen Tradition auf euren Schultern. Sich zu Gott direkt zu bekennen ist viel einfacher als dieser Umweg, den ihr zu Gott über das Weltliche macht. Verstehst du? Wir sind das Volk des Buches. Wir sind immer an die Schrift gefesselt. Lieber aber an eine Schrift gefesselt sein als an ein anderes Gewebe, wie ihr es seid«, monologisierte Albert.

Leonid stand auf und war schon im Begriff, nicht nur dieses Haus zu verlassen, sondern auch seine zwei Mitreisenden aufzuwecken und sofort, obwohl es fast Mitternacht war, aus diesem Dorf mit diesen Götzendienern zu verschwinden. Doch plötzlich kam die sommersprossige Frau mit der Teekanne herein. Sie schritt langsam zum Tisch, ihr Gang war ein bisschen männlich, dachte der Arzt, er mochte es. Er versuchte, einen Augenkontakt mit ihr herzustellen, ein Lächeln einzufangen. Sie starrte aber die Tassen an und blieb stehen.

»Danke, mein Schatz. Das ist meine Tochter Sarah. Sarah, den Rabbiner kennst du, und das ist Leonid.«

Die Frau sagte nichts.

»Schön, dich kennenzulernen, Sarah«, sagte Leonid und streckte ihr seine Hand hin. Dann erinnerte er sich, dass orthodoxe Frauen Negiah hielten und solchen Hautkontakt mit Männern vermieden, wie er ihr jetzt durch seine ausgestreckte Hand angeboten wurde. Rasch zog er seine Hand zurück. »Danke für den Tee«, sagte er verlegen.

»Shakespeare«, wisperte Sarah.

»Was ist mit Shakespeare?«, fragte ihr Vater.

Sie antwortete nicht, sondern drehte sich um und verließ das Zimmer. Für Leonid reichte dieses Signal jedoch. Sie hatte ihr Gespräch von der Küche aus belauscht und seine Hamlet-Referenz erkannt. *Der Totengräber, die Häuser, die er baut, währen bis zum Jüngsten Tage.*

»Die Thora ist netter, als du denkst, Leonid«, sagte Moyshe lächelnd. »Sie verbietet uns nicht, andere Literatur zu lesen – solange wir am Ende zu ihr zurückkommen. Wir haben eine Art Vertrag, verstehst du?«, sagte der Alte und deutete mit müden und doch lebhaften Augen auf den Ring an Leonids Finger. Natürlich hatte er bemerkt, wie der Gast jeder kleinsten Bewegung des Körpers und im Gesicht seiner Tochter gefolgt war, als wäre er ein Jäger und sie ein sibirisches Reh. »Du bist das Reh, verstehst du?«, sagte er, ohne seine Gedankenkette zu erklären.

»Wie bitte?« Leonid war überrascht.

»Du denkst, wir sind arme Rehe, die im Lichtkegel eines Autos – der Thora – gefangen sind. Ihr aber seid es, die verblendet sind.«

»Ja, deinen Punkt verstehe ich schon. Das könnt ihr am besten, die Argumente von einem gegen ihn wenden. Findet mal neue Methoden! Nun zu deiner Behauptung: Ich denke nicht, dass ihr Rehe in einem Lichtkegel seid, obwohl ich die Metapher mag – sehr poetisch, wirklich! Ich denke nur, und das ist jetzt meine eigene humanistische Betrachtung, also bitte nicht noch mal ›ihr‹ und ›bei euch da‹ und so weiter, ich denke nur, dass Mensch zu sein nicht einfach ist. Es ist schon Herausforderung genug, bloß die Biologie des menschlichen Körpers zu verstehen, glaub mir – und dazu noch Subjekt zu sein und Politik und Kunst zu verstehen, die eigene Seele zu betrachten, ethische Fragen zu beantworten, dies alles ist einfach sehr kompliziert. Manche Menschen suchen den Weg der Abkürzung.«

»In Form einer Ideologie, die es ihnen gestattet, alles zu tun, was sie wollen?«, brachte Albert sich in die Rede von Leonid ein.

»Nein, überhaupt nicht. Ist es das, was du denkst? Dass wir uns erlauben, alles zu tun, was wir wollen? Wenn ich so was von drei Menschen denken würde, würde ich sie nie in meinem Zuhause beherbergen, nicht mal für eine Nacht. Es ist doch derjenige, der sich einen Gott ausdenkt, der sich in Wahrheit alles zu tun erlaubt, was er will. Ich meine nicht: im praktischen Sinne ›alles tun‹, sondern eher im theoretischen Sinne. Sowohl im Reich Gottes als auch im nihilistischen Bereich, wo ihr uns seht mit dem lächerlichen ›alles tun‹. Befreit man sich vom Denken, ist die Notwendigkeit des Denkens verloren.«

Moyshe schlürfte laut seinen Tee. »Das ist interessant. Du nimmst an, Gott befreit mich von der Notwendigkeit zu denken. Ich denke, Gott gibt mir überhaupt die Fähigkeit zu denken. Also, was wäre besser: die Fähigkeit, ohne die Notwendigkeit zu haben, oder die Notwendigkeit ohne die Fähigkeit?« Er stellte seine Tasse energisch auf den Tisch.

»Du machst es schon wieder. Denken heißt nicht, nur Argumente umzudrehen!«

»Auch ›Argumente‹ gehören zu deiner logischen Welt. Hier spricht man anders, hier hat man eine andere Verbindung zum Wissen«, sagte Albert.

Leonid schaute den alten Rabbiner mit einem belustigten Blick an. »Ach, wie praktisch.«

»Bamidbar«, fing Albert an, »in der Wüste. Was verstehst du unter diesem Titel?«

Normalerweise hätte Leonids Temperament nicht zugelassen, seine Gesprächspartner ernst zu nehmen, und sein Stolz hätte ihn dazu getrieben, mit einem zynischen Satz das Gespräch abzuwürgen.

Aber manchmal werden unsere Herzen ohne einen klaren Grund besänftigt. Seien es bestimmte Sterne, die in der Umlaufbahn aneinandergeraten und überall im Universum Sanftmut verteilen, sei es ein zorniger Gott, dem es endlich mal gelungen ist einzuschlafen, oder ein friedlicher Gott, der endlich mal aufwacht, sei es das Lachen eines Babys in der Ferne, dessen Schallwellen ins eigene Unterbewusstsein getragen werden, sei es die Farbe eines Kühlschranks, der plötzlich vor den eigenen Augen aufleuchtet, weil man zufällig den Blick auf die Küche gerichtet hat, obwohl man im Wohnzimmer mit zwei Fremden sitzt, und diese Farbe genau der Farbe des Kleides entspricht, in der man seine Geliebte zuletzt gesehen hat, einige Stunden zuvor, sei es der Tod von jemandem, der zwar persönlich nicht wichtig war, aber anwesend genug, um ein Gefühl von Memento mori im eigenen Bauch zu hinterlassen, mit einigen Stunden Verzögerung. Vielleicht all dies zusammen.

Der zynische Arzt antwortete also ernst: »Außerhalb des Landes. ›In der Wüste‹ heißt: außerhalb des Landes.«

»Genau«, sagte Albert. »Außerhalb eines Landes gibt es ja keine Gesetze, das ist das Gesetz des Niemandslandes. Ein solches Gesetz kann nur innerlich sein. Die Thora ist kein Gesetzbuch, verstehst du? Die Thora befreit uns nicht vom Denken, sie befreit uns von Grenzen. Zunächst von geografischen Grenzen und deshalb auch von den Grenzen des Denkens. Die große Mehrheit von uns lebte früher in Birobidschan. Wir konnten auch dort unseren Glauben ausüben, wir haben Smidowitsch nicht gegründet, um innerhalb eines neuen Ortes zu sein, sondern um außerhalb eures Ortes zu sein.«

Leonid war verwirrt, aber die Müdigkeit des durchlebten Tages besiegte seine Streitfreudigkeit. »Ich verstehe. Ehrlich gesagt kann man Birobidschan kaum ›Ort‹ nennen. Wir sind ja am Arsch der Welt, auch wenn ihr hier arscher seid. Entschuldigt meine Ausdrucksweise.«

»Es geht nicht um Zentralität. Es geht um Grenzen. Je dichter eure Grenzen sind, desto weniger seid ihr ›Bamidbar‹. Desto näher an euren Gesetzen und desto ferner von den Gesetzen Gottes. Welche Art von Gesetzen begrenzt und welche befreit? Ich glaube, die Antwort versteckt sich schon in der Frage.«

Als Albert und Leonid schließlich dem Hausherrn dankten für den Tee und das nächtliche Gespräch und den kurzen, einfacheren Weg zu Alberts Haus antraten, drehte sich Leonid intuitiv noch einmal um. Hinter einem Fenster in der zweiten Etage des kleinen Hauses war das Licht noch an, und eine rothaarige Figur stand dort im Nachthemd mit nackten Armen und Beinen, ihre Haare wie Lava, verschüttet auf ihren Schultern. Leonid wusste nicht, ob er träumte oder nicht. Die Kälte fühlte sich echt an, aber das Bild von der Frau am Fenster schien ihm geträumt zu sein.

40.

Morgens wachte Josephin durch lautes Klopfen an ihrer frisch grün gestrichenen Tür auf. Da stand Solomon, der Polizist, und starrte schneidend in ihre Migräne. Sie hatte das Gefühl, er tat es absichtlich.

»Ach, Solomon, was starrst du, hör auf, bitte, ich bin noch vor dem Kaffee. Komm rein, setz dich, magst du auch was trinken? – Jakov! Komm runter, wir haben Besuch!« Sie drückte ihre Finger an die Schläfen, als ob ihr das die Schmerzen nehmen würde.

Solomon blieb an der Türschwelle stehen, als wäre da eine unsichtbare Mauer, die ihn zurückhielt. »T… Tee, vie… vielleicht has… hast du T… Tee für mich? G… G… G… Grünen T… Tee?« Solomon war für sein Stottern bekannt, an diesem Morgen aber war es doch zu viel, auch für Josephin.

Sie schnalzte mit der Zunge. »Ja klar, komm rein, setz dich, es stresst mich total, wenn du wie eine Vogelscheuche dastehst. – Jakov! Komm mal runter, die Polizei will mit dir sprechen! Ich weiß nicht, was du gestern Nacht getan hast, aber hoffentlich was richtig Schlimmes. Hoffentlich kriegst du jetzt so eine Strafe, dass du es mal kapierst! – Entschuldigung, Soli, er kommt gleich. Er hat wahrscheinlich gar keine Erinnerung an gestern, das sage ich dir jetzt schon.«

Schweiß trat auf das Gesicht des armen Polizisten, zunächst auf seine Stirn, dann auf den Hals, er tupfte beides mit einem Taschentuch ab, einem weißen Taschentuch mit seinem Monogramm darauf, von seiner Mutter mit goldfarbenem Faden gestickt.

»Jedenfalls … Er hat bestimmt nichts gemacht. Du weißt ja, er ist ein Idiot, aber kein Verbrecher, oder? Wenn hier jemand im Haus je verhaftet wird, dann ohne Zweifel Rachel. Sie ist die Einzige in ganz Birobidschan, die klug genug ist, ein Verbrechen zu begehen!«, sagte Josephin und lachte laut. »Ach … mein Kopf macht mich fertig. Ich habe gehört, man muss ein paar Tropfen Teebaumöl auf die Schläfen streichen. Deshalb der Geruch! Tja. Wo waren wir? Ach ja. Guck, du musst ihm ein bisschen Angst einjagen, damit er mit seinen besoffenen nächtlichen Abenteuern endlich mal aufhört. Er sitzt da bei Dmitri in der Hütte, und sie trinken und quatschen. Er hat mir ein paarmal berichtet, dass der Dmitri unglaubliche Geschichten zu erzählen hat aus der Zeit, bevor er nach Birobidschan kam. Du kennst den Dmitri, oder? Dort, bei den Kabeln.«

Nun erschien wieder Schweiß auf dem Gesicht von Solomon, und er wischte nochmal nach, Stirn, Hals, Wangen, sogar Nase.

»Ist dir zu warm? Ich kann das Fenster aufmachen. Aber nicht lang, das ist ja die Hauptstraße. Früher war es ein richtig guter Standort für ein Haus. Im Zentrum von allem. Jetzt ist es nur laut und dreckig mit all den Autos, die hier entlangfahren. Aber zurück zu Jakov … Also, tu mir den Gefallen und sag ihm: ›Jakov, es wurde gestern eine Leiche gefunden.‹ Ja? Oh, das wird unglaublich lustig. Sag ihm: ›Es wurde eine Leiche gefunden, was hast du gestern Nacht gemacht?‹ Und er wird bestimmt sagen: ›Ich weiß es nicht, kann mich nicht mehr erinnern, ich war zu besoffen, weil ich ein betrunkener Idiot bin‹«, imitierte Josephin Jakovs Sprechweise.

Der Polizist schaute sich um. An der gelben Wand hing eine große Uhr, die aussah, als würde sie langsam schmelzen, wie auf dem berühmten Gemälde von Dalí. Warum mussten sie ihn hierherschicken, sie wussten doch, dass er solche Sachen nicht konnte.

Der Kessel pfiff durch den ganzen Raum und Josephin goss Tee in Glastassen auf. Jedes Geräusch kam Solomon sehr laut vor, das Pfeifen des Kessels, das gegossene Wasser, die barfüßigen Schritte der Frau auf dem Holzboden.

»Zucker?«

Solomon wachte in einem Alptraum auf: »Es wurde eine Leiche gefunden.«

Josephin brachte die zwei Tassen zum Tisch und setzte sich. »Zucker?«, fragte sie noch einmal.

»Was? Nein, danke«, antwortete der verwirrte Polizist.

»Wie du willst, Solomon. Aber er ist ein wenig bitter.«

Er schwieg.

»Also, genau so«, sagte Josephin plötzlich.

»Was meinst du, Josie? Was ›genau so‹?«

»Ach, tust du mir einen Gefallen? Nenn mich nicht Josie, ich mag meinen vollen Namen lieber. Ich meine, genau so das mit der Leiche. So, wie du es gesagt hast, so echt. Ich hätte jetzt richtig Gänsehaut bekommen, wenn es nicht gespielt gewesen wäre.«

Das hielt der schwitzende Mann nicht mehr aus. Es sprang aus ihm hinaus, durch den Schweiß, durch das Zittern, durch die Wörter: »Josephin, nein, das ist kein Spiel, okay? Jakov ist nicht oben, weil eine Leiche gefunden wurde, und es ist seine.«

41.

Sie fiel auf die Knie und weinte, erst leise schluchzend, dann immer lauter heulend, als würde sie nur allmählich begreifen, dass ihr Gregory nicht mehr zurückkehren würde. Sulamith hatte ihre Freundin noch nie in so einer Verfassung gesehen. Josephin schlug sich auf die Brust und ins Gesicht und auf den Kopf, sie schlug auch den vor ihr wie auf der Stelle festgewachsen stehenden Sascha, der ihr noch vor wenigen Tagen versprochen hatte, ihren Mann wie immer gesund und munter zurückzubringen.

Es war Frühling, und die ganze Stadt war auf den Beinen, um den Gründungstag Birobidschans vor sechsundfünfzig Jahren zu feiern. Josephins Trauerschrei warf sich in die Parade, die gerade durch die Straße zog, und explodierte dort wie eine Rauchgranate. Einige der Jugendlichen blieben abrupt stehen, sodass die, die dahinter marschierten, mit ihnen zusammenstießen; eine der langen Fahnenstangen geriet in Schieflage und verhedderte sich in den roten Fahnen, die über den stolzen, nun halb-stolzen und halb-verwirrten Köpfen geschwenkt wurden.

Sulamith war schon daran gewöhnt, dass Menschen ohne Erklärung oder nur mit einer mangelhaften Erklärung aus ihrem Leben verschwanden. Der Vater von Joel, Isaak, war der Erste gewesen. Dann folgte Vladimir, Alex' Vater, dessen Bild noch in ihrem Wohnzimmer hing. Wenn also jemand Josephin in diesem Moment verstehen konnte, dann war es Sulamith.

42.

Die Frauen saßen schon in der Küche, als der Arzt reinkam.

»Hoffentlich kommen wir bald weg von hier.«

»Dir auch guten Morgen«, sagte Julia und nahm den Kaffee von der Schabbat-Heizplatte.

Es war Schabbat, und sie respektierten die religiösen Gesetze des Mannes, der sie freundlicherweise für eine Nacht beherbergt hatte. Der Gasherd neben der Heizplatte war unangetastet.

»Magst du Kaffee, Doktor?«, fragte Julia, noch immer etwas belustigt von dem nächtlichen Gespräch mit ihrer Tochter.

»Ja.« Der Arzt warf das Wort auf den Boden und ließ die alte Frau es aufheben. Dann zündete er sich eine Zigarette an.

Das war zu viel für Sulamith. »Was machst du? Es ist Schabbat, du darfst hier nichts anzünden! Mach sie aus, bevor Albert aufwacht!«

»Glaubst du wirklich an diesen Quatsch, Sulie?«, fragte er und kniff die Lippen zusammen.

»Es geht nicht um Glauben, sondern um Handeln. Du handelst gerade respektlos.«

»Sag mal, wie soll ich denn bitte etwas respektieren, an das ich nicht glaube?«

»Glaubst du nicht an Albert?«

Den Kaffee tranken sie dann schweigend. Ihr Gastgeber setzte sich noch eine Weile zu ihnen, bevor er zur Synagoge zum Schacharit-Gebet eilte. An der Tür fragte Leonid ihn, wie sie denn, bitte, den Baum von der Straße kriegen sollten, wenn hier keiner am Schabbat arbeitete.

»Wir dürfen am Schabbat nicht arbeiten, Leon, weil wir unter Seiner Vorsehung stehen, Er sorgt für uns. Und Er sorgt auch für dich. Nun verzeih mir, ich muss los.«

»Ich will raus aus diesem Loch«, sagte Leonid, nachdem die Tür hinter dem Rabbiner ins Schloss gefallen war. »Wenigstens hat sich das Wetter beruhigt. Ich schaue mir kurz die Straße an, vielleicht finden wir einen anderen Weg.«

Als er zur Autobahn kam, präsentierte sich Leonid ein wundersames Bild: Zwei junge Männer in orangefarbenen Westen und mit Sicherheitshelmen machten sich an dem gefallenen Baum auf der Straße zu schaffen.

»Ihr seid nicht von hier, oder?«, rief er ihnen zu.

Sie schauten ihn an, lächelten in sich hinein und banden Seile um den Holzstamm.

»In diesem Dorf arbeitet keiner am Schabbat. Sie benutzen noch nicht einmal das Telefon an diesem Tag, ich frage mich also: Wer hat euch eigentlich geholt?«

Ihr Lächeln war erloschen. Sie sahen den Mann an, der mit großen, ungläubigen Augen am Randstreifen stand. Er schwieg. Dann setzte sich einer der beiden in den Wagen und steuerte den Kran, sodass der Stamm in die Luft gehoben wurde, ein bisschen hin und her schwankte, hinunterglitt und sicher auf der Ladefläche landete. Schnell kletterte der andere auf den Beifahrersitz, und weg waren sie.

Leonid stürmte in das Haus von Albert. »Die Straße ist frei! Schnell, wir haben keine Zeit zu verlieren.«

Als sie Smidowitsch verließen, fragte Julia: »Wie kommt es eigentlich, dass die Straße wieder frei ist? Leon, weißt du was darüber?«

»Keine Ahnung. Irgendwer wird sie wohl freigeräumt haben«, antwortete der Arzt und drehte das Radio auf. Musik aus den Achtzigern lief, und die sibirischen Wälder um sie herum glänzten in der Morgensonne.

43.

Gregory und Sascha bedankten sich bei der Frau an der Rezeption und nahmen den Weg nach Tunguska. Je tiefer sie in die Wälder fuhren, desto weniger befestigt waren die Straßen. Nach einigen Stunden entfaltete sich vor ihnen der prachtvolle Baikalsee. Sie hielten an der Kreuzung zu der Straße, die nach rechts und links abbog, um den See zu umfangen, und setzten sich in den warmen Sand. Der Ausblick war atemberaubend.

Gregory zog Schuhe und Strümpfe aus und steckte seine Hände tief in den Sand. Er blickte in die Ferne. Im Nebel konnte man die Insel Olchon sehen. Grün und spitz rissen die Felsen das Wasser um sich auf und stellten sich vor jedem Zuschauer quer.

»Ich weiß, warum wir auf diese Reise gegangen sind, Sascha«, sagte er leise. Er warf seine Worte nicht, sondern platzierte sie ruhig in den Windwellen und ließ sie bis zu Saschas Ohren tragen.

Gegenüber von ihnen, auf dem großen Felsen der Insel, versammelten sich drei burjatische Männer aus einem nahe gelegenen Dorf und ein Schamane, der nirgendwo wohnte.

Sie kletterten auf den heiligen Schamanenfelsen und sammelten unterwegs Steine auf, um sie auf dem Gipfel zu einem Haufen aufzuschichten. Einer der Männer ging zum Rand des kleinen, steil abfallenden Hügels und suchte etwas in den Wolken vor sich. Es war, als öffnete sich aus Gregorys Trauer ein Magnetfeld, in dem der burjatische Mann, mehrere Kilometer von Gregory entfernt, gefangen wurde. »Uns fehlen noch einige Steine, helfen Sie uns bei der Suche?«, fragte der Mann und beeilte sich dann, von der Magie der Wolken und der Küste hinter den Wolken wieder getrennt, Kieselsteine zum Haufen zu bringen.

»Josephin hat dir gesagt, mir ginge es zurzeit schlecht, oder? Sie macht sich zu viele Sorgen um mich. Ich weiß nicht mal, ob es dabei wirklich um mich geht oder nicht eher darum, sich die Zeit zu vertreiben, anstatt ihre Kunst zu machen.«

»Sie liebt doch das Malen, oder nicht?«, antwortete Sascha.

»Genau deswegen. Die Künstlerin liebt es, zu künstlern. Das ist der einzige Grund, es zu machen, verstehst du? Nicht aus politischen Gründen – keiner hört zu. Politisch kämpft man mit Gewalt, nicht mit Kunst. Der einzige Grund ist das Erschaffen des Gemäldes.«

Sascha wartete ab. Er verstand nicht, was das mit dem zu tun hatte, was er gesagt hatte. Was für eine Antwort war das?

»Es ist gesellschaftlich akzeptiert, zumindest bei uns, ich rede jetzt nicht von den scheiß Kapitalisten, bei uns ist es völlig akzeptabel, sich mit Kunst zu beschäftigen, solange man es liebt. Mehr als das: Es ist ein Privileg, das zu machen, was man liebt. Ein Privileg, das wir den Künstlern geben und von dem wir erwarten, dass sie damit etwas Konstruktives tun.«

»Das klingt ja jetzt doch wie bei den scheiß Kapitalisten«, sagte Sascha absichtlich neckend.

»Konstruktiv heißt nicht lukrativ. Es kann auch ein interessanter gesellschaftlicher oder ästhetischer Kommentar sein«, korrigierte Gregory ihn. »Wenn man das aber nicht mehr liebt, und das kommt über kurz oder lang vor, hat die Künstlerin Schuldgefühle wegen ihrer Privilegien.«

Sascha sah seinem besten Freund fest in die Augen. Er war völlig anderer Meinung, wagte aber noch nicht, etwas zu erwidern. Erst mal wollte er ihn ausreden lassen.

Auf dem Felsen der Insel Olchon hatte man nun schon einen ganzen Haufen zusammengetragen und um die Steine herum mehrere Birkenzweige in Form eines Tipis aneinandergestellt, an die die burjatischen Männer und der Schamane nun blaue und weiße Bänder banden. Da tauchte ein fünfter Mann auf, in seiner Hand ein Seil, an dessen anderes Ende ein sibirischer Steinbock gebunden war. Das schwarze Gesicht des Tieres zeigte keinerlei Regung, und die kleinen Hörner richteten sich zum Himmel.

»Deswegen ist sie überzeugt, dass mit mir etwas nicht stimmt. Das ist die beste Ausrede für sie, sie muss sich ja um mich kümmern! Deshalb hat sie keine Zeit zu malen. Verstehst du?«

»Ja, dass du ein Arschloch bist, verstehe ich absolut.«

»Wieso?« Gregory guckte Sascha überrascht an. Er hatte nicht erwartet, dass sein bester Freund sich in diesem imaginierten Streit auf die Seite von Josephin stellen würde.

»Weil es dir wirklich schlecht geht. Und man muss nicht mit dir verheiratet sein, um das mitzukriegen. Sie kümmert sich um dich, da du in letzter Zeit in einem besorgniserregenden Zustand bist, und nun bist du so frech, dass du nicht nur Josephins aufrichtige Sorge in Abrede stellst, sondern sie auch noch der Faulheit beschuldigst?«

»Dass es mir tatsächlich schlecht geht, heißt nicht, dass sie es nicht für ihre Faulheit ausnutzt.«

»Ach ja? Und deshalb hat sie mich gebeten, dich eine Woche lang von ihr wegzuholen, damit sie trotzdem ein bisschen malen kann? Siehst du überhaupt, was du machst? Du und deine Depression, ihr zerstört ihr Leben, und jetzt soll sie auch noch selbst schuld daran sein?«

Gregory schwieg, er war beschämt. Sascha hatte recht, er selbst war derjenige, der sich von seinem eigenen, absurden Narrativ überzeugt hatte, er war derjenige, der eine Ausrede gesucht hatte und die Realität um diese Ausrede herumgebogen hatte.

Der Wind schwebte über dem Wasser des Baikalsees, das sich bewegte und aussah wie ein Pelz, durch den man sanft pustete. Sascha holte einen Pullover aus dem Auto und zwei Flaschen Bier, er öffnete sie, sie stießen an.

»Es tut mir leid, wenn ich eben vielleicht ein bisschen zu streng mit dir war«, sagte Sascha, der seinen Freund ja eigentlich nur zum Sprechen bringen wollte. »Magst du mir erzählen, was genau mit dir los ist? Mir kannst du doch vertrauen.«

Der Steinbock lag nun auf dem Rücken, und einer der Männer hielt ein Schlachtmesser an den Hals des Opfers, das noch einen schwachen Protest in Form eines kaum hörbaren Schreis versuchte. Dann zog der Mann das Messer am Tier entlang und riss dessen Bauch auf. Der Schamane bedeckte währenddessen sein Gesicht mit einem blauen Tuch und murmelte heilige Sätze, die in seinem Mund zu einer Luftvibration schmolzen. Als die Sätze alle in den Himmel aufgestiegen waren, wurde der Steinbock auf den Steinhaufen unter den Birkenzweigen gebettet, wo er im eigenen Blut lag. Die Männer hielten sich an den Händen und murmelten nun zusammen.

»In Birobidschan ist alles ausgedacht. Das denke ich manchmal, weißt du? Hast du nicht auch das Gefühl? Es gibt eine Art Grenze zu unserer Existenz. Und das, was innerhalb dieser Grenze ist, reicht einfach nicht aus. Wir haben Anfang und Ende, und alles, was dazwischen kommt, reicht nicht. Die Mannigfaltigkeit der Existenz ist eine Fiktion, es sind alles Abstufungen ein und derselben Farbe.«

Das Feuer brannte nun. Eine irrende und wirrende Wolkensäule wogte von dem leblosen Fleisch des Steinbocks empor, und das Feuer entflammte auch die Birkenzweige. Das Blut des Tieres tropfte langsam zwischen die Kieselsteine, suchte den Weg nach unten, zur Erde, wo es hingehörte. Neben dem Tier stand ein Eimer mit Wasser, das sich auf den heißen Kieseln erwärmte. Als das Feuer das Fleisch ganz und gar gefressen hatte, nahm der Schamane den Eimer, und die vier Männer stellten sich in einer Reihe hintereinander vor ihn. Die Rauchsäule reckte sich zum Himmel und wob sich in die Wolken ein, jene Wolken, die ostwärts in Richtung des Freundespaares drifteten, das am Ufer des Sees saß und versuchte, die mysteriöse Traurigkeit des einen von ihnen in Worte zu fassen.

»Das Gefühl kenne ich leider nicht, Grischa. Depression hat aber mehrere Formen, und ich kenne manche andere. Im Kern ist es das Gleiche. Doch hilft es nicht ein wenig, dass wir jetzt auf diesem Sand sitzen? Wie oft siehst du schon den Baikalsee in all seiner Pracht wie heute? Und wir fahren noch weiter.«

»Ich weiß es nicht, Sascha. Ich schätze deine Mühe sehr. Aber ich fühle mich, als hätten unser Birobidschan und seine Eingeschränktheit seine langen Arme bis hierher zum Baikalsee ausgestreckt, um mich zu würgen. Es ist egal, wie weit wir fahren werden, verstehst du? Wir sind in Birobidschan gefangen.«

»Ja, ich verstehe. Die menschliche Existenz als Gefängnis zu bezeichnen, ist allerdings auch nicht das Originellste«, sagte Sascha spöttisch. Als Gregory ihn abrupt ansah, zwinkerte Sascha ihm zu und sprach weiter: »Ich bin kein Psychologe, Grischa, aber ich weiß das eine oder andere über Gefängnisse. Ich weiß, dass ein großer Teil des Gefühls der Beschränktheit in der Tatsache begründet liegt, dass wir alle gleich sind. Wenn nichts die eine Person von der anderen unterscheidet, verliert man das Gefühl eines Selbst, folglich auch das Selbstwertgefühl. Das deprimiert. Die Depression ist im Endeffekt auch ein Versuch des Verstandes, den Verlust der Einzigartigkeit zu bekämpfen. Ein Versuch, eben doch einzigartig zu sein.«

»Es ist schon eine ziemlich psychologische Rede für jemanden, der sich als ›kein Psychologe‹ begreift.«

Mehr wusste Gregory nicht zu entgegnen, er war etwas überrumpelt von Saschas Analyse. Sie waren zwar beste Freunde, gingen aber eigentlich nie in solche Tiefen.

Eine Familie von Schwänen näherte sich den beiden Juden.

»Wir sollten gehen, Schwäne sind böse Tiere. Aber, Grischa, ich will, dass du verstehst, dass du einzigartig bist. Auch in diesem Gefängnis. Auch in diesem fiktiven Birobidschan in deinem Kopf. Denk darüber nach, bis wir nach Hause zurückkehren, und sag mir dann, inwiefern du es bist. Es geht nicht nur um das Gefangensein, sondern eher um das Mit-anderen-gefangen-Sein. Manchmal muss man sich die Grenzen sogar noch enger vorstellen, um von ihnen ganz befreit zu werden. Manche fühlen sich freier in einer Isolationshaft als in einer Zelle mit anderen.«

»Was hast du eigentlich gegen Schwäne? Das habe ich nicht verstanden. Wieso sind sie böse?«, lenkte Gregory nun das Gespräch in eine andere Richtung.

»Probier mal, sie zu füttern, bitte schön. Dann siehst du selbst!«, sagte Sascha und lächelte.

Gregory ging zum Auto und kehrte mit einer Brotscheibe wieder. Er ging vorsichtig zu den Schwänen und hielt ihnen das Brot hin. Der erste Schwan schwankte zu ihm, und sah dabei aus wie der besoffene Jakov manchmal mitten in der Nacht am Bahnhofsplatz. Gregory streckte seine Hand aus, und der Schwan hackte mit seinem Schnabel in das ihm angebotene Brot. Innerhalb von Sekunden stürmten die anderen Schwäne herbei und begannen, in die Hand von Gregory zu hacken und in seine Arme. Er schrie vor Überraschung und Schmerz und lief zurück zu Sascha, halb ängstlich und halb belustigt. Die beiden rannten zum Auto, hinter ihnen ein Schwarm betrunkener Jakovs, die sich wie Pendel auf dem Sand bewegten. Doch schnell waren die Schwäne ermüdet und pendelten wieder ins Wasser.

Auf der Insel Olchon besprengte der Schamane die Männer mit dem warmen Wasser und wiederholte heilige Sätze. Anschließend trommelte er auf einer Art Tamburin, das mit Leder bespannt war, und die Männer saßen alle still im Kreis. Das Feuer war erloschen und die Rauchsäule langsam verflogen. Der Himmel war wieder blau. Der Schamane trommelte so lange, dass die Männer, als die Zeremonie endete, eine Stille wie nie zuvor verspürten. Es wurde ihnen nun vergeben für alles, was sie getan hatten.

Am Fuß der Insel stürzten die Wellen geräuschlos auf die Felsen. Eine Karawane von Schwänen ritt auf ihnen bis zum sicheren Hafen.

44.

In der Mitte Birobidschans, zwischen Fluss und Rathaus, gab es einen Hain aus Mandschurischen Linden, die in diesem Moment grünten. In der Mitte des Lindenhains, etwa dort, wo damals Schimon Josephow der Bürgermeisterin Frau Klatschkin erzählt hatte, eine große Gruppe Kinder sei elternlos in Birobidschan angekommen, öffnete sich ein Platz. Auf diesem Platz stand ein Panzer. Jahrhundertlang hatte es hier nur den Hain gegeben, doch dann waren Menschen gekommen, hatten eine Stadt um ihn herum errichtet und den neuen Platz platziert. Eines Tages waren andere Menschen mit dem Zug eingetroffen, sie hatten eine rote Fahne in der Hand getragen und mit niemandem geredet, sondern waren geradewegs zum Platz gegangen, um dort die neue Fahne zu hissen. Einige Jahre später hatte ein Lkw eine Statue von Lenin gebracht, die man auf dem platzierten Platz neben der gehissten Fahne aufgestellt hatte, und Fahne und Mann waren eine Symbiose miteinander eingegangen. Schließlich war der Panzer in die Stadt gekrochen. Die Birobidschaner hatten sich versteckt, sie hatten ja kaum Erfahrung mit Kampfsituationen. Ein paar hatten Brandflaschen vorbereitet, wobei ein Unfall vermerkt wurde: In einem Haus war Benzin auf ein Schabbat-Hemd getropft. Als der Panzer aber den Platz erreicht und dort geparkt hatte, waren die zwei Fahrer ausgestiegen und hatten sich auf direktem Weg zum Bahnhof begeben, um den Zug zurück nach Moskau zu nehmen. Nun hatten die Birobidschaner also einen Platz, eine Fahne, eine Statue und einen Panzer gehabt. Der nächste Besuch von außerhalb war erst viele Jahre später erfolgt. Die Fahne war entfernt und eine neue war gehisst worden. Die Birobidschaner störte es nicht, dass ab und zu jemand ihren Platz umdekorierte.

Aber zwischen dem alten Panzer und der neuen Fahne, auf dem Platz in der Mitte des Hains, zwischen Fluss und Rathaus, stand nun ein Mädchen, das keinem gehörte.

»Ich habe das Kind gestern Nacht gesehen«, sagte Rachel leise, nur Alex konnte sie hören, obwohl mehrere Leute um sie herumstanden.

Nach der Versammlung am Vortag wegen Boris und derjenigen am selben Morgen wegen Jakov, der furchtbar besoffen den ganzen Weg von Dmitris Hütte gelaufen war, bis er auf den Gleisen der westwärts durchfahrenden Züge eingeschlafen war, nur – wie man auf Englisch so schön sagt – *to go west*, kamen die Birobidschaner nun zum dritten Mal zusammen.

Josephin fehlte, ihre Tochter aber, die als Erste verstanden hatte, dass die schwer zu erkennende Leiche zum Mann ihrer Mutter gehören musste, die Tochter, die die ganze Nacht unterwegs gewesen war, hatte eine Pause von den Trauer- und Schuldgefühlen gebraucht und ihren Freund zu einem Spaziergang geschleppt, der zufällig durch diesen Hain geführt hatte. Sie hatte geweint und geschimpft und laut hin zu Alex' Ohr gedacht, was ihre Mutter nun tun sollte. Alex hatte seine Freundin noch nie in einem solchen Zustand erlebt.

Plötzlich war jedoch ein kleines Mädchen vor ihnen im Hain aufgetaucht, als wäre es geradezu aus dem Boden gewachsen.

»Ich kenne sie«, sagte Rachel nun zu Alex. »Ich habe das Mädchen gestern Nacht auf dem Hügel gesehen, sie … sie lief da im Dunkeln herum. Ich habe mich fürchterlich erschrocken und bin schnell runter zu Dmitri gerannt. Ihretwegen bin ich überhaupt erst in die Hütte gestürmt, und wegen mir ist dann Jakov besoffen geflohen!«

Und schon stand Rachel vor dem Kind und schrie: »Wer bist du, ha? Was machst du hier? Was hast du gestern auf dem Hügel getan?!«

Das Mädchen wirkte völlig unbeeindruckt von der schreienden Frau vor sich. Alex und ein weiterer Mann mussten Rachel wegziehen, die wieder zu weinen begann.

»Wer bist du … wer ist dieses Kind? Sie war gestern da, sie war beim Stromfeld! Sie ist kein normales Mädchen, hört ihr?«

Niemand konnte Rachel helfen. Sie musste sich erst einmal beruhigen, dachten alle, und andererseits: Es war doch verständlich, dass sie nicht ruhig war, immerhin hatte sie gerade Jakov verloren. Wie so oft achteten alle wieder nur auf die Form von Rachels Rede und nicht auf den Inhalt. Es war wie mit den Gedichten, die auch oft wegen ihres Weinens und ihrer Wut inhaltlich übersehen werden.

Eine alte Dame trat aus der Menge hervor und kniete sich vor das Kind. »Hallo du! Zu wem gehörst du denn?«

Das Kind guckte geradeaus, wie durch die Dame durch, ohne auch nur einmal aufzublicken.

»Hörst du mich? Es kann doch nicht sein, dass du ganz allein hier angekommen bist, oder? Wo sind deine Eltern?«

Keine Reaktion.

Die Kleine hatte sehr weiße Haut und sehr schwarze Haare, als ob sie aus einem alten Film gesprungen wäre und vergessen hätte, sich wieder zu färben.

Die Dame gab den Versuch auf und schnalzte mit der Zunge. Sie drehte sich um, stand nun mit dem Rücken zum Kind. »Leute«, fragte sie nun in die Runde, weil sie langsam die Geduld verlor, »kennt jemand sie? Weiß jemand, wo ihre Eltern sind? – Niemand? Gut. Jemand muss sie zum Waisenhaus bringen. Mit mir will sie ja offensichtlich nicht reden.«

»Sie ist doch nur ein Kind«, sagte jemand, »sei nicht so streng mit ihr. Sie hat bestimmt Angst. Oder, Süße?«

Die Süße antwortete nicht.

»Die Polizei wird bestimmt wissen, was mit ihr zu tun ist. Hat jemand schon die Polizei gerufen?«

»Sofort droht ihr mit der Polizei! Das ist ein Kind, kein Mörder. Die Polizei hat ohnehin gerade alle Hände voll zu tun, mit Boris und Jakov.«

»Warum braucht es im Fall Jakov überhaupt die Polizei? Ist zu viel zu trinken jetzt etwa auch eine Polizeiangelegenheit?«

»Ein Mann ist gestorben, wie kannst du nur so unsensibel sein?!«

Sobald die Birobidschaner ihre typischen Streitereien begonnen hatten, lief das Kind lautlos zwischen ihnen hindurch, und als ob es den Weg auswendig kennen würde, als ob es tausendmal dagewesen wäre, begab es sich geradewegs zum Haus des soeben verstorbenen Boris und blieb vor der Tür stehen, als wartete es darauf, dass der Hausherr es einlassen würde.

Eine dringende Bürgerversammlung wurde einberufen.

Jeder bekam einen eilig geschriebenen Zettel in die Hand gedrückt, auf dem stand: »Stot Sal, 19 Uhr.«

Sogar neben das neue Kind wurde ein Zettel gelegt.

45.

In Chabarowsk war es ruhig. Sie warteten eine halbe Stunde schweigend vor dem Büro der Chewra Kadischa, das sich direkt im Synagogengebäude auf der Frunze-Straße befand.

Um aus Birobidschan dort hinzugelangen, musste man den Amur überqueren. Die Birobidschaner überquerten diesen Fluss nur, wenn jemand gestorben war. Der Amur war für sie immer bloß im Hintergrund anwesend, bezeichnete aber das Ende ihrer Welt, wie der Styx. Jenseits des Flusses war für sie ein richtiges Jenseits, es war *das* Jenseits.

Ein schwarzbärtiger Mann kam schließlich zu ihnen heraus und bat sie herein. Er fragte, um wen es ging, wie alt der Verstorbene gewesen war, Name, Beruf, zu welcher Synagoge er gehört hatte. Mit großem sachbearbeiterlichen Können verwandelte er Boris in Ziffern, Buchstaben und andere tintige Zeichen.

»Alles klar«, sagte der Bärtige dann und befahl: »Wartet draußen.«

Laute Stimmen drangen aus dem Zimmer in den Wartebereich. Die zwei Rabbiner drinnen hatten keine Lust, nach Birobidschan zu fahren. Einer von ihnen war angeblich gar nicht dran. Er könne gar nicht dran sein, weil er letztes Mal schon nach Birobidschan gefahren sei. Hin- und Herschreien.

Schließlich kamen die beiden Rabbiner aus dem Zimmer und schauten Leonid an.

Er wartete.

Sie warteten.

Julia brach das gegenseitige Warten: »Also, fahren wir los?«

Die Männer drehten sich wie synchronisiert zu ihr um und antworteten gleichzeitig: »Ja.«

Der Weg zurück war für die drei Birobidschaner viel kürzer. Für die Gäste aber nicht. Für sie war es schließlich kein Rück-, sondern der Hinweg.

46.

Vielleicht sollte er doch lieber nach Hause gehen und sich auf das Plenum im Rathaus vorbereiten, dachte sich Boris.

Es waren die Sechzigerjahre in Birobidschan, und auch die Jüngsten unter denen, die während des Krieges in dieses weiße Wüstenland gekommen waren, hatten inzwischen das Waisenhaus verlassen. Es waren die letzten Bewohner gewesen, und die Gemeinde wollte an diesem Abend darüber diskutieren, was mit dem großen gelben Haus geschehen würde. Einer hatte vorgeschlagen, die Räume für ein neues Birobidschaner Orchester zu nutzen. Es gab einige hier, die Instrumente spielten. Sie waren zwar keine weltberühmten Musiker, aber »Weltberühmte« waren hier ohnehin nicht berühmt. Birobidschan war ein Ort, der in keiner Konkurrenz mit der äußerlichen Welt stand. Einer spielte Posaune, eine andere Geige. Sie hatten vor, Lehrer aus Chabarowsk zu holen, die den interessierten Birobidschanern das Spielen weiterer Instrumente beibringen würden. Die Opposition hingegen war der Meinung, das Waisenhaus würde sicher noch gebraucht und müsse daher genauso bleiben, wie es gerade war.

Boris selbst wollte schon seit Jahren lernen, wie man Klavier spielte. Dafür musste er an diesem Abend im Rathaus sein und die Idee von einem Orchester verteidigen.

An diesem Tag, einige Stunden zuvor, war etwas Seltsames passiert. Boris hatte beim alten Schimon auf der Veranda vor dem Bahnhof gesessen. Gegenüber, unter der großen Chanukkia, stand ein unbekanntes Paar.

Damals war noch nichts Befremdliches an unbekannten Menschen in Birobidschan, man war noch nicht der Meinung, man wisse alles, stattdessen wusste man, dass man alle anderen Menschen nicht kannte. Ebenso war es mit der Umgebung Birobidschans, dessen Flora und Fauna noch erforscht wurden. Noch wusste zum Beispiel niemand, dass die Bären gar nicht hierhergehörten. Also begegnete man auch den Menschen mit Neugier und noch nicht mit der gefährlichen Gewissheit unserer Tage.

Das Paar stand also unter der im frühabendlichen Licht glänzenden Chanukkia und stritt. Unklar waren ihre Worte für Boris' weit entfernte Ohren. Sie waren gerade eben mit dem Zug angekommen. Gerade eben aus dem Bahnhof herausgetreten. Hatten gerade eben zum ersten Mal Birobidschaner Luft eingeatmet.

Die Frau starrte zu den weißen Feldern, zu den kleinen Holzhäusern, zur Veranda mit den zwei rauchenden Männern und wollte sofort umkehren und mit dem nächsten Zug zurück nach Moskau fahren. Der Mann hingegen wollte dem Leben in diesem sonderbaren neuen Dorf in Sibirien eine Chance geben.

»Es ist eine jüdische Autonomie, Paula! Hier sind wir endlich zu Hause, spürst du das nicht?«, fragte er mit Begeisterung.

Er selbst sollte es auch nur sehr kurz spüren, denn einen Monat, nachdem sie vom Bahnhof aus ihre Koffer geschleppt hatten, einen Monat, nachdem sie an Schimons Veranda vorbeigegangen waren und Paula mit einem künstlichen Lächeln auf Boris' »Guten Abend« geantwortet hatte, fand sie einen Zettel auf dem zugeklappten Toilettendeckel. Was für ein komischer Ort für einen solchen Zettel, war ihr erster Gedanke. Es sah so aus, als ob er in die Toilettenschüssel gesprungen, ins Wasser getaucht und nach Sankt Petersburg geschwommen wäre. Auf dem Zettel stand zwar seine neue Adresse, er bat sie aber, ihn nicht zu besuchen.

Sie war überhaupt nicht bitter, wie man es erwarten würde. Als sie an diesem Nachmittag zum Markt ging, war es, als sähe sie das Dorf zum ersten Mal. Sie sah die kalte Sonne, die Augen der Menschen, sie sah die Stände mit den gebrauchten Büchern. Das Bild, die Ordnung des Dorfes Birobidschan, wurde bei diesem ersten Spaziergang nach dem Westwärtsschwimmen ihres Mannes für sie neu gemalt, und als sie den Einklang endlich – wie ihr Mann einen Monat zuvor – spürte, blieb sie neben dem Fischstand stehen.

Boris' »Guten Abend« rief nun ein ganz anderes Lächeln bei ihr hervor. Sie redeten eine Stunde lang über Fische, Wasser, über Birobidschan. Sogar ein paar pikante Anekdoten über andere Birobidschaner erzählte er ihr leise. Sie lachte laut. Er wollte sie noch einmal am folgenden Tag treffen. Sie erklärte ihm, in verständlicheren Worten als diesen hier, dass sie die für sie neue Harmonie noch genießen wolle, bevor sie wieder bloß Teil des Einklangs eines anderen würde. Boris fand ihre Vorstellung von Beziehungen zwar ein wenig trostlos, sagte aber nichts.

Ein Jahr später heirateten Boris und Paula, und als er das Glas zertrat, blickte er in das sich freuende Gedränge vor sich und sah unter ihnen ein Mädchen, das einmal mit ihm gesprochen hatte und seitdem nicht mehr. Er verstand, was Paula gemeint hatte. Sie war nur ein Teil seines Einklangs, seiner in sich geschlossenen Geschichte.

In den Jahren danach machte Boris seine Mittagspausen auf einem Hügel neben dem See. Er saß unter einem Baum, aß sein Brot, und stets vergingen nicht einmal zwei Minuten, bevor ebenjenes Mädchen erschien. Sie sagte nichts, sondern setzte sich schweigend neben ihn und lehnte ihren Kopf an seine Schulter. Von ihr konnte er Paula nicht erzählen. Er wollte es nicht riskieren, dass sie wie seine Mutter damals reagierte und dachte, er wäre wahnsinnig.

47.

Der Saal war bis auf den letzten Platz besetzt. Zwischen dem Geschrei und den allseitigen Anschuldigungen war der Bürgermeister Moische Edelman überhaupt nicht zu hören.

Schon am Eingang wurde Dmitri von einem jungen Journalisten des Schtern, einem Kollegen von Jakov, abgefangen: Wo er an jenem Nachmittag gewesen sei, als Boris erschossen wurde.

»Lass mich in Ruhe, du weißt doch genau, wo ich war«, sagte Dmitri. »Wir haben uns im Café getroffen. Erinnerst du dich nicht mehr, oder was?«

»Ich weiß, wo du um vier Uhr warst, Boris wurde aber um fünf ermordet!«, erwiderte der Journalist.

»Du bist wirklich ein Arschloch, weißt du das? Ich habe mich um dich gekümmert, als du so klein warst, dass du noch gar nicht sprechen konntest. Du warst damals auf jeden Fall nützlicher für diese Gemeinde, als du es jetzt mit deinem investigativen Getue bist.«

»Auch Mörder können sich um Babys kümmern, Dima. Bei jedem Mörder gibt es Leute, die ihn als einen ganz netten Kerl kennen und danach völlig überrascht sind.«

»Das ist einfach ein falscher Satz, Idiot! Er klingt nur richtig. Aber vom Inhalt her ist es die größte Dummheit, die ich heute gehört habe. Typisch für eure verwöhnte Generation!« Nun mischten sich auch andere junge Männer und Frauen in die Diskussion ein, aber er blieb bei seiner Meinung. »Ihr glaubt an Sachen, die richtig klingen, die Wahrheit ist euch egal!«

»Wo warst du, Dima? Wo war deine Waffe zu dieser Zeit?«

»Boris wurde überhaupt nicht erschossen, Mensch!«, drang eine Stimme aus der Menge. »Habt ihr das vergessen? Es wurde geschossen, ja, Boris aber wurde von einem Tier attackiert! Dmitri hat recht, ihr habt wirklich die Fähigkeit verloren, auf Details zu achten. Es sind diese neuen Handys, die alles so schnell machen …«

»Ach komm, jetzt sind die Handys schuld?«

Über den vielen sich ineinander verhakenden Diskussionen donnerte auf einmal eine Stimme: »RUHE!« Der Bürgermeister wedelte aufgebracht mit seinen Karteikarten, auf denen er sich einige Stichpunkte notiert hatte.

Dieser Mai war außergewöhnlich warm, und als alle schwiegen, surrten die Ventilatoren plötzlich sehr laut. Dazu das Quietschen eines Stuhls. Ein einsames Auto fuhr langsam die Scholem-Alejchem-Allee entlang. In der Mitte der ersten Reihe stand ein leerer Stuhl. Inoffiziell war dies Boris' Stuhl. Er war nicht immer zu den Versammlungen gekommen, manchmal war der Stuhl deshalb leer geblieben. Nun aber fiel es allen auf. Es war, als ob der Stuhl glühte.

»Die letzten Tage waren für uns alle nicht leicht. Wir haben zwei Tote zu beklagen, mindestens einer von ihnen scheint einem Mord zum Opfer gefallen zu sein. Es ist wichtig, dass wir, die Gemeinde, alles tun, damit der Mörder gefasst wird. Solche Ereignisse können eine Gemeinde wie unsere entweder zerstören oder stärken, und es liegt an uns, wohin uns diese Geschichte führt. Unsere Polizei ist für diese Aufgabe ausgebildet, und wir müssen ihr vertrauen! Ihr zu trauen bedeutet auch, auf sie zu hören und nicht auf irgendwelche Gerüchte.«

Die Menschen schwiegen, während er weitere Punkte vortrug. Dann stand einer auf und sagte: »Leute, es bringt nichts, hier zu sitzen und weiter zu spekulieren. Wir müssen uns ganz praktisch bewähren. Ich schlage vor, dass wir zur Verteidigung kollektiv ein paar Pistolen kaufen, die an die verantwortungsvollsten Personen dieser Gemeinde ausgehändigt werden. Sie sollen dafür sorgen, dass so etwas nicht wieder passiert.«

»Setzen!«, schrie der Bürgermeister mit rotem Gesicht. »Glaubst du wirklich, dass das ein neues Konzept ist, das du dir da ausgedacht hast? Das ist doch uralt. Es heißt ›Polizei‹! Und wie gesagt – die haben wir schon. Ich bitte euch alle, lasst sie einfach ihren Job machen. Wir sind eine kleine Gemeinde, die Polizei wird den oder die Verantwortlichen in wenigen Tagen gefunden haben.«

»Was ist mit dem Kind?«, fragte eine Frau.

»Welches Kind denn?«

»Vor dem Borishaus steht ein Kind, keiner weiß, zu wem es gehört.«

»Wir sollten es in die nächste Großstadt fahren, es dort beim Jugendamt melden und in ein Waisenhaus geben. Das wäre sicher am besten«, schlug jemand vor.

»Auf gar keinen Fall!«, sagte eine Stimme im Publikum und wandte sich dann direkt an den Leiter der Jugendorganisation: »Joel, komm schon, was schlägst du vor? Was soll man mit diesem Kind machen?«

Da warf dessen Bruder Alex, der nicht an sich halten konnte, von der anderen Seite des Raumes ein: »Joel sieht hier sicher Potenzial für ein neues Mitglied in der Tsukunft!«

Das Lachen im Saal klang gemein. Doch Joel saß stolz neben seinem Bruder.

48.

Der Mord an Boris veränderte die Zeit in Birobidschan, wie die Atombombe von Hiroshima die der ganzen Welt verändert hatte. Die Möglichkeit des Bösen war auf einmal da, und das war unumkehrbar. Anders war Birobidschan nicht mehr. Was die verängstigten Einwohner besonders erschreckte, war der Gedanke: Einer von ihnen war in der Lage, einen anderen zu töten. In jedem Birobidschaner Kopf nistete sich wie ein Buntspecht die Furcht ein, der Besitzer dieses Kopfes könnte das nächste Opfer sein. Sie waren nicht mehr nett zueinander, sie schienen nur noch, nett zueinander zu sein. Das Sein zum Schein zu machen war die Hauptübung des Bösen. Die Flüsse flüsterten die Antwort wie ein Echo, gehört wurden sie jedoch wie Kassandra.

49.

»Wir sollten das Mädchen nach Moskau bringen. Das hier ist kein Platz für sie, besonders wenn sie wirklich nicht spricht«, stellte Rachel fest.

Alex wusste nicht, woher diese Entschlossenheit kam, sie machte ihm Angst. Rachel erwies sich oft willensstark, normalerweise aber bei Themen wie der Relevanz von Dichtern, ob sie komplex oder langweilig waren, oder komplex, aber ungeschickt, oder komplex und geschickt, aber sie behandelten ihre Frau schlecht, also durfte man sie nicht lesen.

Dass sie nun so stark gegen das Mädchen protestierte beziehungsweise gegen dessen Bleiben in Birobidschan, überraschte ihn.

»Warum bist du dir da so sicher, Rachel? Wir haben doch in den Vierzigerjahren so viele Kinder aufgenommen, auch deine Großeltern, oder?«

Sie saßen am Ufer des Sees. Die Sonne ging sehr langsam unter. Erst am nächsten Tag sollten die Beerdigungen von Jakov und Boris stattfinden, da beide am Freitag gestorben waren und daher zwei Tage warten mussten. Wenn nur die Delegation nach Chabarowsk rechtzeitig zurück wäre.

Alex lag im Gras, sein Kopf auf Rachels Oberschenkel. Normalerweise mochte sie das Gefühl seiner Haare auf ihrem Bein, doch in den letzten Tagen war irgendwas mit ihr. Er konnte es spüren, und nun zog sie tatsächlich plötzlich ihr Bein hoch, sodass er genötigt war, sich ebenfalls aufzusetzen.

»Was heißt ›wir‹? Warst du da, in den Vierzigern?«

»Du weißt, was ich sagen wollte, Rachel. Aber in Ordnung. Es ist sowieso nicht unsere Entscheidung. Wie fühlst du dich? Wegen morgen, meine ich.«

»Ich werde es schon schaffen. Ich habe eher Angst um meine Mutter. Sie braucht jetzt die Fürsorge der Gemeinde, und dieses Kind zieht alle Aufmerksamkeit auf sich. Das ist ungerecht, denkst du nicht? Die Menschen hier haben ganz normale Tragödien, verdammt, auch ohne diese seltsamen, typisch Birobidschaner Ereignisse wie einem unerwarteten Zug vollgepackt mit Kindern oder Menschen, die in den Wald von Tunguska fahren und nie zurückkommen, chinesischen Bären, die die Grenze überschreiten, oder zwei fremden Männer, die plötzlich auftauchen, obwohl hier nie jemand Fremdes auftaucht. Apropos: Was ist eigentlich aus den beiden geworden?«

Es schien Alex eine Ewigkeit her zu sein, seit dieses komische Paar bei ihnen im Wohnzimmer gesessen hatte und seine Mutter so außergewöhnlich nett zu ihnen gewesen war. So viel war seitdem passiert, er hatte absolut vergessen, Sulamith zu fragen, was das alles eigentlich gesollt hatte.

»Keine Ahnung, ehrlich gesagt. Ich weiß nicht, wo sie sind oder worum es ging. Ich werde mit meiner Mutter darüber reden, sobald sie wieder da ist.«

»Egal«, sagte Rachel leise in Richtung des schwarzen Wassers. »Lass uns mal gehen. Das Gras bekommt schon Tau, und mir ist kalt.«

»Ja, klar. Wollen wir zu mir gehen? Es ist doch viel näher.«

»Alex, du bist echt süß. Aber morgen ist die Beerdigung meines Stiefvaters, und auch wenn er nicht mein liebster Mensch auf der Welt war, war er trotzdem die große Liebe meiner Mutter. Ich muss für sie da sein. Verstehst du? Allein mit ihr, zu zweit. Wir sehen uns morgen, ja?«

»Ja, auf jeden Fall. Ich verstehe.«

Er hielt ihre Hand in seiner und zog sie zu sich, versuchte Rachel zu küssen. Sie aber wandte sich leicht ab und küsste ihn stattdessen auf die Wange. Dann befreite sie ihre Hand aus seinem Griff und ging.

»Gute Nacht«, rief er ihr noch hinterher, sie war aber schon unter den Kopfhörern und ganz woanders.

Er blieb noch eine Weile da, an der dunkelsten Ecke des Seeufers, wo er immer saß.

183-186

50.

156←

Nach der Unterhaltung am Ufer des Baikalsees hatten sie zwei Stunden lang kaum miteinander gesprochen. Die Tundra zu ihrer Rechten, der majestätische See zu ihrer Linken; sie hatten geschwiegen und nur die atemberaubende Aussicht in sich aufgenommen.

»Ich hatte einen eigenartigen Traum, da in Tschita«, brach Gregory jetzt die Stille.

»Weißt du, was ich denke?«, schnitt Sascha die Rede seines Freundes ab. Genau genommen hatten sie gleichzeitig zu reden begonnen. Sascha war nur etwas lauter, daher blieb er im Schwung und sprach weiter: »Als ich noch ein Kind war, gingen wir, die ganze Familie, mit anderen Familien an den See, wir blieben dort über Nacht, grillten, schwammen.«

»Ich erinnere mich. Ich war jedes Jahr beleidigt, dass ich nicht eingeladen wurde. Nur weil ich keine Familie hatte, als ich nach Birobidschan kam, heißt das nicht …«

»Grischa, jetzt hör mal auf. Das war nicht gegen dich persönlich gerichtet. Aber meine Eltern mussten sich neben der Arbeit Vollzeit um dich kümmern, und wir wollten ein Mal im Jahr, nur die Familie, irgendwo zusammen Urlaub machen … und ja, auch Urlaub von dir. Kannst du meine Eltern nicht verstehen?«

»Genau darum geht es ja: Ich war für sie kein Kind, sondern Arbeit. ›Vollzeit‹, wie du es so schön ausdrückst.«

»Was hast du denn erwartet, sie haben sich dich nicht ausgesucht. Du bist einfach eines Tages aus dem Nichts erschienen! Du sprachst nicht einmal Jiddisch. Sollten sie dich wie ihre eigenen Kinder behandeln?«

»Das ist eine gute Frage, Sascha. Ob man Flüchtlinge aufnehmen soll, weil man es will oder weil man sich verpflichtet fühlt, wegen einer jüdischen oder christlichen oder sozialistischen Moral, oder was weiß ich.«

»Quatsch. Man kann doch Flüchtlinge aufnehmen und trotzdem manchmal eine Pause von ihnen brauchen. Du machst vieles, was du machst, ohne dazu verpflichtet zu sein, doch nach einer Weile brauchst auch du eine Pause, vermute ich.«

»Es geht hier nicht ums Zeitunglesen, ja?«, sagte Gregory beleidigt.

»Jedenfalls, es waren noch die Sechziger. Ich war so klein, weißt du noch? Und als ich einmal rausgeschwommen bin, weit auf den See, habe ich plötzlich keinen mehr gesehen. Der Strand, wo wir alle unsere Zelte hatten, wo die Eltern saßen und Bier tranken, war weg. Überall war nur Wasser. Das war seltsam, weil der See gar nicht so groß war. Wir konnten von unserem Strand aus das gegenüberliegende Ufer sehen, deshalb war es komisch, nur Wasser um mich herum zu haben.«

»Kann es sein, dass du geträumt hast?«

»Natürlich, alles kann sein. Aber an meine Angst erinnere ich mich bis heute, vielleicht war es also doch kein Traum. Ich wusste nicht, in welche Richtung ich schwimmen sollte, weil alles gleich aussah. Dann zog mich irgendeine Kraft runter. Es fühlte sich an wie eine Schlange, die sich um meine Beine gewickelt hat. Bevor ich überhaupt darüber nachdenken konnte, warum sie das tat, war mein Kopf schon unter Wasser. Ich weiß nicht, was dann passierte, aber irgendwann hat die Schlange aufgegeben, und das Nächste, woran ich mich erinnere, ist, dass ich am Strand lag und die Erwachsenen um mich herumstanden. Meine Beine brannten vor Schmerz, wie von einer Qualle, aber es gibt keine Quallen in den sibirischen Seen, und ich hatte auch keine Hautrötung oder so.«

»Wieso hast du mir das noch nie erzählt?«

»Denkst du, Erinnerungen können in der Mitte des Lebens einfach im Gehirn auftauchen und sich als ganz alte Erinnerungen ausgeben? Ich das also wirklich geträumt habe, sich dieser Traum aber als eine Kindheitserinnerung tarnt?«

»Ich denke, es wäre auf jeden Fall möglich. Ich finde Träume irgendwie täuschend. Als ob sie gar nicht während des Schlafs da sind, sondern erst durch das Trauma des Aufwachens erzeugt werden. Dieser schnelle Wechsel ist ein Schock fürs Gehirn, das deshalb eine Menge Vorstellungen und Bilder generiert.«

»Und was ist dann mit dem Gefühl von Dauer?«, fragte Sascha, fasziniert von der Theorie seines Freundes. »Das kann das Gehirn auch, oder? Manchmal vergeht die Zeit langsam, manchmal schnell. Wir erleben oft Zeitmanipulationen unseres Gehirns, wieso dann also nicht hier auch? Die Welt eines Traums wird in einem Augenblick erschaffen und zerstört, und auch dieser Augenblick hat eine eigene Zeitdimension, er kann sich, sagen wir mal, wie Minuten oder wie Stunden anfühlen. Wer aber kann eigentlich sagen – mit unseren Zeitbegriffen –, wie lange ein Traum dauert? Keiner. Traumzeit ist unbeschreibbar, sie gehört zu einer anderen Dimension.«

»Und Erinnerung?«

»Erinnerungen sind getarnte Träume.«

51.

Joel bückte sich gerade unter die aufgeklappte Motorhaube, als Alex sich ihm nachdenklich näherte.

»Fährst du irgendwohin?«, fragte er.

»Nein, ich wollte nur das Auto reparieren, bevor Mutter zurückkommt, um ihre Laune ein bisschen aufzuhellen«, sagte Joel, ohne sich umzudrehen. »Kannst du mir den Engländer holen?«

Alex ging ins Haus, um den Rollgabelschlüssel zu holen. Das Wohnzimmer war dunkel, und er schaltete nicht sofort das Licht an, sondern stand da, in der Mitte des schwarzen, leeren, scheinbar unendlichen Raums. Er wollte nicht, dass seine Pupillen sich anpassten, also schloss er die Lider. Es waren schwierige Tage. Er bemerkte, dass ihm kaum Zeit für sich und seine eigenen Gedanken geblieben war, seitdem alles angefangen hatte. Wann hatte es eigentlich angefangen? Er überlegte. Mit dem Erscheinen des Mädchens? Dem Tod von Boris? Den beiden Männern, die vor einigen Tagen hier in diesem Wohnzimmer getrunken hatten? Vielleicht mit einer der Geschichten, der Legenden, die er als Kind über diesen Ort gehört hatte. Es hatte den Kinderzug in den

Vierzigern gegeben, außerdem das Verschwinden einiger Menschen, unter anderem das desjenigen, dem er seinen Namen zu verdanken hatte: Sascha. Ihm war, als wären all diese Geschehnisse ein Flackern dunkler Energie. Alles, was unter den Teppich gekehrt wurde, kehrte irgendwann zurück, um die Utopie oben auf diesem Teppich zu stören und zu destabilisieren.

Er ließ sich auf das Sofa fallen, nach dem er einige Minuten im großen schwarzen Raum mit den Händen getastet hatte. Die Augen noch immer geschlossen, hörte er laut seinen eigenen Atem, das dachte er zumindest. Als er schon fast eingeschlafen war, als die Gestalt seines Vaters, den er nur von dem Bild im Wohnzimmer kannte, vor ihm auftauchte, als er jene Zehntelsekunde erlebte, in der er wusste, nun wurde geträumt, und er konnte nichts dafür oder dagegen tun, er musste nur langsam einlenken, und sein Unterbewusstsein würde den Rest für ihn erledigen, genau in diesem Augenblick wurde das Wohnzimmer auf einmal mit weißem Licht überflutet. Es war so hell, als würde der ganze Raum gleich in Flammen aufgehen, wie eine Kernspaltung, wie ein Meteor, der inmitten eines Waldes explodierte.

Es waren die Frontscheinwerfer des Autos, das direkt vor dem großen Fenster geparkt war.

Alex blinzelte müde und unsicher. Er hörte, wie der Motor angelassen wurde, und sah, wie das blendende Licht sich zurückzog, von der Küche, von der Theke, vom Esstisch, vom Sofa, von ihm. Er war wieder allein in der Dunkelheit, die nun schwärzer als zuvor schien.

Joel. Der ist losgefahren! Aber wo will er denn jetzt hin? Warum hatte er gelogen? Ich werde ihn morgen fragen, dachte Alex, gute Nacht.

Zwei Stunden später, um Mitternacht, kam die erschöpfte Sulamith zurück, weckte ihren Sohn und schickte ihn in sein Zimmer.

52.

Als Boris an diesem Abend vom See nach Hause zurückging und neben der Statue mit dem Pferd und dem bärtigen Kutscher die Leninstraße überquerte, kam Dmitri vorbeigejoggt. Keiner wusste, warum der junge Mann immer am Rennen war, als ob er vor etwas wegrennen würde. Er sah zerzaust und gequält aus.

»Wo eilst du immer hin, Dima?«, rief ihm Boris hinterher und spürte auf einmal die Schwere jedes seiner über fünfzig Lebensjahre.

Sie bauten jetzt neue kleine Häuser am See, und junge Familien zogen dorthin. Es war nur eine Frage der Zeit, bis man auch auf seinem ruhigen Hügel bauen würde. Boris hatte keine Kinder. Er könne keine bekommen, hatten die Ärzte in Chabarowsk gesagt, damals vor fünfzehn Jahren. Paula hatte auf dem Weg zurück nach Birobidschan geweint. Er war erleichtert gewesen und hatte nur so getan, als ob er die Trauer mittragen würde, damit sie sie nicht allein tragen musste. Manchmal benahmen sich Gefühle aber wie schwere Felsen oder wie Särge: Wenn eine Seite nur so tat, als ob sie beim Tragen helfen würde, fiel die Last am Ende auf den Boden, und jemand wurde verletzt. Boris hatte keine Ahnung, wie er diese Verletzung bei Paula heilen sollte.

Zunächst begann er, spät nach Hause zu kommen, in der Hoffnung, sie wäre schon eingeschlafen. Sie schlief aber nie. Sie war immer im Bett, immer mit geschlossenen Augen, immer mit nassem Kissen unter ihrem Gesicht. Und grüßte ihn nur schwach.

Nach einigen Monaten wagte er zum ersten Mal, mit Mordechay darüber zu reden. Mordechay war deutlich jünger als er, vielleicht achtzehn oder neunzehn Jahre alt, aber sie waren die einzigen Fischer im Dorf und verbrachten sehr viel Zeit nebeneinander. Also erzählte ihm Boris die ganze Geschichte.

»Nicht leicht, nicht leicht«, sagte Mordechay Greenboym, »nicht leicht«, und nickte. »Du kennst sicher den Arzt hier in Birobidschan, warst du schon einmal bei ihm?«, fragte er dann.

»Natürlich. Aber ich war lange nicht mehr bei ihm, Baruch Haschem. Wieso?«

»Ich habe gehört … Also, ich bin nicht sicher, ja? Aber es gibt wohl eine neue Pille, die einen glücklich machen soll.«

Boris schaute den Jungen an, und in seinem Gesicht spiegelte sich eine Mischung aus Leid und Hoffnung, Ungläubigkeit und dem unbedingten Willen, daran zu glauben.

»Das klingt imperialistisch«, sagte er schließlich.

»Jaja, klar. Denkst du, wir sind so unterschiedlich? Dort ist man wegen des Kapitalismus traurig, hier wegen des Kommunismus. Komm, es hat nichts mit Ideologie zu tun.«

Boris war überrascht über die unverschämte Offenheit dieses jungen Mannes. Birobidschan war zwar eine sichere Insel in Sibirien, aber so sicher war es doch wieder nicht, dass man hier die Sowjetunion mit Amerika gleichsetzen sollte.

»Wie heißen sie, die Pillen?«

»Pipofezine«, antwortete Mordechay schnell.

»Und … sind sie nicht gefährlich?«

»Sie haben Nebenwirkungen – wie jede Droge. Aber die Trauer deiner Frau hat auch ihre Auswirkungen, oder?«

»Ja, vermutlich … Sie ist ja schon seit Monaten da, ohne absehbares Ende.«

Ein Fisch sprang aus dem Wasser, an Boris' Angel hängend, und zuckte luftlos hin und her.

Seitdem sie die Diagnose bekommen hatten, aß Paula kaum und nur dann, wenn er etwas kochte und sie hartnäckig bat, es zu essen. Dann aß sie zwar, aber kein Geschmack kam in ihren Mund. Sie aß langsam, mit kleinen Bissen, und wenn Geschmack eine Farbe hätte, wäre er auf jeden Fall grau. Nicht nur die verschiedenen Geschmäcker konnte sie nicht mehr voneinander unterscheiden, auch nicht die Temperaturen. Sie konnte unter die Dusche gehen (wenn Boris sie energisch dort hinschickte) und dort lange Minuten unter heißem Wasser stehen, das für Verbrennungen sorgte, oder aber unter eiskaltem Wasser, woraufhin sie fröstelnd ins Bett ging und noch die ganze Nacht lang zitterte.

Er begann, die Pillen unter ihr Essen zu mischen, und eine radikale Veränderung ihrer Laune war schon nach einer Woche zu sehen. Wiederum ein paar Wochen später schmeckte ihr das Essen wieder, und sie fing an, für sich und ihn zu kochen. Von da an fand er jeden Tag eine andere Art, ihr diese Pillen zu verabreichen. Er löste sie in ihrem Kaffee auf, im Tee, er gab sie ihr statt Schmerzmitteln, wenn sie Kopfschmerzen hatte – fünfzehn Jahre lang.

Jetzt stand Boris da, vor der Statue an der Leninstraße, und dachte, wie ungerecht es war. Das Wesen des Kutschers und des Pferdes war es doch, in Bewegung zu sein, und hier waren sie brutal in Stein gemeißelt.

»Boris! Kommt ihr an diesem Schabbat zu uns zum Abendessen?«, hörte er eine bekannte Stimme hinter sich. Es war Mordechay, der vor Kurzem mit seiner Freundin zusammengezogen war. »Wie geht es deiner Frau? Alles gut bei euch?«

»Ja … Ja, Mordechay, alles gut bei uns. Am Schabbat?«

»Am Schabbat. Bist du auch wirklich in Ordnung? Habe das Gefühl, du brauchst jetzt eine Pipofezine. Kopf hoch! Wir sehen uns, ja?«, und wieder wartete Mordechay nicht auf die Antwort, bevor er in den Straßen Birobidschans verschwand.

In den letzten fünfzehn Jahren war es zu einer Routine geworden, und er machte es so automatisch, dass er einen schlechten Witz von Mordechay brauchte, um ihn an seine schreckliche tägliche Tat an seiner Frau zu erinnern. Eine Sache hatte er schon immer vor ihr versteckt, nämlich die Mittagspausen mit seiner Wahnvorstellung, dem schweigenden Mädchen. Sobald man aber eine Sache versteckte, konnte man ebenso gut mehrere Sachen verstecken.

Nein, dachte er, nein. Er würde ihr alles sagen. Heute würde er ihr alles erzählen. Das Mädchen, die Pillen, alles.

Am Schabbat ging er allein zu Mordechay und seiner Freundin. »Paula fühlt sich schlecht heute«, entschuldigte er sich.

53.

Der Friedhof an der Synagoge Beit Tschuwa, einer langen blau-weißen Hütte, war voll mit Birobidschanern, die Boris und Jakov die letzte Ehre erweisen wollten.

Alex, der für einen Birobidschaner relativ groß war, suchte mit seinen Augen über den mit Tüchern oder Kippot bedeckten Köpfen hinweg nach Rachel. Sie war nirgends zu sehen. Der Wind schlug heulend in die Bäume, die sich in den Himmel streckten, als ob sie von hier weg- oder wenigstens den Geschmack der Wolken einmal kennenlernen wollten. Ein Haselhuhn, das wahrscheinlich erst vor Kurzem von einer langen chinesischen Reise zurückgekommen war, hüpfte von einem Busch zum nächsten, die doppelte Beerdigung schien ihm lustig zu sein.

Die Leichen waren vom Totengräber verschönert worden, inner- und äußerlich gewaschen. Wären sie zu Hause gestorben, wären erst einmal ihre Augen geschlossen worden, dann das Gesicht mit einem weißen Tuch belegt. In Smidowitsch, das gesetzestreuer war, hätte man auch eine Kerze neben den Kopf gestellt, die man bei geschlossenen Fenstern hätte herunterbrennen lassen.

Man glaubte, die Seele sei noch im Raum, und dieser Moment markiere ihren Abschied vom Körper, bevor sie frei war, im Himmel zu verdampfen. War die Kerze erloschen, öffnete man die Fenster, damit die Seele verschwinden konnte.

Aber das hier war Birobidschan, und weder Boris noch Jakov waren zu Hause gestorben.

54.

Dmitri war nirgends zu sehen. Gerüchte hatten die Runde gemacht, die von seiner Beteiligung an der Ermordung von Boris sprachen, und die Polizei Birobidschans war schon bei ihm zu Hause gewesen. Sie hatten alles durchsucht und sein Gewehr konfisziert, obwohl Dmitri sich dagegen gewehrt und gesagt hatte, manchmal werde seine Hütte von Wölfen besucht.

Die Polizisten kannten die Geschichte schon, so wie alle in dieser Stadt sie kannten, und Solomon schlug vor, dass er ja sicherheitshalber einige Tage bei ihm schlafen könne. Danach würde er bestimmt sein Gewehr zurückbekommen und sich so wieder vor den Wölfen schützen können.

»Solomon, komm schon. Boris wurde nicht erschossen! Habt ihr überhaupt ein Einschussloch gefunden? Nein!«

»Dima, be… beruhig dich, es ist nur fürs P… Protokoll. W… wir alle wissen, dass du es nicht warst, sonst hätten wir dich schon längst fest… fest… festgenommen!«, sagte der babygesichtige Polizist und lachte kurz auf.

Seine Kollegen lachten mit.

»Ja, aber was für ein Protokoll ist das denn? Jemand wird totgeschlagen oder von einem Bären attackiert, keine Ahnung, oder einem Wolf! Auf alle Fälle gibt es kein Einschussloch, doch mein Gewehr wird für das Scheißprotokoll konfisziert? Verstehe ich gerade nicht!«

»B… b… bitte, Dmitri, mach es uns nicht schwerer, als es sowieso sch… schon ist«, flehte Solomon, diesmal ohne das Lachen. »Wir haben alle eine sch… sch… sch… schwierige Woche gehabt! Und die W… W… Wölfe sind hier seit zwanzig Jahren nicht gewesen, sie werden jetzt nicht auf einmal auftauchen!«

»Ach, du weißt plötzlich, was die Wölfe alles so planen?«

»Na ja, Dmitri …«

»Es war kein Schuss!«

»Doch!«, sagte auf einmal Irina. Sie war keine Einheimische, sondern aus Kazan hergezogen, keiner wusste warum, und keiner wollte fragen. Sie sprach Russisch und verstand aber mittlerweile auch Jiddisch.

Alle schwiegen. Die ganze Gruppe in Blau guckte auf den Boden, als ob sie dort etwas suchte, als ob es, wenn man sich nur lange genug auf einen Punkt dieses Holzbodens konzentrierte, plötzlich eine Antwort darauf geben würde, wer Boris ermordet hatte, damit niemand sich mit Dmitris Blick und dem Entsetzen in seiner Stimme beschäftigen müsste, als der langsam fragte: »Wie bitte?«

»Wir haben das noch nicht öffentlich gemacht, aber ja, es wurde eine Schussverletzung gefunden. Bitte verstehen Sie, dass es in unser aller, also auch in Ihrem Interesse ist, dass die Menschen es auch weiterhin nicht wissen. Wenn Sie wirklich unschuldig sind, sabotieren Sie unsere Ermittlungsarbeiten nicht«, sagte die Polizistin ruhig. »Sie verstehen doch Russisch, oder, Herr Kowalowitsch?«

»Ja … Ja, verstehe ich«, antwortete der und sagte dann auf Jiddisch zu Solomon: »Wenn es in Ordnung ist, möchte ich tatsächlich bei dir übernachten.«

»Mit wem spielen Sie?«, fragte Irina, die gerade eine Schublade geöffnet und die Kvitlech-Karten gefunden hatte.

»Mit niemandem. Ich habe das Kartendeck von meinen Eltern geerbt. Ich bewahre es aus sentimentalen Gründen auf.«

»Und diese ganzen Wodka-Flaschen hier, Herr Kowalowitsch?«

»Trinken d… d… darf man hier noch«, griff nun Solomon in das Gespräch ein. »Lass es, Irina, wir ken… kennen doch Dmitri. Es geht hier ums P… P… Protokoll.«

Die Polizistin blickte Dmitri an, er zeigte seine Angst, trug sein Herz auf seinem Gesicht.

Später, bei Solomon zu Hause, kamen der Elektriker und seine Schwermut nicht raus aus dem Gästebett. Er hatte sich tief unter der weißen Decke vergraben, zog sie bis über sein Gesicht, trotz der außergewöhnlichen Hitze.

Er war damals nach Birobidschan gekommen, um sicher zu leben, um endlich mal nicht verfolgt zu werden, um nicht für verdächtig gehalten zu werden.

»Ich war es nicht«, murmelte er unter der weißen Decke, »ich war es nicht.«

Deshalb also war Dmitri nicht zur Beerdigung erschienen.

55.

Die Beerdigung verlief ruhig, und anschließend gingen alle leise nach Hause. In Gruppen. Die Flüsternis, das flüsternde Gerede, zerstreute sich Stück für Stück in den Straßen und Gassen.

Josephin blieb noch beim Grab ihres zweiten Mannes, die Abwesenheit ihrer Tochter war am anwesendsten.

»Hast du Rachel zufällig gesehen?«, fragte die Witwe, als sie den Freund ihrer Tochter bemerkte. »Ich dachte, sie hat die Nacht bei dir verbracht?«

»Es tut mir leid, Josephin, ich habe sie nicht gesehen.« Alex merkte sofort, dass er genau das Falsche gesagt hatte gegenüber einer Frau, die gerade ihren Mann verloren hatte, denn es hieß, dass auch ihre Tochter verschwunden war. »Ich bin mir aber sicher, dass Rachel in Sicherheit ist und bald zu dir kommt.«

Mit diesem Satz hatte er die Situation aber nur verschlimmert, hatte nur noch deutlicher gemacht, wie sehr Rachel hier fehlte.

Josephin bat Alex, sie nach Hause zu begleiten. Dort warteten schon einige Birobidschaner vor der Tür. Die Trauerwoche konnte beginnen.

Alex war sich sicher gewesen, dass Joel zur Schiwa erscheinen würde, wenn er schon nicht zur Beerdigung gekommen war. Er war aber auch hier nirgendwo zu finden, und nicht einmal seine Mutter, die Josephin bei der Umgestaltung ihrer Wohnung in einen Trauerraum geholfen hatte, wusste, wo ihr älterer Sohn steckte.

»Er hat bestimmt irgendwas bei der Tsukunft zu tun«, antwortete Sulamith abschätzig auf Alex' Nachfrage.

Mordechay Greenboym stand vor dem Hauseingang und rauchte eine Zigarette.

»Mordechay, weißt du vielleicht, wo Rachel ist? Sie ist doch ganz gut mit deiner Tochter befreundet …«

»Ach ja, die Arme. Es ist nicht einfach, zum zweiten Mal den Vater zu verlieren. Und vor allem auf so eine schreckliche Art und Weise! Einfach betrunken. Ich habe gehört, er ist auf den Gleisen eingeschlafen.«

»Ja … Also, du weißt nicht, wo sie ist?«

»Nein, Sascha, ich habe keine Ahnung. Meine Tochter hat aber erzählt, dass die Tsukunft die Umgestaltung von Boris' Haus für seine Schiwa übernommen hat. Sehr schön, finde ich, keiner sollte allein ohne einen Trauerraum sterben, weißt du? Trotzdem bin ich der Meinung, dass Rachel hier bei ihrer Mutter sein sollte und nicht dort bei den anderen. Sie schaffen das auch ohne sie. Aber der Josephin hier, der hilft ja keiner. Außer deiner Mutter natürlich.«

»Ja, natürlich! Es war mir komplett entfallen, dass die Tsukunft sich um Boris' Haus kümmert. Rachel ist bestimmt dort. Danke, Mordechay, ich hole sie gleich!«

Wie konnte Rachel nur? Wie konnte sie ihre Mutter einfach allein lassen an diesem Tag? Manchmal machte sie einfach, was sie wollte, das musste er zugeben. Das hier aber war weit über der Grenze, das hier war herzlos.

Alex ging wieder ins Haus. Josephin saß in der Mitte des Raums, und die anderen schwirrten um sie herum, brachten Essen aus der Küche ins Wohnzimmer, stellten leere Teller zurück, wischten Staub, wuschen Geschirr, und in der Mitte saß die melancholische Künstlerin. Sie starrte mit erloschenem Blick an die Wand, an der seit dem Vortag ein Bild von Jakov hing, starrte aber nicht das Bild an, sondern nur den Rahmen.

In Josephins Augen sah er schmutzig aus. Alles sah schmutzig aus. Dann bewegte sich ihr Blick langsam von der Rahmenecke in das Bild. Sie sah Jakov aber gar nicht, eher die Farben. Die Farben fand sie schön, und sie wünschte, das grüne Feld im Hintergrund würde ins Zimmer überschwappen, das Gelaufe um sie herum ertränken, sie wie eine Königin tragen – eine Welle grüner Felder, die sie bis zum Amur trug, von dort würde sie schon allein ihren Weg finden. Das Feld blieb aber da, wo es hingehörte, eingerahmt. Den Verstorbenen einrahmend.

»Jo… Josephin?«, sagte Alex vorsichtig, sie antwortete nicht, starrte nur weiter und murmelte etwas. »Ich glaube, ich weiß, wo Rachel steckt. Bleib du hier, ich hole sie.«

Es war lächerlich, ihr zu sagen, sie solle bleiben, dachte er. Was sollte sie denn sonst tun? Rachel hatte ihm doch erst letzte Nacht noch gesagt, wie sehr ihre Mutter gerade die ganze Gemeinschaft brauchte.

Alex fand das Verhalten seiner Freundin so egoistisch und kindisch, dass er schon überlegte, ob sie überhaupt zusammenpassten.

Er machte sich auf den Weg, hinter ihm ritten die blitzenden Augen Josephins auf den Feldern. Wenn man sich dem Feld wirklich hingab, konnte man schon fast den Wind spüren, wie das Feld ihn spürte, und dieser Wind, der im Bild schwebte, aber von außerhalb des Bildes nicht zu sehen war, nicht zu spüren, außer wenn man sich davon überschwappen ließ, dieser Wind war die Zeit.

203-207

56.

»Hast du überhaupt den Benzinstand kontrolliert, bevor wir losgefahren sind?«, fragte sie.

»Rachel, wir sind nicht mehr in den Neunzigern. Sogar in Sibirien gibt es Tankstellen.« Joel blickte sie kurz an und wieder auf die Straße. »Wir machen das Richtige, keine Sorge. Das Kind muss nach Moskau gebracht werden, unsere Gemeinschaft wird das nicht schaffen, und in Moskau wird man wissen, was mit ihr zu tun ist.«

»Darüber mache ich mir keine Gedanken. Du hättest sehen sollen, wie sie mich in der Nacht bei Dmitri erschreckt hat. Sie gehört einfach nicht nach Birobidschan«, stellte Rachel fest.

»Hey, sag so was nicht in ihrer Anwesenheit. Also …«, sagte er und versuchte, den Blick des Mädchens im Rückspiegel zu erwischen, um festzustellen, ob sie ihn hörte und verstand.

»Also?«, fragte Rachel ungeduldig.

»Sie hat bestimmt einen Platz bei uns in Birobidschan. Oder wo auch immer du willst, Kleine!«

»Joel, kannst du bitte aufhören, sie ›Kleine‹ zu nennen? Ich finde das ein bisschen komisch. Kosenamen sind etwas, das im Dialog mit der anderen Person entsteht.«

»Schwachsinn, Babys haben doch auch alle verniedlichende Namen!«

»Ein Dialog muss nicht verbal sein. Sie reagieren ja, die Babys. Die hier – sie reagiert überhaupt nicht. Selbst wenn sie taub wäre, hätte sie mitbekommen, dass gerade über sie geredet wird, und hätte irgendwie reagiert, uns signalisiert, dass sie nichts hört. Sie ist aber offensichtlich nicht taub. Sie ignoriert uns einfach komplett. Sie macht es mit Absicht.« Rachel sank in den Beifahrersitz und legte ihre Beine trotzig auf das Armaturenbrett über dem Handschuhfach.

»Du blockierst den rechten Spiegel, das habe ich dir vorhin schon gesagt!«

»Es kommt keiner. Wenn was kommt, gebe ich dir Bescheid. Wann sind wir am Baikalsee? Ich möchte schwimmen.«

»Der ist noch ziemlich weit. Wir schaffen es nicht an einem Tag zum Baikalsee, aber morgen bestimmt.«

»Kannst du nicht einfach schneller fahren? Ich meine … es ist deine Entscheidung, dann siehst du halt auch erst morgen meinen neuen Badeanzug.« Dann näherte sie sich seinem Ohr und flüsterte: »Ich habe gar keinen Badeanzug …« Sie fing an zu lachen. Rot war sie im Gesicht und fand es irgendwie peinlich und lustig zugleich, dass sie auf einmal so offen mit Joel flirtete.

Er fand ihr Lachen schöner als den Flirtversuch, und erstaunlicherweise fuhr das Auto jetzt schneller.

»Sag mal, Rachel, wie kannst du eigentlich hier bei mir sein, flirtend und lachend, wenn dein Vater in diesem Moment beerdigt wird?«

»Er war nicht mein Vater.«

»Hör auf damit. Bist du fünf Jahre alt, oder was? Ja, wir wissen alle, dass Jakov nicht dein Vater war, okay. Aber ich finde es kindisch von dir, es zu wiederholen. ›Vater‹ ist ja nicht nur biologisch gemeint, das weißt du doch.« Joel war irritiert, und das nicht ohne Grund. Ihre beiden Geschichten waren sowohl ähnlich als auch ganz verschieden.

»Von Biologie rede ich doch gar nicht!« Rachel, die gerade noch mit ihm geflirtet hatte, fühlte sich nun angegriffen. »Glaubst du wirklich, dass Jakov sich väterlich um mich gekümmert hat? Seit ich mich erinnern kann, war er in meinem Leben. Aber er hat nichts für mich getan, nichts. Wenn überhaupt, bin ich jetzt erleichtert.«

Nach einer Pause sagte Joel ganz ruhig, in dem Versuch, die Emotionen im Wagen wieder herunterzukochen: »Bloß, weil sich einer um dich kümmert, ist er nicht dein Vater. Die Liebe eines Vaters ist mittelbar. Das verstehen viele nicht, denke ich, besonders viele Väter nicht. Sobald ein Kind im Spiel ist, ändert sich alles. Die Beziehung der Frau und des Mannes ist ein gegenseitiger Energieaustausch, wenn ein Kind da ist, wird dieser schwächer …«

»Was soll jetzt dieser Quatsch? Energieaustausch? Glaubst du nicht, dass meine Beziehung zu Alex manchmal schwach ist, zum Beispiel während ich bei dir bin?«, unterbrach Rachel seinen Redefluss.

»Moment mal! Also, stell es dir wie Strom vor, ja? Mann und Frau sind wie ein geschlossener Stromkreis, der nur über die eigene, durch sich selbst erzeugte Energie weiterläuft. Wenn ein Kind dazukommt, durchbricht es den Kreis.«

Die Tundra um sie herum begann, in der goldorangenen Farbe der abtauchenden Sonne zu glänzen. Joel brachte das Auto zum Stehen, um ein Foto zu machen. Er wusste, er würde dieses Foto niemandem zeigen können. Sie mussten ja lügen bezüglich ihres Aufenthaltsortes. Vielleicht gäbe es aber auch einen Platz für solche Fotos in ihrer erfundenen Geschichte? Er hoffte es. Bald würden sie über das Thema reden müssen. Vielleicht morgen. Die Kamera klickte und er kehrte zügig zurück zum Auto und fuhr und sprach weiter.

»Also. Ich denke, der Energiefluss zwischen den dreien, also mit Kind, ist dann folgender: Die Mutter sendet ihren Strom an das Kind, der Vater seinen Strom an die Mutter und dadurch, mittelbar, auch an das Kind. Er kann sein Kind lieben, es sind aber trotzdem immer nur Funken im Vergleich zu dem Feuer, welches Mutterliebe ist.«

»Joel, das ist die patriarchalste Scheiße, die ich je gehört habe«, sagte Rachel und lachte.

Sie kannte das Leben noch nicht genug, um sagen zu können, ob er recht hatte oder nicht, die Erfahrung von Mutterschaft war ihr unbekannt, die von Vaterschaft konnte sie sich überhaupt nicht vorstellen, sie hatte bloß dieses Gefühl, dass Joels Behauptungen nicht in Ordnung waren. Da klang etwas Sexistisches durch.

Er seufzte. »Ich wollte nur sagen, dass es manchmal die väterliche Aufgabe ist, die Mutter zu unterstützen. Damit die generationellen Rollen nicht vertauscht werden, damit das Kind sich nicht um die Mutter kümmern muss. Das hat Jakov gemacht, oder? Er war zwar nicht für dich da, Rachel, aber für Josephin. Und dadurch, dass er für sie da war, musstest du nicht für sie da sein. Du warst dadurch von Schuldgefühlen deiner Mutter gegenüber befreit. In diesem Sinne war er dir schon ein guter Vater.«

Rachel nahm ihre Füße wieder vom Armaturenbrett. »Halte doch im nächsten Ort an, Joel. Ich will heute nicht mehr fahren, ich brauche Luft.«

»Entschuldigung, wenn es gerade zu persönlich war«, sagte Joel und legte seine Hand auf ihr Knie.

»Es geht schon«, sagte sie. Sie nahm seine Hand und drückte sie fest, blickte aber in die andere Richtung, nach draußen.

Joel bemerkte, dass sie weinte. Es war das erste Mal, dass er Rachel weinen sah. Er wollte sie umarmen. Konnte er aber auch später tun, dachte er.

Ein Schild am rechten Straßenrand kündigte die nächste Stadt an: Tschita.

57.

208-211

Am nächsten Tag sollten die Ergebnisse kommen. Dann würde die Birobidschaner Polizei wissen, ob die Kugel in Boris' Körper zu Dmitris Gewehr gehörte.

Der Verdächtigte blieb einfach weiter im Bett. Ihm war klar, dass in dem Moment, in dem die Polizei ihn für verdächtig gehalten hatte, die ganze Stadt darüber Bescheid wusste. Er wäre dort nicht gerne gesehen. Nicht einmal sein bester Freund Abraham hatte ihn angerufen, obwohl Dmitri gestern kurzfristig ihr geplantes Spiel abgesagt hatte.

Im Traum kamen die Wölfe zu ihm. Sie umlagerten seine Hütte und heulten unendlich, ohren- und herzzerreißend. Dmitri besaß das Gewehr nicht, um die Wölfe zu verjagen, sondern um sie kennenzulernen. Er wollte weniger Angst vor ihnen haben, damit sie ab und zu miteinander kommunizieren konnten. Stundenlang konnte er auf der Veranda sitzen und diese wilden Tiere betrachten, wie sie gleich Bolschoi-Tänzerinnen langsam zwischen den Kabeln und den Hochspannungsmasten herumschlichen. Sie näherten sich stets seiner Veranda und legten sich davor. Nie kamen sie hoch zu ihm. Manchmal starrten sie ihn an. Er starrte zurück.

Manchmal erlaubte man sich, in eine Beziehung einzutauchen, sobald man sich zur Wehr setzen konnte. Es schien immer, als würde man in einem Moment ohne Kontrolle »in die Liebe fallen«, wie man auf Englisch sagt, dieser Moment aber war nie zufällig, sondern genau der Moment, in dem man sich nicht mehr verwundbar fühlte.

Nachdem Dmitri einmal zu viel in die Liebe gefallen und auf dem Boden zersplittert war, hatte er sich gefragt, wenn er schon die Welt nur durch die Verteidigungsbrille sehen musste, wenn seine Verständigung mit der Welt sowieso durch ein Visier erfolgen sollte, warum sollte er dann nicht die Gelegenheit nutzen, um sich endlich mit den wirklich beängstigenden Wesen wie Wölfen, Bären oder fragwürdigen Spielern zu unterhalten?

In seinem Traum drang das Geheul durch alle Fenster und alle Rohre ins Haus. Er ging zum Fenster und schaute auf die Veranda, die sie diesmal erklommen hatten. Ein Wolf lag eingerollt wie ein Hund in einem Korbstuhl. Sie wollten, dass er rauskam. Sie wollten, dass er ihnen verfiel.

»Wir waren dir treu«, sagte ihr hell klingendes Jaulen, »wir kamen stets zu Besuch. Nun sollst du treu sein, komm zu uns ohne Verteidigung, schenk uns dein Vertrauen.«

Er ging zu ihnen hinaus. Sie blieben auf der Veranda. Er nahm in einem freien Korbstuhl Platz, und sie strichen um ihn herum, rieben sich an seinen Beinen. Ihr Pelz war dick, seine Waden sanken in diesen Pelz, der sie auffraß. Ein Wolf sprang auf den Stuhl, direkt auf seinen Schoß. Er erschrak im ersten Moment, wollte den Wolf aber auch nicht mit einer plötzlichen Bewegung verängstigen. Die anderen Wölfe schlichen bedächtig um den Sessel und tollten spielerisch umher, bissen einander zärtlich, schnappten einander nach den Ohren. Auch der, der auf Dmitri hockte, biss zärtlich in dessen Beine. Langsam schwand Dmitris Angst, und er legte seine Hand auf das weiße Fell des Tieres, streichelte es sorgsam. Das Heulen verklang, als wären sie alle mit ihrem Leitwolf körperlich verbunden.

Doch dann hörten die Bisse auf, spielerisch zu sein, wurden häufiger und heftiger, nun wurde es Dmitri langsam unangenehm. Die hellen Augen des Wolfes funkelten ihn an wie zwei Blitze, als er sich aufrichtete und mit seinen Pfoten auf Dmitris Brust tapste, seine Hinterbeine rhythmisch auf seinen Bauch traten. Dmitri schrie im Traum, und sofort heulten die Wölfe wieder, und seine Stimme versank im gespenstischen weißen Rauschen. Am Hals hing nun das Fellmaul, seine Zähne im Fleisch und die Blitze aus seinen Augen auf den erschrockenen Menschen fixiert. Dmitri blutete, ihm wurde warm für eine Sekunde und dann sofort kalt. Das Blut tropfte herunter und in die Spalten des Verandabodens.

Als er aus seinem Albtraum aufwachte, schälte er die Decke von sich. Sie war nass vor Schweiß und Entsetzen. Er brachte seine schweren Füße auf den Boden und setzte sich auf. Draußen hörte er den Wind und das Tropfen aus seinem Traum.

Er trat hinaus und entdeckte die Katze des Polizisten Solomon, zerrissen, am Hauseingang. Am kleinen Tor stand, nun sah er einen zum ersten Mal im wirklichen Leben, ein Wolf. Der Wolf schaute ihn an. Er hätte ins Haus eindringen können, er hätte ihn schlafend zerreißen können. Das aber hatte der wirkliche Wolf nicht gemacht, stattdessen hatte es ihm genügt, die totgebissene Katze hier zu hinterlassen, wie eine Drohung oder ein Feueropfer ohne Feuer. Die Luft zwischen den drei Tieren, Wolf, Katze, Mensch, stand still.

Die Beerdigung war längst vorüber, und die Geräusche des Birobidschaner Alltags begannen sich einzublenden. Das war das Zeichen für den Räuber, in die Ferne zu verschwinden.

Unvorstellbar war Solomons Zorn, als er von der »verdammten« Beerdigung nach Hause kam und den Hauptverdächtigen seines ersten Mordfalls, den er aus Gutherzigkeit bei sich zu Hause beherbergte, wie gefroren dastehend vorfand wie Lots Frau, die ihren Blick auf das Verbotene gerichtet hatte und nie wieder wegschauen konnte – und neben dessen Füßen am Hauseingang einen Haufen von Körperteilen und zerrupftem Fell erblickte, der gestern noch unter dem Namen Genosse Kaleb herumgespielt hatte.

58.

»Wir schaffen es auch heute nicht nach Tunguska, oder?«, fragte Gregory enttäuscht. »Wo sollen wir schlafen, Sascha? Bei den Bären? Du, ich habe ein zwei Monate altes Baby zu Hause, ich muss von dieser Reise heil zurückkehren, hörst du?«

»Hör mal auf, Gregory. Du kehrst heil zurück«, antwortete sein Freund verstimmt, weil er selbst schon keine Energie mehr hatte für die von ihm vorgeschlagene Reise. »Der nächste Ort ist Bratsk, da können wir übernachten. Morgen schaffen wir es bestimmt nach Tunguska.«

»Warum überhaupt Tunguska? Wieso hast du dich für Tunguska entschieden?«, fragte Gregory, als er das Lenkrad im Uhrzeigersinn drehte und in die Ausfahrt bog, wo es deutlich dunkler als auf der Autobahn war. Er drosselte das Tempo und schaltete das Aufblendlicht ein.

Die Dunkelheit um das Auto verdunkelte auch das Gespräch, färbte es ein.

»Eine Reise nach Tunguska ist eine Zeitreise, und manchmal, wenn man deprimiert ist, ist der Grund dafür eine Unübereinstimmung der Zeitschichten.« Sascha, der in seiner

Freizeit viel Philosophie gelesen hatte, galt als der »Philosoph des Dorfes«, was aber meist nicht als Kompliment gemeint war.

Doch Saschas philosophischer Kram beruhigte Gregory, während er versuchte, in der Dunkelheit den Weg durch Bratsk zu finden. Ein eigentümlicher Geruch stieg ihm in die Nase. »Riechst du das auch, Sascha? Ist das einfach Luftverschmutzung?«

Saschas Gesichtsausdruck verzog sich vor Ekel, er machte aber nur sein Fenster zu und sprach weiter über sein Konzept von Zeit und Depression. »Wir erleben eine subjektive Zeit. Die Vorstellung einer in sich geschlossenen objektiven Form von Zeit passt nur zu den Physikern, die die Zeit in ihrem Labor untersuchen. Aber dort liegt sie tot auf dem Operationstisch, und so kann man sie nicht erforschen. Wenn man einen toten Frosch seziert, kann man eine bestimmte Menge Wissen herausziehen, aber nicht alles. Die subjektive Wahrnehmung der Zeit ist es, was den Physikern fehlt. Subjektiv deshalb, weil es sich manchmal anfühlt, als ob die Zeit langsamer oder schneller vergeht. Das ist ja unterschiedlich für jeden in jedem Moment.«

»Ich verstehe, aber wieso fühlt es sich langsam oder schnell an? Sind das nicht relative Begriffe?«, fragte Gregory.

»Selbstverständlich! Deswegen habe ich doch gesagt, dass es auch das objektive Wissen gibt, das man dem toten Frosch entnehmen kann. Es gibt beide gleichzeitig: die objektive Zeit, nach der wir Uhren bauen, nach der wir messen, Termine machen und so weiter, und die subjektive, die wir nur spüren können, die aber gleichermaßen existiert. Deprimiert zu sein, heißt manchmal bloß, dass die subjektive Zeit und die objektive Zeit aus dem Takt sind. Du bist dann zerrissen zwischen dem Selbst und der Welt.«

»Ich bin gerade etwas zu müde, um diese abstrakten Ideen zu verinnerlichen und mich tiefer in sie hineinzudenken. Kannst du zum Punkt mit Tunguska kommen? Außerdem ist der Gestank dieses Städtchens dermaßen stark, dass ich mir nicht sicher bin, ob ich es schaffe, hier zu übernachten.«

»Wir haben keine andere Wahl. Komm, es ist nur eine Nacht, morgen sind wir schon unter den Sternen von Tunguska. Auf alle Fälle scheint es mir notwendig, deine Zeit mit der der Welt zu kalibrieren. Dafür muss man zu einem Nullpunkt der Zeit reisen, und das machen wir jetzt.«

Schweigen füllte das Auto wie Gas, und die geschlossenen Fenster taten auch nichts Gutes. Gregory hatte Schwierigkeiten, sich auf die Ausführungen von Sascha zu konzentrieren, und benutzte die Stimme seines Freundes nur als Meditationsanreger.

»Aha«, sagte er bloß, sein Gesicht war nun so nah an der Frontscheibe wie noch nie. Die Dunkelheit schien seine Gedanken und seine Aufmerksamkeit ebenso zu verstopfen wie das Schweigen das Auto.

»Hast du denn gar nicht zugehört?«

»Doch. Aber entschuldige, mich zurechtzufinden ist gerade schwierig, weißt du? Erzähl mir einfach irgendwas, ich brauche jetzt einen deiner unendlichen Monologe.«

»Lass mich überlegen … Es gibt eine Geschichte, die ich vor einigen Tagen gelesen habe, ich bin mir nicht sicher, ob sie wahr ist. Also erzähl sie nicht als eine Geschichte, die dir der Sascha erzählt hatte. Man muss erst mal nachschauen, ein bisschen recherchieren vielleicht …«

»Sag mal, Sascha, erzählst du schon oder was? Ich werde noch einen Unfall bauen wegen dir.«

»Na gut. Wir befinden uns am Anfang der Sechzigerjahre, und zwar in Tanganjika, das gehört heute zu Tansania. Es war gerade Trockenzeit, ein sonniger Tag im Januar. In einer Mädchenschule im Dorf Keshasha, am Ufer des Victoriasees, ließ die Schulklingel die Mädchen wie eine Flut in die stillen Korridore brechen. Sie rannten durch die Türen nach draußen und spielten, redeten und rauchten heimlich. Plötzlich brach eine der Schülerinnen, die am Rand des Hofes stand und mit einer Freundin sprach, in herzliches Gelächter aus. Dabei hatten sie weder über die Jungs in der gegenüberliegenden Schule geredet, noch über sonst irgendein besonders lustiges Thema. Ihre Freundin schaute sie irritiert an. Doch als das Lachen nicht aufhörte, musste auch sie lächeln, und innerhalb weniger Sekunden wurde ihr Lächeln zum Lachen und dann breitete es sich wie Feuer in einer Trockenweide aus: Die anderen Schülerinnen unterbrachen ihr Spiel und schauten zu den beiden Lachenden hinüber. Es war, als wären sie von einem Virus angesteckt worden: Sie lachten und lachten, es war unaufhaltsam. Eine Lehrerin, die das alles sah, begann wegen der Absurdität der Situation selber zu lachen, aber nur ganz kurz, nach der Pause gebot sie den Schülerinnen, sich zu beruhigen. Entweder konnten oder wollten sie nicht, denn sie lachten weiter und weiter, sogar auf dem Heimweg, und zu Hause steckten sie ihre Schwestern und Brüder mit dem nun schon im ganzen Dorf hallenden Gelächter an. Im

Laufe der Zeit waren immer mehr junge Menschen betroffen: Drei Dörfer und die Regionshauptstadt lachten monatelang. Die Schulen mussten schließen. Es hätte zu den effektivsten Schülerstreiks der Geschichte zählen können, wäre ein Streik damit gemeint gewesen. Es war, als hätte man einen Stein in den Victoriasee geworfen: Die Epidemie verbreitete sich weiter und weiter und erstreckte sich schließlich bis nach Uganda auf der anderen Seite der Grenze. Und vielleicht ging es genau darum: Grenzen mit Lachen zu überqueren.«

→221

59.

»Meine Mutter sagt immer, dass wir eine innere Zeit haben. Dass sie sich beschleunigt, im Laufe der …«, sagte sie und lachte plötzlich.

»Zeit?«, beendete er ihren Satz und lachte ebenfalls. Dann sagte er: »Siebzig Prozent der Vegetarier essen heimlich Fleisch, wenn keiner guckt.«

»Ach, nur siebzig? Dann kann man schon sagen, dass sie ihrer Ideologie treu sind! Ich habe gelesen, dass man in Frankreich Schnecken mit der Schale isst!«

»Auf gar keinen Fall, jetzt lügst du!«

»Nein, echt, mit der Schale, es soll gut für die Verdauung sein.«

Joel kicherte und warf ihr von der Seite einen raschen Blick zu.

»Ich habe auch gehört, dass Männer, die mit neunzehn noch in einer Jugendbewegung sind, viel zu schnell erregt sind.« Rachel lächelte ihr böses Lächeln, als sie die Hand auf sein Knie legte und sie sehr langsam seinen Oberschenkel entlang nach oben bewegte. Sie griff fest zu, damit sie durch seine Hosen spüren konnte, wie jede seiner Zellen sich in Gänsehaut verwandelte.

Mit einer harschen Bewegung stieß er sie weg und murmelte: »Beim Fahren muss ich mich konzentrieren! Und … wir sind nicht allein.«

»Sag ich doch.«

Sie waren müde, als sie ein Hotel in Tschita erreichten. Die Straßenlaternen flackerten. Joel weckte das Mädchen sanft auf und gähnte selber in die Hand. Die Umgebung lag ruhig da, als würde durch das Dunkel Dampf einer Vernachlässigung, eines Damals-war-es-anders, abgelassen. Die Bäume lästerten über die neuen Gesichter in der Stadt. Der Himmel sah wie ein Gemälde von Michail Larionow aus, die verschiedenen Farbfelder voneinander getrennt, aber es war klar, dass diese Trennung eine tiefere Ungetrenntheit in sich barg.

»Haben Sie ein Zimmer für drei?«, fragte Rachel die Rezeptionistin, deren gefärbte Haare gut zu der roten Wand hinter ihr passten. Sie trug eine kleine Brille, die aber groß genug war, um ihre noch kleineren grünen Augen einzurahmen.

Ohne die Lippen zu bewegen, flüsterte Joel in Rachels Ohr: »Sie hält sich aber gut, die Carmen Sandiego.« Er grinste.

»Ich verstehe die Referenz nicht, Joel, aber es klingt sexistisch, also halt den Mund!«

»Sind Sie fertig? Gut. Wir haben ein Zimmer auf der zweiten Etage, Nummer 217. Hier ist der Schlüssel, bezahlt wird im Voraus.«

Joel holte den runzligen lila Geldschein aus seiner Tasche. Er starrte noch einmal mit Schuldgefühlen den darauf gezeichneten Hafen von Archangelsk und den sehr ernsten Peter den Großen an und überreichte ihn der gelangweilten Rezeptionistin.

In Zimmer 215 gab es Nachbarn. Es waren zwei Männer, die sich lautstark in einer ihnen unbekannten Sprache miteinander unterhielten.

»Flämisch, vielleicht?«, fragte Joel, aber Rachel starrte durch ihn hindurch und sagte schließlich: »Ja, ich glaube schon, es ist Flämisch. Es klingt auf jeden Fall ähnlich wie all das Flämisch, das ich in meinem Leben gehört habe.«

Er lächelte. In diesem Alter war Zynismus noch ein Anzeichen von Intelligenz. Erst später, wenn die Jugendzeit zum Ende kam, würde die Wahrheit über Zynismus enthüllt. Jedenfalls schien es hier noch süß, umso süßer aus dem Mund einer Bonnie, dachte Clyde (noch so ein Merkmal eines bestimmten Alters).

»Am Ende des Tages werden wir noch herausfinden: Die Kleine kann nur Flämisch! Übersetz was für uns, Kleine!«, sagte er zu dem Mädchen. »Was machen zwei Belgier hier in Tschita, Sibirien, ha?«

»Du meinst bestimmt: Was machen sie hier, wenn die beste Stadt Sibiriens nur eine Tagesreise entfernt liegt, oder?«, hielt Rachel dagegen.

Das Licht im Zimmer war trübe, sie mussten auch die kleinen Lampen an den Seiten des Doppelbetts anknipsen, und in dem Moment flogen zwei Nachtfalter auf.

Das Kind wachte mit einem Mal aus seiner Regungslosigkeit auf und versuchte, die Motten zu fangen. Alles in seinem Weg schien ihm egal, es warf sogar eine Lampe herunter.

Diese zerbrach glücklicherweise nicht, aber es genügte, um Joel und Rachel wieder ernst werden zu lassen.

»Was machst du da? Lass das!«

»Schrei sie nicht an, man muss mit Kindern auf Augenhöhe reden!«

»Komm, Joel, sag mir jetzt bitte nicht, wie ich mit ihr umgehen soll. Kann dein Taschengeld aus Birobidschan es überhaupt decken, falls hier was zerbrochen wird?«

Er sagte noch manche Sätze, sie sagte manche, irgendwann bemerkten sie, dass es im flämischen Redehintergrund komplett still geworden war. Es war klar, dass die Männer ihrem Streit zuhörten – wie sie zuvor ihnen zugehört hatten.

»Nein, aufmerksamer«, sagte Rachel leise. Die Belgier hatten sogar auf die Witze zwischendurch verzichtet.

221-226

60.

212←

Ein Buch ist nicht wie Essen. Wenn man ein Buch auf eine Reise mitnimmt, wird es nicht leichter in deren Verlauf, die Last auf den Schultern wird nicht geringer.

»Was ist das für ein Buch, das du da mitgeschleppt hast?«, fragte Sascha. »Es ist riesig! Bestimmt kann das Auto deswegen nicht schneller fahren!« Er lachte über den eigenen Witz und steckte auch Gregory ein bisschen mit dem Lachen an.

Sie waren schon den ganzen Abend im Hotel und fingen allmählich an, sich zu langweilen. Außer einander Geschichten zu erzählen und miteinander zu lachen, hatten sie nicht viel zu tun.

»Es heißt ›1666‹ und ist von einem mexikanischen Schriftsteller«, erklärte Gregory. »Erst letztes Jahr wurde es ins Russische übersetzt. Es erzählt ganz viele kleine Geschichten aus dem Jahr 1666, der Chronologie nach. Ich finde das Konzept literarisch ziemlich faszinierend.«

»1666?«, fragte Sascha ungläubig.

»Ja, genau, und zwar, weil es ein beliebiges Jahr ist, zugleich aber auch ein besonderes. Viel geschah in jenem Jahr, wie in allen Jahren eigentlich, dieses hier aber bekam von dem britischen Dichter John Dryden den Namen ›Annus Mirabilis‹. Das steht alles in der Einführung!«

Sascha musste grinsen, fragte aber dennoch: »Ein britischer Dichter bestimmt also, dass die Ereignisse eines Jahres wunderlich seien, im Gegensatz zu jenen anderer Jahre? Das klingt hochsubjektiv!«

»Ja, Sascha, sage ich doch. Dass es im Endeffekt bloß irgendein Jahr ist – ein willkürlich vom Menschen festgelegter zeitlicher Rahmen –, macht es sogar noch großartiger. Eben weil es auch 1667 sein könnte.«

Dann referierte Gregory seinem Begleiter drei Geschichten aus dem Jahr 1666, um ihm von der Natur der Natur zu erzählen. Sascha verstand die Bedeutung der Rede zwar, aber nicht sofort, sondern erst am nächsten Morgen.

Im Juni des Jahres 1666 kam es zu einem Höhepunkt im Zweiten Englisch-Niederländischen Krieg. Da die beiden Kriegsparteien verschiedene Kalender benutzten, wurde das Ereignis in England zwischen dem 1. und dem 4. Juni datiert, während es auf der niederländischen Seite zwischen dem 11. und 14. Juni stattfand. Es geschah nicht mal ein Jahr, nachdem die Engländer die niederländische Kolonie in Nordamerika, Nieuw Nederland, übernommen und nach der englischen Stadt York umbenannt hatten. Nun begannen sie, niederländische Schiffe abzufangen, die beladen mit Gütern aus den Kolonien zurückkamen.

Diese Aggression konnte nicht einfach weiter ignoriert werden, dachte sich Michiel de Ruyter, der Admiralleutnant. Er lief auf der Mole wütend hin und her. Seine Männer hatten ihn noch nie so zornig gesehen, der große Mann hatte sich in einen hungrigen Bären verwandelt. Bei jedem Hin und jedem Her knarrten die Holzplanken unter seinen Stiefeln, als ob sie ihn und seinen Ärger auslachten. An diesen ersten Tagen im Juni stand die Sonne schon hoch und klar am Himmel, und kleine Schweißtränen tauchten auf seinem pinken europäischen Gesicht auf, was natürlich keinen Beitrag zu seiner Beruhigung leistete. Nach zwei Stunden blieb er stehen, schaute seine Männer an und wedelte mit der Hand in der Luft, als wäre diese Entscheidung nur eine irritierende Fliege, die aufgefordert wurde, anderswo ihr Frühstück zu suchen.

Vier Tage nachdem de Ruyter die Luft geschlagen hatte, wurde die englische Flotte vernichtend geschlagen.

England überstand diese Niederlage, nur um im gleichen verdammten Jahr 1666 ein Fünftel der Bevölkerung seiner Hauptstadt an die große Pest zu verlieren. Die Epidemie war von woanders auf die britische Insel gekommen, und London, das weit entfernt vom eigentlichen Kriegsgeschehen lag, stand nun im Zentrum des Geschehens.

Sie hatten alles versucht: In der Vermutung, die Epidemie verbreitete sich über Haustiere, töteten die Londoner Tausende Hunde und Katzen. Dann glaubte man, dass die Menschen einander ansteckten, sodass sie Abstand voneinander halten mussten und die Ärzte komische Masken mit einem Schnabel trugen. Wie zuvor in der Geschichte nahm der Tod selbst eine Form an, verwandelte sich in ein Bild, diesmal also in eines mit Schnabelmasken. Eine Art frühere Version der Gasmasken, die im Ersten Weltkrieg in Schwarz-Weiß auftauchen würden. Am Ende dachten die Londoner, die Pest käme aus den stinkenden Kanälen der unhygienischen Stadt, und zündeten überall kleine Feuer, damit der Geruch der Armut in den Himmel dampfte. Das half dann zwar doch nicht gegen die Pest, dafür brach aber im September desselben Jahres der Große Brand von London aus, der fast die ganze City zerstörte. Über den Brand wollte Gregory nichts sagen, es genügte ihm zu erwähnen, dass es so im Buch stand.

Nun aber passierte wegen der Epidemie in England noch etwas anderes: Die Universitäten mussten schließen. Das galt auch für Cambridge, wo ein bald schon berühmter Physiker arbeitete. Bis zum Ende der Katastrophenkette, wenn die Universität wieder öffnete, würde dieser Isaac Newton Forschungen zu Optik, Thermodynamik und Infinitesimalrechnung veröffentlicht und seine Forschung zur Gravitation angefangen haben. Wegen der Epidemie zog er zu seiner Familie nach Nordengland zurück, und da im Familiengarten stand, wie der Baum der Erkenntnis im Garten Eden, ein Apfelbaum.

Es gab aber auch andere Geschichten in diesem Buch, die etwas alltäglicher waren. Niemand konnte wissen, ob sie wahr oder erfunden waren, niemand außer einem so geübten Leser wie Gregory, der zwischen den Zeilen lesen konnte, und er bestand darauf, dass die folgende Geschichte, genau wie jene von de Ruyter, Newton und den toten Haustieren Londons, wahr war.

Es ging um eine polnische Frau namens Theresa, die eine Reise in die Türkei unternahm, um sich mit dem dort lebenden jüdischen, aber neuerdings muslimischen Messias Schabbtai Zvi zu treffen. Sie fuhr allein mit ihrem Kind, ihr Mann blieb in dem kleinen Dorf Rotenfelsthal zurück, und erst abends bemerkte er, dass Frau und Kind weg waren. Sie fuhren zunächst mit einem Postkutscher bis Warschau. Seit Ende des Dreißigjährigen Krieges war die Kaiserliche Reichspost verstärkt in Konkurrenz zu den Landespostanstalten getreten, sodass sich auch die Arbeitsbedingungen der Kuriere der Brandenburgischen Landespost verschlechtert hatten und sie manchmal auch andere Dinge, oder Menschen, in ihrer Kutsche beförderten – für ein Unter-dem-Tisch-Trinkgeld. Theresa traf sich in Warschau mit einer Kindheitsfreundin, die mittlerweile die Gattin eines reichen Junkers war. Sie überließ ihr zwei ihrer Pferde; ihrem Mann sagte sie, die Pferde seien nach Westen davongerannt. Theresa und ihr Sohn ritten südwärts.

Viele von Zvis Anhängern lebten in dieser Zeit in Osteuropa, besonders in Polen. Es waren vor allem Juden, die 1648 die Pogrome der Kosaken unter der Führung des schrecklichen Bohdan Chmelnyzkyj (»der noch bis heute in Kiew ein Denkmal hat, stell dir das mal vor!«, fügte Gregory eine Randbemerkung hinzu) überlebt hatten. Sie hatten ihren Glauben an Gott bloß wegen eines weit entfernt lebenden türkischen Juden, der behauptete, er sei der Messias, nicht aufgegeben.

»Theresa war also eine Anhängerin von Zvi? Sie dachte, er sei der Messias?«

»Genau. Und dass er zum Islam konvertiert war, wollte sie mit eigenen Augen sehen.«

»Und? Hat sie es geschafft?«

»Nein, ihre Spuren haben sich irgendwo in Bulgarien verloren. Man weiß nur, dass für eine kleine Weile ein Mann bei ihnen war, der ihnen half und mit ihnen ritt. Er beschrieb Mutter und Kind in seinem Tagebuch. Und das ist, wenn du mit mir über innere und äußere Zeit reden willst, alles, was ich zu dem Thema sagen möchte.«

»Wie bitte? Was hat denn jetzt die polnische Theresa mit der Zeit zu tun?«

»Nicht Theresa allein: Krieg, Epidemie, Brand, Newton'sche Gravitation, Theresa und Schabbtai Zvi. Das Jahr 1666, Annus Mirabilis.«

»Klingt eher nach einem wunderlichen Arschloch als nach einem wunderlichen Jahr«, sagte Sascha diesmal laut. »Zumindest hast du es mit deiner Erzählung geschafft, dass ich nicht mehr den schrecklichen Geruch dieses Ortes wahrnehme. Gute Nacht, Grischa.« Sascha machte das Licht aus.

Er hatte Gregory zwar nicht ernst genommen, aber am folgenden Morgen, als sie frühstückten und nur ein weiterer Tisch im Speisesaal des Hotels besetzt war, an dem eine Frau mit Kind saß, und obwohl sie offensichtlich russisch war, in ihrer Uniform der russischen Armee mit dem deutlich sichtbaren Majorsabzeichen, und obwohl sie in Sibirien waren und nicht in Bulgarien, im 20. Jahrhundert und nicht im 17., wusste Sascha, dass diese Frau nach Schabbtai Zvi suchte, und er verstand Gregory noch vor dem ersten Bissen vom Spiegelei.

61.

Alex rannte durch den Birobidschaner Park. Die nahende Nacht stieg wie Rauch aus der frischen Erde, umschlang zunächst die Bäume und dann den Jungen. Sie hatte eine beinahe flüssige Konsistenz, und Alex schwamm durch diese Dunkelheit mit all seinen Kräften.

Am Ende des Weges lag das Jugendzentrum, der Versammlungsort der Tsukunft. Drinnen saßen drei Mädchen auf dem Boden neben einem großen Banner, das sie zur Ehre des ehemals ältesten Birobidschaners bemalten. Neben der Tür standen zwei Jungs. Der eine erklärte dem anderen, was er tun sollte, wenn der Mörder auch ihn eines Tages angriff.

»Was du eigentlich machen musst, ist, seine Kraft gegen ihn selbst zu nutzen. Guck mal, versuch kurz, mich anzugreifen … Nein, nicht so mit der Hand, versuch mal, mein Portemonnaie zu schnappen.«

»Aber, was wäre, wenn er doch … Ich meine, bei Boris ging es ja nicht darum, an sein Portemonnaie …«

»Das weiß ich doch! Das bringe ich dir nächstes Mal bei, jetzt erst mal das …«

»Vielleicht bist du bis zum nächsten Mal schon angegriffen und totgeschlagen worden«, rief ein Mädchen aus der gegenüberliegenden Ecke des Raums und schaute ihre Freundinnen an, auf der Suche nach Bestätigung. Die Mädchen nickten, und eines sagte noch: »Ich habe gehört, er wurde erschossen!« Da verkrampfte sich das Gesicht des Jungen so, dass man hätte denken können, er würde gleich einen Herzinfarkt erleiden. Die jungen Frauen lachten laut auf.

Es war Alex fast peinlich, auf jeden Fall aber surreal, hier neben dem Banner zur Erinnerung an Boris.

»Hat jemand von euch Joel oder Rachel gesehen?«

In dem Moment, in dem er das fragte, ereignete sich etwas Kosmisches. Nicht etwas wie in Tunguska vor hundert Jahren, nicht etwas wie die totale Mondfinsternis im letzten Juli, als seine und Rachels Hand ineinandergegriffen hatten. Nicht einmal etwas wie der Sternschnuppenregen, den er im Monat zuvor vom Fenster seines Zimmers aus gesehen hatte. Er hatte sofort Rachel angerufen, um ihr zu sagen, sie solle sich das anschauen, aber sie war nicht rangegangen, und auch Joel war nicht zu Hause gewesen, und am nächsten Tag hatte sie gesagt: »Hast du den Sternschuppenregen gestern gesehen, Alex? Wie schön das war!«, und er hatte sich gefragt, warum sie ihn nicht angerufen hatte oder wenigstens mal rangegangen war ans Telefon. Es war nicht wie all diese Ereignisse, aber trotzdem nicht weniger kosmisch, vielmehr mit ihnen untrennbar verflochten.

In dem Augenblick, in dem er fragte, verstand er. Er verstand alles und seine Wut in diesem Moment war unvergleichlich.

Nach Atem ringend lief er aus dem blauen Schuppen, stolperte über die weiß gestrichenen Randsteine am Weg. Er taumelte, strauchelte, er fiel zu Boden, er stand wieder auf, zögerte, wankte, ging.

Er war schon nicht mehr im Umkreis der Tsukunft, nicht einmal mehr im Park, aber er hörte noch das Mädchen, das ihn auslachte: »Vielleicht ist sie wieder bei Dmitri.«

Dmitri? Was hatte sie da verloren? Sie guckte, guckte nur vom Hügel aus zu, wie sie da spielten. Glaubte er das nur oder hatte seine Freundin es tatsächlich so gesagt?

Er lief durch den Wald, ihm war kalt, er schaute nach oben, die Sterne sahen wie die Funken eines Feuers aus, als wäre er auf dem Scheiterhaufen und man hätte ihn angezündet, ihm war warm, heiß, unerträglich. »Joel!«, schrie er, »Joel!« – oder versuchte es zu schreien, doch nur eine entsetzliche Stille kam aus seinem Mund wie unendliches schwarz Erbrochenes, das das ganze Tal langsam bedeckte, als hätte seine Stille – »Joel!« – die majestätischen Schwänze der Füchse mit Feuer angesteckt, und die rannten durch die Wiesen, hinterließen verbrannte Erde, wie man es im Mittelalter gemacht hatte – »Joel!«

Seit wann, seit wann, seit wahn!

Jung sein. Alles zum ersten Mal machen, war es nicht süß? Das erste Wort, der erste Schritt. Irgendwann hörten die Erwachsenen auf, vom ersten Mal beeindruckt zu sein, und wahrscheinlich war es so, weil man dachte, alles im Griff zu haben. Plötzlich kamen aber der erste Herzbruch, die erste Ohrfeige. Mit dem ersten Schritt war der erste Sturz eine Frage von Wann und nicht von Ob.

Als Alex den Hügel erreichte, lag er dort fünf Minuten oder zwei Stunden und sank in Gedanken, die langsam Formen und Farben annahmen. Der Wald brannte noch, doch die Bäume blieben unangetastet wie die ewige Flamme im Tempel. Ein schrecklich lauter Donner schüttelte ihn, und er sah zwei riesige Bären unter einem Baum, sie paarten sich, und es klang wie ein Donnersturm. Zwei große schwarze Kleckse, beide schauten ihn an. Er war sich sicher, dass er sich die Bären nicht nur jetzt einbildete, sondern es auch die letzten Male getan hatte. Wie hatte er nur so dumm sein können?

Er stand auf und ging direkt auf die Bären zu. Die Paarung war nicht liebevoll, nicht einmal für Tiere. Sie war so voller Hass, so grob und obszön, sie konnte nur menschlich sein.

Die Tür von Dmitris Hütte stand offen und quietschte, als Alex seine Hand an sie legte. Das Erste, was er sah, war ein langer Gewehrlauf, der auf ihn gerichtet war. Am anderen Ende des Laufes saß eine schwarze, schaudernde Gestalt. Trotz der Dunkelheit war deren schweißnasse Stirn deutlich zu sehen, sie glänzte im Mondlicht. Mit einem Tuch in der zitternden Hand wischte die auf Schatten reduzierte Gestalt ihre Stirn und murmelte: »Wölfe … die Wölfe …«

Der Raum roch nach altem Tabak, der das einst frische Holz durchdrungen hatte.

»Dmitri«, sagte Alex furchtlos, als wäre es nicht das erste Mal, dass mit einer Waffe auf ihn gezielt wurde. Nachdem er der Gestalt einen Namen gegeben hatte, war sie so eindeutig Dmitri, dass sie, selbst wenn sie es nicht gewesen wäre, hiermit wäre. »Hier sind keine Wölfe. Ich weiß, dass ihr hier spielt. Alle wissen es, verdammt! Die Tsukunfts-Waschlappen sagen, Rachel kommt manchmal her.«

Er machte einen Schritt und trat in die Hütte. Zu Tabak und Holz kam nun auch Alkohol, nicht jedoch Wodka oder Wein oder etwas ähnlich Trinkbares, es roch vielmehr nach Reinigungsmittel.

»Setz dich, Alex. Wodka?«, fragte die Gestalt, auf einmal wieder ruhig.

»Das halte ich für eine schlechte Idee, Dima, ich möchte nur …«

»Du hältst das für eine schlechte Idee, was? Du denkst das, weil ich ein Gewehr in der Hand habe, und vielleicht denkst du auch, dass ich schon Boris fertiggemacht habe – oder denkst du das nicht? Du hältst es für eine schlechte Idee, dass ich, der Narr vor dir mit der Waffe, Wodka trinke. Ja?«

Alex zögerte. Innerhalb kürzester Zeit hatte er Rachel und Joel vergessen. Sein Überlebensinstinkt übernahm, und Alex war, mit seiner ganzen Seele, mit seinem ganzen Sein, da. In diesem Moment in der Hütte mit Dmitri und dessen verdammtem Gewehr und verdammtem Zittern und dessen Scheißwahnsinn.

Bevor er aber antworten konnte, dass er einfach nicht gerne trank, dass er den Nachgeschmack nicht mochte, dass es ihn an jenen Abend erinnerte, als er sich mit seinen Kumpels betrunken und sich auf der Fußmatte an der Eingangstür der Greenboyms erbrochen hatte und dann auch noch versucht hatte reinzukommen, weil er sich sicher gewesen war, er wäre zu Hause, und wie Joel ihn dabei erwischt und ihn schnell weggebracht hatte, damit die Greenboyms ihn nicht so sahen und dachten, diese ganze Familie wäre dumm; bevor er antworten konnte, dass er einfach in Eile war, sagte der Schatten Dmitris: »Du hast wahrscheinlich recht. Es wäre tatsächlich eine schlechte Idee. Aber guck mal, ich trinke sowieso! Also füll mir ein Glas ein und dir auch eins, wenn du willst.«

Alex erfüllte den Wunsch des Mannes mit der Waffe und goss sich das Glas zur Hälfte voll.

»Dima«, fing er an.

Doch dieser unterbrach ihn abrupt: »Nicht Dima. Dima. Dima. Ich erzähle dir was, ja? Und du sitzt hier und hörst zu! Nicht weil ich dich jeden Moment töten könnte, sondern weil ich mit meinen … Worten, mit meinen Worten dein Leben retten könnte, verstehst du?«

»Ich glaube, ich verstehe«, log Alex schlecht. »Aber, Dima, sucht dich nicht gerade die Polizei? Du warst doch bei ihnen und bist dann einfach abgehauen, oder nicht?«

»Ach, komm schon!«, schrie Dmitri und stürzte seinen Wodka runter. »Wenn man ein Puzzlespiel zusammensetzt, wo beginnt man dann?«

»In … bei den Ecken …?« Jetzt war Alex durchaus verwirrt.

»Bei den Ecken, genau! Ich war eine Ecke! Sie wissen schon, dass ich den Alten nicht erschossen habe, dass ich nicht das fehlende Stück im Zentrum bin. Aber irgendwo müssen sie ja anfangen.«

»Aber bedeutet das, dass du einfach abhauen kannst, ohne dass sie nach dir suchen?«

»Pass auf. Der Mörder ist unter uns. Nicht unter uns beiden!« Sein Lachen klang unangenehm. »Unter uns hier in

Birobidschan. Das ist schon klar. Aber dieses Dorf bietet keine angenehme Arbeitsumgebung für die Polizei. Ich habe es auf dem Gesicht der Polizistin gesehen, als sie hier bei mir waren. Sie war beunruhigt. Nicht von mir. Sondern weil jeder im Dorf denkt, es sei sein Bier. Alle stecken ihre Nase in diese Geschichte, alle wissen es besser, wollen Antworten, wollen sie selbst finden. In der Stadt kann eine Leiche auf der Straße liegen, und die Menschen hüpfen über sie!«

»Vielleicht ein bisschen übertrieben, aber ich verstehe, was du meinst …«

»Es ist zwanghaft, nicht? Man muss sich ständig einmischen, ein anwesender Teil der Gemeinde sein.« Die letzten Worte betonte Dmitri so, als würde er jemanden nachahmen. »Man zieht in die Stadt, um frei zu sein. Je mehr Menschen, desto alleiner ist man. Freiheit! Darf ich dir eine Frage stellen?« Er redete weiter, ohne die Antwort abzuwarten: »Du sitzt in einem Gasthaus, in dem alle anderen vierzig Tische besetzt sind. Du bist fertig mit dem Essen, deine Freundin auch.« (Alex erinnerte sich. Rachel. Rachel. Und Joel. Rachel.) »Bringst du dein Geschirr zurück in die Küche?«

»Vermutlich nicht«, sagte Alex.

»Vermutlich nicht!«, machte Dmitri ihn nach. »Natürlich nicht! Es ist doch die Arbeit der Kellner, nicht? Sie bringen das Essen an den Tisch, sie tragen die leeren Teller wieder zurück in die Küche.«

Alex nickte, er wusste nicht, wohin das führen sollte und was das mit der Birobidschaner Polizei zu tun hatte.

Dmitri sprach weiter: »Doch stell dir mal vor, du bist allein im Gasthaus, und es gibt nur einen Wirt. Er nimmt deine

Bestellung auf, kocht, bringt dir das Essen. Hilfst du ihm beim Abräumen?«

»Also wenn es nur uns beide gibt, ich glaube schon … Nichts zu tun wäre mir irgendwie unangenehm.«

»Natürlich wirst du ihm helfen, verdammt, du wirst dein Geschirr sogar spülen. So ist es! Je weniger Leute, desto intensiver ist ihre Anwesenheit. Auch hier. Und es stört die Polizisten. Ich wurde festgenommen, weil sie den Leuten hier etwas geben mussten.«

»Ich verstehe. Aber müssten sie dich nicht dennoch suchen?«

»Sie interessieren sich doch gar nicht mehr für mich. Und selbst wenn sie mich suchen, wird es dauern, bis der Dicke sein ganzes Fett ins Auto reinpackt und die alte Karre hügelabwärts hierherfährt, falls sie nicht vorher irgendwo verreckt.«

»Es gibt auch noch andere Polizisten außer Solomon, Dima.«

»Ja, aber er wird den anderen nicht so schnell sagen, dass er seinen Verdächtigen verloren hat.«

Alex schwieg. Er war müde. Die ganze Aufregung war vorbei. Er wollte schlafen und von anderen Orten der Welt träumen, von anderen Menschen, vielleicht von dem Geldschein, den er in die Tiefe des Sees geworfen hatte. Er konnte es nicht beweisen, wusste aber instinktiv, dass alles zusammenhing. Er hatte das Gefühl, in einer zweidimensionalen Realität zu leben, und für jemanden, der das von außen, von der dreidimensionalen Welt aus, sah, war die Sache ganz klar: Ihm fehlte eine Dimension. Vielleicht konnten ihm Dmitris Worte nun diese Dimension schenken, sodass er endlich alles sonnenklar sah.

Nun hielt Dmitri eine Rede, die Alex nicht erwartet hatte.

»Meine erste Erinnerung«, sagte Dmitri, »wurde mir auf einem Zettel in einem fahrenden Zug geliefert. Es gab dort ein paar Linien und ein paar Kreise, und als ich richtig draufschaute, habe ich's verstanden: Schnee. Es war Schnee, und ich spielte mit meinem Bruder, und es kamen andere Kinder, und die haben meinen Bruder geschlagen. Ich weiß nicht, warum. Ich weiß, dass er ein grünes Hemd und blaue Jeans trug, ich weiß, dass ihm zwei Zähne rausbrachen. Ich weiß, dass es Blut gab, das konnte ich riechen und kann es immer noch. Es riecht metallisch. Blut auf Schnee, dieses Klischeebild. Das rote Blut war warm – Rot ist immer warm, nicht? – und hat den Schnee unter sich ein bisschen geschmolzen.

Als wir nach Hause kamen, saß schon jemand in der Küche mit meinen Eltern und schlug ihnen vor, nach Birobidschan zu ziehen. Dort wäre es sicherer für uns. Mein Vater war dagegen. Den genauen Wortlaut habe ich nicht in Erinnerung, dafür aber auf jeden Fall den Ton: entschlossen. Das ist meine erste Erinnerung, und das bedeutet auch, dass ich keine frühere Erinnerung an meinen Vater habe, trotzdem weiß ich noch, wie entschlossen er war. Vielleicht war er immer so, mit den Armen vor der Brust verschränkt. Manche Leute laufen ja auch so rum, wenn sie ruhig sind, aus Bequemlichkeit.

Am Tag danach begaben wir uns auf die Reise nach Birobidschan. Mein Bruder und ich. Aber nur ich bin angekommen. Wenn das alles unglaubwürdig klingt, liegt es nur daran, dass es nun mal die Natur von Erinnerungen ist, unglaubwürdig zu klingen. Komisch, oder? Wie wir manche Sachen so klar erinnern, als ob sie gestern passiert wären, und andere Sachen verschwinden einfach in ein Wie-ist-es-dazugekommen? Aber ist es nicht gleichzeitig auch wunderschön, wie manche Dinge auf unserem Erinnerungszettel mit einem Marker geschrieben sind und manche mit Geheimtinte? Es ist jüdisch, weißt du? Eine jüdische Erfindung.«

»Verdrängung?«, fragte Alex.

»Sehr lustig.«

Alex hatte es ernst gemeint mit seiner Frage, wollte Dmitri aber weiterreden lassen.

»Geheimtinte. Ja, dieses Kinderspiel. Aber es ist überhaupt kein Kinderspiel! Im Jerusalemer Talmud wird erzählt, dass die Israeliten einander Briefe mit Pflanzengalle schrieben, die einen ähnlichen Effekt hatte. Auf jeden Fall: Bis jetzt hat mir meine Erinnerung den entsprechenden Stoff, der die Schrift wieder sichtbar macht, nicht gegeben. Wahrscheinlich ist es einfach nicht relevant.«

»Wofür relevant?«, unterbrach Alex noch einmal den Redefluss.

»Für die Erzählung, für die Geschichte unserer Existenz. Für das Ganze … Ich bin allein in Birobidschan angekommen, es waren die Siebzigerjahre, ich kannte hier niemanden. Ich war wie … wie dieses Mädchen! Das Mädchen, das hier erschienen ist.«

Das Mädchen! Die Worte Dmitris hatten sich in der Luft auf dem Weg zu Alex' Ohren in Messer verwandelt. Er saß wie versteinert auf seinem Platz.

~~Die Hütte wirkte auf einmal anders, sie roch, als wäre sie ein Filmset und der heutige Drehtag Monate entfernt von dem letzten, alles war auf einmal steril, duftlos. Es war Alex,~~

~~als schwebte die Hütte nun in niedriger Höhe über der Erde, in Nebelhöhe.~~

~~Manchmal will ein Schriftsteller wie ich in seinem Text, etwas wirklich Schlechtes schreiben. Etwas, das sein Schreiben vielleicht zu billiger Literatur macht – eine leidenschaftsvolle Sexszene beispielsweise, die innerhalb des Text keinerlei Existenzgrund hat. Sie dient weder der Handlung noch hat sie einen ästhetischen Nutzen. Kitschig, werden die Kritiker sagen. Oder einen grausamen Mord, wie in einem Splatterfilm. Er will genau beschreiben, wo jeder Tropfen Blut landet, sinnlose Darstellungen, die nichts bringen: In welchem Zustand war die Leiche? Zerrissen? Zerlegt? Etwas mit »zer-«, das ist sicher. Trotzdem will der Schriftsteller solche Szenen schreiben, einfach so. Vielleicht als einen Akt des Widerstands gegen die Kritiker, gegen die Verleger, die Lektoren, gegen all die äußeren Kräfte, die ihn beherrschen und ihn zu unterdrücken drohen, die ihn zwingen wollen, sich anders auszudrücken, anderes zu schreiben.~~

~~Doch stattdessen schreibe ich über Wolken und Inseln und die Natur der Zeit. Träume nur davon, dass ich irgendwann anders schreiben könnte, dass ich irgendwann die Freiheit hätte, über die Natur der Zeit anhand einer grausamen Sexszene zu philosophieren und trotzdem …~~

Alex konnte an nichts anderes denken außer an Joel, an Rachel und an das mysteriöse Mädchen. Zusammen in einem Gedanken. Separate Gedanken zu den dreien, waren längst unmöglich geworden.

»Als ich hier ankam, wurde ich sofort in das Waisenhaus gebracht. Dort war ich allein. Für mich war es riesig damals und bot meiner Vorstellungskraft jede Möglichkeit. Ein Flur mit Türen an beiden Seiten, drei Türen rechts und drei Türen links; hinter jeder Tür öffnete sich ein leerer Raum, der aber für mich nicht leer war. Es gab einen ganzen Zirkus in diesen Räumen. Auf der rechten Seite befand sich ein Schlafzimmer für die Clowns, manchmal konnte ich eine ihrer roten Nasen sehen, wie sie von hinter der Tür herausgesteckt wurde, um mich auszulachen. Aber wenn ich hingerannt bin, waren die Betten leer, immer in Weiß und Grün, und das Fenster immer offen, als ob die Clowns gerade durch sie geflohen wären. Auf der linken Seite befand sich ein Zimmer mit Löwen, die immer hungrig waren und in Kreisen liefen. Noch ein Zimmer mit einer Wahrsagerin, die ich zwar nicht gesehen, aber gehört habe. Wir haben durch die weiß-grüne Tür miteinander gesprochen. Sie wusste ganz viel, und ganz viel wusste sie auch nicht. Diese leeren Zimmer waren für mich also alles andere als leer. In der Regel sollten sich immer zwei Erwachsene aus dem Schtetl während der Nacht um mich kümmern, und manche von ihnen haben es tatsächlich auch getan.«

Dmitri hielt inne und holte tief Luft. Es war, als platzten die Assoziationen einfach aus ihm heraus, und mit jeder neuen Assoziation verlor er an Energie. Die Wölfe draußen lagen ruhig auf der Erde um die Veranda herum. Ihre Ruten flatterten manchmal auf und ab, schlugen leicht auf den Boden.

»Weißt du, ich war nie verliebt. Ob ich schwul bin? Nein, bin ich nicht. Ich habe die Liebe einfach nicht so lieb. Verstehst du?« Seine Augen regneten plötzlich.

Um ihn herum glänzten zwölf Augenpaare wie Sterne, wie erfrorene Doppelsterne in einem Solarsystem weit weg von hier, von Birobidschan, und er war die Sonne, um die diese Zwillingssterne zirkulierten.

Echte Wölfe hatte er noch nie gesehen. Was aber war es sonst?

62.

Als Dmitri vor dem Rathaus stand, zuckte ein Blitz im Himmel. Er schaffte es noch, sich vor dem einsetzenden Regen unter das Dach der Bushaltestelle zu retten. Die violetten Wolken brüllten ihn an.

Miriam hatte ihm in der Schule einen Zettel gegeben. Sie wolle ihm etwas auf der anderen Seite der Zugstrecke zeigen. *Viertel nach elf, vor dem Rathaus*, hatte darauf gestanden. Und er? Er war siebzehn und bereit für die erste Liebe. Und sich in der Nacht rauszuschleichen war auch kein Problem. Die Erwachsenen, die sich um ihn kümmerten, waren um elf Uhr schon beim zweiten Traum.

Leise Schritte näherten sich, Schritte, die sich gut mit dem Klang der Regentropfen tarnten. Als Miriam Dmitri ansprach, erschrak er, als ob er einem Dämon begegnet wäre.

»Schön, dass du gekommen bist«, sagte sie, und für einen kleinen Moment dachte auch er, dass es schön sei.

Sie war nicht besonders auffällig in der Schule. Ruhig, immer unterwegs mit zwei Freundinnen. Ihre Noten waren durchschnittlich, ihr Lächeln auch. Dass sie überhaupt den Mut gehabt hatte, ihm ein Briefchen zu geben, war schon ungewöhnlich. Dmitri war nicht der erste Junge, in den Miriam verliebt war. Aber er war der erste, dem sie es zu gestehen wagte. Er war ein Waisenkind, er war anders als die anderen Kinder und würde sie vielleicht, anders als die anderen, sehen.

Er wusste es. Er wusste, warum sie ihn angesprochen hatte, und er hasste es. Sie hatte ihn angesprochen, weil er gesellschaftlich schwächer dastand als die anderen. Vielleicht sogar, weil sein Außenseitertum gewissermaßen dem von Miriam glich. Dass er das wusste, wog in seinem Herzen wie eine Bleikugel, die sich im Verlauf des Abends und der Nacht immer mal vergrößerte und wieder verkleinerte.

Dmitri konnte sich auf das, was Miriam sagte, nicht richtig konzentrieren. In seinem Kopf versuchte er inständig, ihr Bild zu verschönern, sich selbst zu überzeugen, dass er sie irgendwie attraktiv fand. Wer kannte diesen zerstörerischen Zustand der Seele nicht? Zunächst fand er ihre Ehrlichkeit reizend. Vielleicht war sie trotz – und nicht wegen – seiner gesellschaftlichen Schwäche in sein Ich verliebt. Vielleicht empfand sie im tiefsten Inneren ihres Herzens in diesem Moment authentische Liebe. Und genügte es nicht, wenn man etwas als authentische Liebe empfand, um es authentische Liebe zu nennen?

Sie liefen über das Feld bergauf. Es war Sukkot, und die Birobidschaner hatten kleine Laubhütten neben ihren Häusern gebaut, wie Monde, die die Planeten nachts bewachten. Es regnete noch immer, und die beiden drängten sich unter einem allein stehenden Baum zusammen. Er konnte ihren Geruch einatmen. Sie trug ein Parfüm, das bestimmt ihrer Mutter gehörte. Im ersten Moment war er froh, dass es ihm gelang, sie zu mögen. Sie war süß. Sie mochte ihn. Sie hatte gute Absichten. Wie konnte sie dann aber nicht sehen, dass … Nein, hör auf! Sie war süß. Die Stimmen schwebten in seinem Kopf und stießen aneinander wie Teilchen in einem Beschleuniger.

Sie lehnte sich gegen den Baumstamm und sprach über den Feiertag. »Findest du es nicht eigenartig, dass wir schon so lange in Häusern wohnen und trotzdem einmal im Jahr durch diese peinlichen Laubhütten an eine Zeit erinnern, in der wir angeblich kein sicheres Zuhause hatten?«

»Weiß ich nicht«, antwortete er verlegen, »ich habe kein Zuhause.«

»Ach, stimmt …« Sie schämte sich, dass sie nicht daran gedacht hatte. »Es tut mir leid, ich habe nicht nachgedacht …«

»Keine Sorge«, unterbrach er sie.

»Ist das Waisenhaus nicht eine Art Zuhause für dich?«, fragte sie und wirkte aufrichtig interessiert.

»Sobald ich erwachsen bin, muss ich es verlassen«, sagte er. »Und niemand baut mit mir eine Laubhütte für Sukkot.«

Sie senkte ihren Blick auf den schwarzen Boden. Der Regen war jetzt so stark, dass die Tropfen wie eine Rauschstörung klangen, und in den Häusern erloschen die Lichter; die Birobidschaner gingen schlafen.

In der kompletten Dunkelheit konnten Dmitri und Miriam nun weit in der Ferne die großen Laubhütten der Orthodoxen in Smidowitsch erkennen. Von hier sahen sie aus wie Sterne am Himmel. Das stellte das Universum der beiden für einige Sekunden auf den Kopf, beide bemerkten es, dieses seltsame Bild, sprachen aber nicht darüber, sondern starrten in

Richtung Osten, in die Ferne, in die Widerspiegelung zweier Traditionen, ineinander verflochten, Sukkot und Sterne.

»Ich verstehe das mit der Sukka«, sagte sie, »Aber wir werden alle irgendwann das Haus unserer Eltern verlassen, wie du.«

»Aber ich werde nie zu meinen Eltern zurückkehren können, Miriam!«, erhob er seine Stimme. »Wenn das Haus der Eltern eine temporäre Laubhütte ist, dann heißt erwachsen zu sein, ein festes Haus zu bauen, oder? In das gelobte Land zu dürfen und dort ein Haus zu bauen. Aber dein Erwachsensein wird immer im Dialog mit deiner Jugendzeit stehen. Du kannst in deine warme, kuschelige, verdammte Elternhütte zurückkehren, wann immer du willst – ich nicht!«

Miriam schaute ihn an. Plötzlich wandte sie sich ab und begann, den Hügel hinunterzugehen. Dmitri blieb verwirrt stehen. Bis vor einer Minute hatte er sich regelrecht zwingen müssen, ihr eine Chance zu geben, und jetzt auf einmal ging sie weg von ihm, und alles, was er wollte, war, dass sie zurückkam.

»Hey. Hey! Wieso gehst du einfach weg?«

»Es tut mir leid, Dima. Ich mag dich. Ich habe dir das Briefchen geschrieben, und es hat mich Überwindung gekostet. Ich war echt aufgeregt, ehrlich. Aber … aber wie du nun von den Eltern geredet hast und von der Rückkehr … Du weißt doch gar nichts über meine Eltern oder über die der anderen. Du begegnest ihnen nur einmal im Monat, wenn sie Schicht bei dir im Waisenhaus haben, du weißt gar nicht, wie es wirklich ist in den ganzen Familien, und nimmst einfach an, alles sei bei dir schlimmer. Ich habe gerade verstanden, dass ich nicht mit jemandem zusammen sein will, bei dem ich mich ständig schuldig fühlen muss. Das hier ist meine letzte Entschuldigung bei dir. Entschuldige bitte«, sagte sie und ging weiter bergab, sprang unten über die Gleise.

Ihr weißes Kleid glänzte und wurde in der Ferne immer kleiner, nun war sie nur mehr ein Stern, ein Meteor.

63.

Rachel und Alex waren Kindheitsfreunde. Wenn jemand ihn eines Tages fragen würde, wie sie sich kennengelernt hatten, oder schlimmer, wie sie zusammengekommen waren, hätte er keine interessante Antwort. »Einfach so«, hätte er gesagt.

Sie hatten miteinander gespielt, hatten zusammen die Sprache gelernt. Und was war denn eine Beziehung im Endeffekt, wenn nicht eine gemeinsame Sprache zu entwickeln? Sie hatten zusammen ihre Körper entdeckt. Später hatten sie einander bei jeder weiteren Körperentdeckung geholfen.

Es gab aber einen großen Nachteil bei diesem Zusammenwachsen. Sehr früh war da nichts mehr zu entdecken. Sie kannten jedes Stück Haut, jedes Haar des anderen. Sie kannten die genaue Bedeutung jeder kleinsten Bewegung jedes kleinsten Muskels. Schon immer hatten sie sich nebeneinander ausgezogen.

Dann, sie beide waren sechzehn, fragte Rachel eines Tages plötzlich: »Wir kennen unsere Körper durchaus, oder? Interessierst du dich nicht für den Geruch anderer Hälse als meinen? Für den Geschmack anderer Lippen? Für das Gefühl anderer Beine unter deinen Fingern?«

Alex verstand auf einmal, dass er nicht alles, was es zu lernen gab, zusammen mit Rachel gelernt hatte – seine Beziehung mit ihr hatte im Gegenteil sein Lernen verhindert. Er wusste noch immer nicht, wie man vor einer anderen Person aufgeregt war, er verstand, dass richtig aufgeregt zu sein auch eine Kunst war.

»Doch, manchmal frage ich mich sehr wohl, wie es sich anfühlen, schmecken, riechen würde. Aber wenn ich dich ansehe, denke ich mir: Hier gibt es unendliche Möglichkeiten. Du weißt, wie sehr ich zum Beispiel dein Schlüsselbein bewundere. Manchmal lasse ich meine Hand langsam darüber gleiten. Manchmal gucke ich es an, wie es reagiert, wenn du sprichst, manchmal könnte ich stundenlang einfach nur daran riechen …«

»Mein Gott, wie du laberst!«, sagte Rachel und lachte wild. »Du hast nie ›stundenlang‹ daran gerochen. Und es wäre auch richtig unheimlich, wenn du so was machen würdest, also bitte …«

Er musste jetzt auch lachen. »Ich mache es sofort! Zieh deinen Schal aus!«, sagte er und steckte seine Nase wie ein Hund unter ihr Kinn.

Sie kreischte spielerisch und hielt ihren Schal fest an ihren Hals gedrückt.

»Du lässt mir keine andere Wahl!«, sagte Alex und steckte seinen ganzen Kopf unter ihren Pullover, als wollte er ihr Schlüsselbein von unten erreichen.

»Es kitzelt!«, lachte sie, und das Gespräch war, zumindest für diesen Tag, beendet.

64.

»Einen Monat lang haben sie mich nicht losgelassen, die Wölfe, du musst mir glauben, Alex. Sie kamen jede Nacht, jeden Morgen, sie haben mich von fern beobachtet, wenn ich auf dem Weg zur Schule war. Standen auf dem Hügel und guckten runter. Bei jedem Schritt waren sie da, verstehst du? Einen Monat später fuhren wir alle zum Jugendtreffen nach Moskau mit der Tsukunft. Damals waren alle dort Mitglied, nicht so wie heute, wo nicht mal du beim Projekt deines Bruders mitmachst. Ja, ich weiß Bescheid, alle reden darüber, was denkst du? Der ist doch dein Bruder!«

Die Worte stachen Alex wie Nägel aus heißem Eisen mitten ins Gesicht und entstellten es wie ein Brandzeichen.

»Egal. Das ist deine Sache. Wir übernachteten in Moskau in einer Jugendherberge. Uns war langweilig, und einige von uns gingen raus, um eine Kneipe zu finden, wo man Bier trinken konnte. Einige, das waren ich und noch zwei. In der Kneipe belauschten wir ein Gespräch zwischen drei Jägern, die über Waffen redeten. Meine Kumpels wollten bald wieder zurück in die Jugendherberge, aber ich wollte weiter lauschen. Die Männer am Nebentisch sprachen über unterschiedliche

Typen von Gewehren. Sie waren etwas altmodisch und hatten alle ein Mosin-Nagant. Weißt du, was das ist? Ein uraltes Gewehr. Russische Soldaten haben das Ding schon im 19. Jahrhundert benutzt.

Irgendwann bemerkten die Jäger, dass ich ihnen zuhörte, und schauten mich an, als wäre ich gerade vom Himmel gefallen. ›Wie alt bist du eigentlich, Junge? Hast du eine Lizenz?‹, fragte einer. Ich sagte ihnen, dass ich nicht wusste, wo man eine solche Lizenz beantragen konnte. Wahrscheinlich gab es noch ein kleines Hin und Her, jedenfalls aber luden sie mich dann ein, am nächsten Tag mit ihnen jagen zu gehen. Den ganzen Tag über hatte ich meine Wölfe nicht gesehen. Vielleicht war es ein plötzliches Gefühl von Freiheit, das ich spürte und das mich bewog zuzusagen.

Am nächsten Morgen ging ich zu unserem … Leiter, oder wie nennt man das? Unserem Joel. Ich sagte ihm, dass ich Bauchweh hätte, doch anstatt mir zu erlauben, einfach in der Herberge zu bleiben und nichts tun, entschied er, ich müsse zum Arzt. Leonid, mein Klassenkamerad, sollte mich begleiten und mich im Auge behalten. Es war relativ einfach, ihn loszuwerden. Er war immer schon an Medizin interessiert, und als wir in die Praxis eintraten, begann er sofort mit der Sprechstundenhilfe zu quatschen, in einer Mischung aus Neugier und Flirt. Ich sagte, ich müsse kurz aufs Klo, und es dauerte sage und schreibe zwei Stunden, bevor er überhaupt bemerkte, dass ich nicht mehr da war.

Die Männer aus der Kneipe traf ich in einem Haus im Süden der Stadt. Gemeinsam gingen wir in einen nahe gelegenen Wald. Er lag damals noch am Stadtrand, und so gab es genug Platz, um unbemerkt schießen üben zu können. Zwei Stunden lang haben sie mir ganz viel beigebracht, und am Ende zeigte mir einer, wie man ein Gewehr zerlegt und zusammensetzt. Dann plötzlich hatte ich diese dumme Idee … Ohne diese Idee wäre ich heute nicht hier. Andererseits hätten die Wölfe mich dann vielleicht schon gefressen, wer weiß.«

»Du hast ein Gewehr geklaut«, sagte Alex trocken.

Dmitri schaute zu Boden und schwieg.

»Hast du es seitdem benutzt?«, fragte Alex.

Dmitri schwieg weiter.

Alex verstand, dass der einsame, wahnhafte Mann keine Ahnung hatte, wie man eigentlich eine Waffe benutzte. Er erinnerte sich nicht, was er fünfundvierzig Jahre zuvor in Moskau gelernt hatte, er behielt das Gewehr, wie man eine ungewollte Erinnerung behielt. Es war ihm eine Last. Er behielt es, um sich vor den Wölfen zu schützen, der Besitz des Gewehrs jedoch war selbst eine wölfische Tat. Der arme Kerl fütterte nur seine Sinnestäuschungen, anstatt sie zu bekämpfen, und dieser Moment, in diesem Raum, mit dieser Luft zwischen ihnen, die gesamte Geschichte entlang, Dima mit der Waffe auf Alex zielend, dieser Moment war kein Moment der Bedrohung, sondern ein Moment der Darbietung und Darbittung: Er bat Alex, ihm das alte Mosin-Nagant wegzunehmen.

Langsam streckte Alex seinen Arm aus und bedeckte mit seiner Hand das Mündungsloch am Ende des Laufs. Dann machte er vorsichtig eine Faust, umschloss mit seinen Fingern den Lauf und zog das Holzmonster zu sich.

Schließlich ließ Dmitri es los und sagte: »Nimm es, Alex, geh damit weg, weit weg, schmeiß es meinetwegen in den See. Ich will es nicht mehr sehen.«

Es schien, als hätte ihn zusammen mit der Waffe auch der Wahnsinn verlassen. Dmitri stand auf, wischte seine Tränen ab und ging in die Ecke des Raums, wo sich die Küche befand. Er stellte einen Kessel mit Wasser auf den alten Elektroherd.

Alex fragte: »Machst du noch Tee?«

Dima zuckte mit den Schultern und sagte: »Ja, aber nicht für dich. Du musst jetzt gehen. Ich will das Ding nicht mehr sehen, habe ich dir doch gesagt. Wenn ich morgen Abend noch hier bin, kannst du wiederkommen. Dann kriegst du Tee, Wodka, kannst mit uns spielen, was du willst. Jetzt aber – geh!«

Als Alex den Weg von Dmitris Hütte hinabging, hielt er die lange tödliche Waffe in seinem Arm. Er lief schnell, rannte den kurvigen Weg entlang. Fast war er sich sicher, dass die kleinen Luftwellen um ihn nicht nur vom Heulen des Windes getragen wurden.

65.

Sie schliefen nebeneinander. In Teilen der Nacht mit geschlossenen Augen, in anderen Teilen mit offenen Augen. Er lag auf dem Rücken, seine Brust, sein Bauch, nicht muskulös, aber auch nicht nur Haut auf Knochen, nach oben. Sein Penis, schlaff, schräg auf dem Oberschenkel liegend, zeigte zu den Füßen, die zur Zimmerdecke gerichtet waren. Sie lag auf dem Bauch. Ihre rechte Hälfte auf ihrer Seite der überraschend bequemen Matratze, ihre linke auf seiner. Ihr Kopf auf seiner linken Schulter gebettet, ihr linker Arm auf seine nackte Brust gelegt.

Ab und zu bewegte sie Arm und Hand entlang seines Körpers, aber nur am Rand des Körpers, als skizzierte sie dessen Konturen auf dem Bett. In einer Diagonalen von seiner Brust bis zu den Rippen, die nah an seiner Haut waren. Sie merkte, wie sie fast herausstachen, sie spürte aufmerksam eine nach der anderen, lernte sie kennen. Danach war sein Becken die Wiese, auf der ihre Hand wie eine Vagabundin Neuland entdeckte. Sicher war er noch nicht eingeschlafen. Die Empfindsamkeit dieser Gebiete überwand jeden Traum.

Obwohl wach, regte er sich nicht, damit sie nicht aufhörte, damit sie … Es gab aber sehr wenig, was Mann machen konnte, wenn Mann wach war und eine andere warmhäutige Person sein Becken anzärtelte. Er erstarrte, sie bemerkte es und bewegte ihre Hand zu einer anderen Front des Kampffeldes, zur Seite, die ihr näher war, dort hielt sie an, mit zwei Fingerspitzen, die sich wie zufällig auf seinem Penis ausruhten. Sie schlief mit einem spitzbübischen Lächeln ein. Er blieb noch eine Viertelstunde wach, starrte an die dunkle Zimmerdecke in großer Hoffnung. Als er diese verlor, schlief auch er ein.

Der Rest der Nacht war wie ein ständiger Tanz: Leicht drückte sie seine Schulter, er änderte seine Position. Wachte er kurz auf, küsste er ihre Augenlider, im Schlaf wandte sie sich in eine andere Richtung. Als Erwiderung zog er behutsam, um sie nicht zu wecken, ihren Arm zu sich und hielt ihn. Eine Stunde später wachte sie auf, er schlief. Sie befreite vorsichtig ihren gefangenen Arm, er drehte sich um, nun lag er mit seinem Rücken zu ihr. Sie schmiegte sich an ihn, spürte seinen nackten Körper an ihrem, ihr Kopf versank in seinem Nacken zwischen den Schulterblättern, ihre Nase atmete den Geruch seiner Haut ein und aus und ein. Ihre angewinkelten Knie passten genau hinter seine gebeugten Knie, sodass kaum eine Hautfläche ihrerseits unberührt war. Bis zu ihren Füßen war ihr Körper mit seinem verwoben, wie nebeneinander wachsende Wipfel in Wäldern weit von hier entfernt, in Europa vielleicht, nicht in der spitzen, nadelwäldischen Taiga, die sie umgab.

Erst um halb fünf in der Früh waren wieder beide gleichzeitig wach. Sie konnten und wollten ihr Wachsein nicht voreinander verstecken. Er schaute in ihre runden Augen wie Moses in das ihm verbotene Land. Durfte er? Durfte er nicht? Er würde es nicht wissen, bis er es versuchte. Was wäre, wenn Moses trotzdem heimlich versucht hätte, in das Land zu kommen, wäre er sofort in Flammen aufgegangen? Joel stand schon in Flammen. Er war wahrscheinlich, dachte er, genau da, an der Grenze. Es ging nun um einen Schritt: vor oder zurück?

Sie brach den Blickkontakt ab. Ihre Lider zitterten vom plötzlichen Denken, das hinter ihnen stattfand. Dann sagte sie mit unsicherer Stimme: »Ich liebe deinen Bruder, Joel.«

Ihm fröstelte. Bei Moses stellte sich nie die Frage: vor oder zurück, weil Moses seinen Fehltritt, seinen falschen Schritt schon lange vor der wirklichen Grenzüberschreitung getan hatte. Und Joel? Er befand sich längst jenseits der Grenze.

Rachel hatte das verstanden und half ihm, es auch zu verstehen.

»Aber?«, fragte er.

»Ich kann nicht mehr zurück nach Birobidschan. Du kannst ja ohne mich heimkehren. Für dich ist eine Rückkehr wichtig, ich weiß. Du machst das, wovon du denkst, dass es das Beste für Birobidschan ist, ich nicht. Ich bin nicht für Birobidschan weggefahren, sondern für mich.«

Er verstand nichts. Was erzählte sie da, um halb fünf, nach dieser langen Nacht voller Berührung und dem Tanz der Körper? In einer schnellen Bewegung stieg sie auf seinen schlanken Leib. In ihrem linken Auge sammelte sich eine Abschiedsträne. Er begann zu verstehen – oder glaubte es wenigstens. Während er sich mit Moses verglich, saß Moses auf ihm und blickte in seine Augen. Nun musste sie den unumkehrbaren Schritt machen, den Schritt, nach dem sie nicht mehr nach Birobidschan würde zurückkehren können, auch wenn sie versucht sein würde, es zu tun.

»Das Mädchen kann uns hören«, sagte er leise.

»Wir werden ganz still sein«, erwiderte sie und schloss die Augen.

66.

Manche Erinnerungen dehnen sich aus: der Geruch von Küchenwänden, Knöchelschmerzen, die Verlegenheit zwischen zwei ehemaligen Liebhabern, eine gelbe Blume, die gerade geblüht hat. Manche Erinnerungen lassen sich zusammenfalten: ein beflecktes Bettlaken, ein verlassenes Fahrrad, auf einen rostigen Zaun gehängt, die Erzählung eines Traums am nächsten Tag, eine gerade verblühte blaue Blume.

Manche Erinnerungen bleiben genau gleich: das Fotoalbum von Unbekannten, ein Treppenhaus (oder wenigstens die Aufgänge bis zu einer bestimmten Wohnung), das Salz, das in den Spuren einer Träne bleibt, Meersalz, Salz überhaupt, Sand in Schuhen, eine schwarze Blume, die wir unter den Felsen fanden, als wir zurück zum Gemensche am Ufer eines Sees schwammen, und da war noch ein neuer, fremder Mensch dabei, und ich sagte, man würde es kaum merken, wenn ein Fremder bei uns säße, als ob er jemanden hier kennen würde, und du sagtest, genau so kommen Menschen in die Welt, Fremde, die langsam die Kunst des Als-ob lernten, und ich fand es schrecklich, aber auch schön, und eine schwarze Blume unter den Felsen verwandelte sich in diesem

Moment in ein sprachloses Gefühl, wie ein Traum, wie ein Fahrrad, wie die Küchenwände, der Knöchel, die Verlegenheit.

67.

Das zweite Mal Witwe zu werden war viel einfacher als das erste Mal. Manchmal aber kam das zweite Mal vor dem ersten.

Josephin liebte Jakov mehr, als sie Gregory, der fast zwei Jahrzehnte zuvor verschwunden war, geliebt hatte. Vielleicht lag das eben genau an der Tatsache, dass Letzterer verschwunden war und nicht durch einen vorbeirasenden Zug getötet wurde. Es gab keine Leiche, kein Grab. Sie hatte immer das Gefühl, als hätte sich ihre Beziehung noch weiterentwickelt. Gregory war zwar nicht da, aber nur selten hatten die Schwankungen des Herzens mit der Anwesenheit oder überhaupt mit der anderen Person zu tun.

Obwohl Gregory nicht da war, und ab und zu genau deswegen, verärgerte er sie beim abendlichen Geschirrspülen. Sie hatten einen Streit. »Nie machst du was für das Kind, ich muss hier alles alleine tun«, würde sie ihm sagen, wenn er da wäre. Vor dem Schlafengehen aber entschuldigte er sich in ihrem Kopf, und sie vergab ihm.

Josephins Beziehung zu Gregory war auf eine gewisse Weise unversehrt, weil sie noch immer andauerte, und deshalb war die Liebe geringer.

»Es ist die Versehrtheit durch die Beschneidung«, hatte ihr einmal der Rabbiner Albert aus Smidowitsch gesagt, als sie sich wegen unerträglicher Schuldgefühle gegenüber ihrem verschollenen Mann von ihm hatte beraten lassen, »die unsere Liebe zu Gott vervollständigt.«

Sie fand, dass das absoluter Mist war, und sagte das dem Rabbiner in schöneren Worten.

Unbeirrt sprach dieser weiter: »Wir geben ihm ein Stück von uns. Dadurch wird dieser Bund beschlossen. Lieben ist schwer, und sobald wir die Möglichkeit haben, nicht zu lieben, ziehen wir es dem Lieben vor. Aber wenn der andere ein Stück von uns besitzt, sind wir dazu gezwungen, ihn zu lieben.«

»Diese Anschauung finde ich irgendwie düster. Wir lieben also nur, weil wir dazu gezwungen sind?«

»Nicht jeder Zwang sieht wie ein Zwang aus. Manchmal drängt sich unsere Einsamkeit auf, manchmal das Bedürfnis, die Welt durch ein anderes Augenpaar zu sehen. Manchmal ist es sogar der Druck einer Gruppe, ob offensichtlich oder nicht. Wenn wir sterben, vereinen wir uns mit Gott. Das heißt, wir vereinen uns mit dem fehlenden Stück, wir bekommen es zurück, und auch wir geben die bei uns, hmmm, ›deponierten‹ Teile ihren ursprünglichen Besitzern zurück.«

Josephin ignorierte den Bezug auf die Beschneidung, obwohl sie wusste, dass dies die Frauen aus diesem Pakt ausschloss. »Meinst du also, dass Gregory, weil er verschwunden und nicht verstorben ist, mein Stück noch besitzt? Aber was für ein Stück ist das?«

»Sieh mal, dieser Teil von sich, den man im Rahmen des Liebens dem anderen gibt, ist nicht fassbar. Wir haben die Beschneidung, weil ironischerweise genau wir, die Religiösen, greifbare Verkörperungen bestimmter Ideen brauchen. Ja, ich glaube, dass er noch etwas von dir bei sich trägt. Und dadurch existiert noch ein Bund. Und durch diese Verbindung existiert noch immer eine Beziehung.«

Sie war in diesem Moment schon ein Jahr lang eine *Aguna*, hatte ein kleines Baby, das Rachel hieß, und einen guten Freund, Jakov, mit dem sie manchmal spazieren ging und den sie zuweilen auch küssen wollte. Dachte sie daran, errötete sie innerlich, ihr Magen drehte sich um, und sie schämte sich so sehr vor Gregory, dass sie nur schlecht zur Ruhe kam.

»Deinen Teil wirst du wahrscheinlich nicht zurückbekommen. Du solltest überlegen, ob du nun einen zweiten an Jakov geben willst. Wenn man zu viel von sich an andere verteilt, ohne sich etwas zurückzuholen, fühlt man sich – mit der Zeit – zerstreut. Ein bisschen überall. Außer sich. Verstehst du? Das ist aber deine Entscheidung.«

Das war genau der Moment, in dem Josephin beschloss, später an diesem Abend Jakov doch zu küssen. Außer sich zu sein klang für sie perfekt. Sie verstand, dass der Rabbiner eigentlich versuchte, sie zu überzeugen, noch ein bisschen auf den Verschollenen zu warten, aber Zerstreuung war genau das Argument, das dagegensprach. Sie hätte ganz Birobidschan an jenem Abend geküsst, wenn sie gekonnt hätte, alle Männer, alle Frauen, hätte jedem ein Stück Josephin geben wollen. Zerstreut zu sein, in alle Richtungen zerrissen, zerborsten, also durch mehrere zer-Verben gezerrt.

An dem Abend taten Jakov und sie viel mehr, als sich bloß zu küssen. Rachel, das Baby, war bei Josephins bester Freundin Sulamith, spielte mit deren Söhnen Joel und Sascha.

Jahre später würde Sascha darauf bestehen, nur mehr Alex genannt zu werden, um sich von Sascha dem Ersten, dem Bahnarbeiter, und Sascha dem Zweiten, der eines Tages versucht hatte, nach Japan zu schwimmen, zu unterscheiden. Er war Sascha der Dritte von Birobidschan. Alle nannten ihn fortan brav Alex.

Nun hatte Josephin auch Jakov verloren. Sie hatte ein Stück von sich zurückbekommen, auch wenn sie es überhaupt nicht hatte haben wollen. Ein Stück von sich, das sie hasste. Ein Stück, von dem sie nicht wusste, wo sie es platzieren sollte. Sie fühlte sich bereits unversehrt in ihrer Liebe mit Jakov.

Die Birobidschaner waren ziemlich geschickt in allem, was Trauer anging. Ihr Mitleid erfolgte fast maschinell. Die, die immer schwarze Blumen brachte, hatte schwarze Blumen gebracht. Der, der den Trauernden immer schweigend in der Küche half, hatte ihr in der Küche geholfen. Schweigend. Die, die immer eine lustige Geschichte über den Verstorbenen erzählte, hatte auch diesmal Geschichten über Jakov erzählt, an denen es weiß Gott nicht mangelte. Sogar der, der immer die gleiche Geschichte über alle Verstorbenen erzählte, hatte an diesem Tag das Gleiche erzählt.

Als die Nacht anbrach, waren die Trauergäste endlich weg. Ihre Tochter hingegen war nicht mal nach Hause gekommen, und Josephin konnte an nichts anderes denken. Den ganzen Tag lang hatte sie zwei vermisst: Jakov und Rachel, und obwohl Rachels Verschwinden vermutlich temporär war, konnte sie sich nicht entscheiden, wen sie mehr vermisste. Sie zürnte beiden. Sie war vom Weinen erschöpft, ihre Augen brannten.

Der kalte Wind wehte in ihr Gesicht. Es schmerzte, aber sie stapfte weiter die Scholem-Alejchem-Allee hinunter bis zum See, wo Jakov und sie sich zum ersten Mal geküsst hatten. Sie erinnerte seinen nackten Körper im Mondlicht, sie erinnerte den Geruch seines Schweißes, seine Haare, die in ihre Augen gefallen waren, wie sie lachte und sie hinter sein Ohr gelegt hatte. Sie erinnerte das kitzelige Gefühl seiner spröden Zunge auf ihrer Haut. Sie war anders gewesen als die Zunge Gregorys, die hauptsächlich die Landschaft ihres Körpers hatte erkunden wollen und in dieser Hinsicht sehr sorgfältig gewesen war. Die von Jakov war eindringend, erobernd gewesen. Sie hatte mit ihrer Rauheit das neue Territorium übernommen, und Josephin hatte in diesem Moment eher übernommen als erkundet werden wollen.

An jenem Abend hatte sie gewusst, dass sie ihm einen Teil von sich gegeben hatte. Nicht sicher war sie gewesen, ob er ihr ein Stück von sich zurückgeben würde. Sogar die wenige Tropfen von ihm, die auf der Innenseite ihres Oberschenkels geblieben waren, wischte er sofort ab. Sie traute sich nicht, ihn zu bitten, die Tropfen noch kurz, nur noch einige Sekunden, dazulassen, einfach so. Sie wusste ja auch, dass es gar nicht darum ging. Das Stück, das man dem anderen gab, war nicht greifbar, man musste es nur spüren.

Nun saß sie allein am Ufer des dunklen Sees, wie damals schien der Vollmond, dessen Spiegelbild im schwarzen Wasser wie ein weißes Loch in einem schwarzen Himmel aussah, der Projektor im Kino neben dem Rathaus. Morgen sollte sie wahrscheinlich anfangen, ihre Tochter zu suchen, durchquerte ein Gedanke ihren Kopf. Doch gerade saß sie einfach nur da und war allein, im weitesten Sinn, für einen Moment hatte sie keine Tochter, keinen verstorbenen Mann, keine Nachbarn, keine Stadt, es gab keinen See vor ihr, kein Mond hing darüber, keine Häuser schliefen dahinter. Sie hatte keine Arme, keine Hände, keine Beine. Ihre Erinnerungen an Jakov und an jenen Ort, an dem sie jetzt saß, durchblätterte sie wie das Tagebuch einer anderen Person.

In der Ferne sah sie einen Schatten, der ebenso am Ufer saß und nachdachte. Wenn man ganz allein war, wenn es keine Menschen und keine Häuser mehr gab und keinen See, wurde jede Figur in jeder Ferne zur Spiegelung von einem selbst. Nicht mal ihre Tränen hatte sie abgewischt, als sie aufstand und auf die schwarze Silhouette zuging.

Der junge Mann hatte eine längliche Sporttasche neben sich und wirkte wütend. Dass es ein junger Mann war, war ihr egal, sie nahm es gar nicht wahr. Als sie sein Gesicht mit ihren Händen ergriff, spürte sie Bartstoppeln. Sie mochte die Vorstellung, ein Selbst mit Bartstoppeln zu sein.

In dieser Gegend des Sees waren die Schatten trotz des Vollmondes so dunkel, dass alles, was hier geschah, ungeschehen sein konnte. Und trotzdem erkannte er sie, und trotz dieser Erkenntnis ließ er sich von ihr wild und unbekümmert küssen. Sie drückte seinen Oberkörper auf den feuchten Boden und stieg auf ihn. Sie war zum ersten Mal in der Rolle der Eroberin, und für den jungen Mann unter ihr sah sie wie ein Werwolf aus, der zum Mond betete. Wenn sie nach oben blickte, waren ihre Augen geöffnet und leuchteten von inneren Flammen. Es war in diesen Momenten, dass er die Spuren getrockneter Tränen auf ihren Wangen sah. Wenn sie aber nach unten schaute, tat sie es mit geschlossenen Augen und vertiefte ihre Stirnfalten, als wäre sie weit weg und tief in sich drinnen, sodass sie die Augen nach innen richten und zusammenkneifen musste, um sich noch zu sehen.

Plötzlich erhob sie sich, und ihr Gesicht näherte sich seinem. Sie schleckte seine Augenhöhle in einer schnellen zirkulären Bewegung, wie sie es immer morgens bei ihrem ersten Mann getan hatte, um ihm den Schlafsand wegzuwaschen. Gregory hatte es ekelhaft gefunden und sie sofort von sich geschubst, und dann hatten sie gelacht, einander umarmend. Mit dem jungen Mann nun am See geschah es ohne Lachen, ohne Schlafsand.

Anschließend stand Josephin auf, ging zu ihrem Haus an der Scholem-Alejchem-Allee auf und ließ den Verwirrten zurück. Seine Wut hatte ihn dazu gebracht mitzumachen, obwohl er um die Konsequenzen wusste.

Jetzt aber war seine Wut verschwunden, und er saß wieder in der wisperischen Stille Birobidschans. Die Tasche neben sich hatte er fast vergessen. Er nahm sie in die Hand. Er schämte sich für den kindischen Gedanken, den er kurz zuvor noch gehabt hatte: zu benutzen, was da darin versteckt war.

Zum zweiten Mal in dieser Woche warf er etwas in die vermeintliche Unendlichkeit des Sees. Man sollte meinen, dass der Junge, nachdem der Fünfhundert-Rubel-Schein wieder herausgefischt worden war, daraus gelernt hätte und seine Methode, Dinge in Birobidschan verschwinden zu lassen, ändern würde. Doch der ganze Tag hatte ihn derart erschüttert, dass seine Erfahrungen wie ausgelöscht waren und er nicht mehr logisch denken konnte. Und außerdem war es ihm gar nicht so wichtig, dass die Sache spurlos verschwand. Eine solch große Bedeutung hatte sie auch nicht. Letztlich war es kein Fünfhundert-Rubel-Schein.

68.

221←

Bratsk lag ruhig und still da, wie Kartoffeln in der Erde, die auf starke Hände warteten, um sie herauszuklauben. Der Morgen durchstach den grauen Himmel sehr früh, und Sascha wachte auf. Sein Bett stand am Fenster, fünfzig Meter entfernt lag der Fluss, und zufällig floss dieser in einem solchen Winkel, dass er das reflektierende Sonnenlicht direkt in Saschas Augen warf. Sascha drehte sich um. Nun bemerkte er, wie schmutzig die Wand war – nicht, dass er was anderes erwartet hätte. Er stand auf, trank ein Glas Wasser und betrachtete seinen Freund, der in einer kuriosen Haltung schlief. Sascha fand, dass es unbequem aussah, Gregory würde später bestimmt mit Rückenschmerzen aufwachen. Er ging ins Badezimmer, und während er seine Zähne putzte, folgte sein Blick einem Riss in der Wand, der von links oben diagonal nach rechts unten kroch. Die große Uhr an der Wand des Badezimmers, die besser in einen Warteraum staatlicher Behörden als in ein Hotelzimmer gepasst hätte, zeigte fünf Uhr.

Es war nicht leicht, die Treppen in Hausschuhen runterzukommen. Sie waren mit einem roten Teppich bedeckt, der an seinen Rändern aufgeribbelt und verknotet war, als wäre er verwundet. Als wäre er ein Relikt vergangener Zeiten, in denen Bratsk eine wichtige Hafenstadt gewesen war und dieses Hotel bedeutsame Weltenlenker manche Nacht beherbergt hatte. Aber weder Bratsk noch dieses Hotel waren jemals so gewesen. Das machte alles noch ein bisschen lahmer in Saschas Augen. Es war, als ob diese Einrichtung schon alt, dreckig und ausgefranst zur Welt gekommen wäre. Er spürte das Verlangen, das Hotel zu streicheln wie einen struppigen Straßenhund. Er stützte sich auf das wackelige Geländer, um vorsichtig Schritt für Schritt nach unten zu steigen.

Das Hotel war leer, nur an der Rezeption schlief dieselbe Frau, die die beiden Birobidschaner schon am Vorabend begrüßt hatte. Wohnte sie etwa in der Rezeption? Sascha kicherte leise, aber laut genug, um sie aufzuwecken.

»Ent… schuldigung, ich wollte Sie nicht wecken«, murmelte er.

»Zu spät für Ihre guten Absichten, schon passiert. Was gibt's?«

»Wenn Sie schon wach sind, würde ich gerne wissen, ob es Frühstück gibt und wann.«

»Frühstück ist ab sieben. Noch was?«

»Nein, danke.« Bevor er das lange russische Danke überhaupt zu Ende gebracht hatte, war die Rezeptionistin schon wieder eingenickt.

Der traurige Teppich erstreckte sich weiter vom Treppenhaus bis zur Eingangstür. Sascha folgte ihm und ging hinaus zum Parkplatz, der von grünen Bäumen und kalter Luft umringt war. Er versank in Gedanken.

Was würde passieren, sobald sie Tunguska erreichten? Wenn man drei Tage lang irgendwo hinfuhr, durfte es auf keinen Fall enttäuschen. Es musste sich lohnen. Er würde gerne behaupten, dass es gar nicht um Tunguska ging, sondern um den Weg dorthin, die Gespräche während der Reise, die dummen Witze, die nur ihnen gehörten, sogar um die verschmutzte Bratsker Luft, die sie beide atmeten, auch jetzt, während einer schlief und einer wachte. Sie waren wie zwei Enden einer unsichtbaren Schnur, wenn einer ausatmete, atmete der andere ein, die Freundschaft war so eng, dass sie sogar die gleiche Luft atmeten. Doch gerade weil sie so eng war, drohte jede winzige Bewegung des einen aus der bekannten Art und Weise heraus ins Unbekannte, ihn für den anderen absolut fremd zu machen.

Als Josephin Sascha gesagt hatte, dass mit ihrem Mann etwas nicht stimme, er die ganze Zeit traurig sei, er immer früher schlafen gehe, um das Gespräch mit ihr vor dem Einschlafen zu vermeiden, dass Geschlechtsverkehr zwischen ihnen schon Schnee von vorgestern sei, dass Gregory kaum esse und manchmal zu Dimas Hütte gehe und sie nicht wisse, was er da tue, da hatte Sascha geglaubt, dass sie übertriebe.

Es war immer schwierig, neue Verhaltensweisen bei Freunden zu entdecken. Man hielt an dem Bekannten fest, sonst fühlte man sich von allem entfremdet. Sascha konnte den Preis einer solchen Entfremdung nicht zahlen. Nun überlegte er, seit wann er seinen Freund so betrachtete, wie er seinen Freund betrachten wollte, und nicht so, wie sein Freund tatsächlich war. Diese Angewohnheit, das eigene

Bild auf einen anderen zu projizieren, bedeutete eine Vernachlässigung. Wie lange vernachlässigte er schon seinen besten Freund?

Er ging zum Fluss. Die Angara versprühte mit feurigen Farben den Sonnenaufgang. Die kälteste Stunde des Tages verschwand mit dem Sonnenaufgang, und eine kleine Dampfwolke wurde mit jedem Atemzug ausgeblasen. Als er seines Atems beraubt und ihm kalt war, entschied Sascha, zum Hotel zurückzukehren, um sich eine Windjacke zu holen, doch dann erinnerte er sich, dass Gregory eine zweite Sporttasche im Auto hatte, in der er bestimmt auch eine Jacke finden würde. Aber als er den Kofferraum öffnete und den Reißverschluss der Tasche aufmachte, lag da ein altes Gewehr.

→270

69.

Alex schlief. Auch Josephin. Es wäre übertrieben zu sagen, dass es ihnen gut ging. Beide waren von ihren Partnern verlassen worden. Doch es war jetzt ein bisschen, ein klein bisschen besser.

70.

»Kondensstreifen sind die Sternschnuppen des Tages«, sagte Gregory nach einer langen Pause.

Sascha blickte nach oben und sah die weiße Spur, die seinen Freund wahrscheinlich zu dieser Aussage animiert hatte. Seit zwei Stunden saßen sie wieder im Auto und fuhren durch den Wald. Die Kiefern links und rechts zeigten keine Zeichen von Ermüdung, im Gegenteil: Sie schlängelten sich an den Seiten des Wagens entlang, und manchmal streichelten ihre Nadeln energisch die Fenster. Als würden sie versuchen einzudringen, ihre Fahrt anzuhalten und mitzukommen nach Tunguska.

»Seit dem Frühstück hast du nichts mehr gesagt, Sascha, ist alles in Ordnung?«

Sascha konnte nicht glauben, dass sein bester Freund etwas so Wichtiges vor ihm versteckt hatte und immer noch versteckt hielt, und konnte darum auch nichts dazu sagen. Er stoppte den Wagen und schaute Gregory eindringlich an, als wollte er diesem eine letzte Chance geben. Da dieser die Gelegenheit nicht nutzte, sagte er: »Nein, Grischa. Alles ist nicht in Ordnung. Wie schwer ist deine Depression eigentlich?«

»Was meinst du? Ich dachte, wir reden die ganze Zeit darüber, ich dachte … das sei genau das Thema dieser Reise.«

»Ja, ist es auch. Aber nicht bei allen Problemen kann ein Freund, auch nicht ein bester Freund, helfen. Ich muss wissen, ob du planst, dir das Leben zu nehmen. Das wäre dann ein Fall für professionelle Hilfe, nicht für eine solche Reise.«

Gregory blickte auf seine in seinem Schoß verkrampften Hände. »Wie kommst du darauf, dass ich daran denke?«, fragte er mit einer Stimme, die Saschas Vermutung nur bestätigte.

»Ich habe es gesehen. Heute Morgen, als ich kurz draußen war, habe ich gesehen, dass du eine Waffe mitschleppst. Und ich muss dir sagen, Grischa, wenn du dich verdammt noch mal umbringen willst, dann brauchst du auf jeden Fall Hilfe. Wenn du vorhast, es mitten auf einer Reise mit mir zu tun – dann wende ich jetzt und fahre zurück nach Birobidschan, ohne anzuhalten.« Gregory machte den Mund auf, Sascha aber ließ ihn noch nicht antworten. »Ich soll allein nach Birobidschan zurückfahren, vor Josephins Tür auftauchen und ihr erzählen, dass ihr Mann so dumm war, sich das Leben zu nehmen? Und was soll ich ihr bitte sagen, wenn sie fragt, was ich getan habe, um es zu verhindern?«

»Sascha, beruhig dich. Ich will mich nicht umbringen. Ich dachte nur …«

»Ja, was dachtest du? Wieso sagst du mir nicht, dass wir schon seit zwei Tagen mit einem Gewehr im Kofferraum unterwegs sind, ha? Was ist, wenn uns die Polizei zufällig anhält?«

»Ach, welche Polizei, Sascha? Hier wohnt keiner, und wo keiner wohnt, braucht auch keiner die Polizei.«

»Was wolltest du denn damit, Gregory?«

Sascha war ungeduldig. Er gab wieder Gas. Die Straße verwandelte sich langsam in einen Waldweg. Sie wurden mehr und mehr zu Eindringlingen in diesem Gebiet, und den Kiefern gelang es immer häufiger, ihre langen Zweige in die offenen Fenster zu strecken. Der Weg war nass, und die alten Reifen hatten Mühe, sich durch den Schlamm zu winden. Schließlich steckten sie fest. Das Auto hielt abrupt an.

»Scheiße. Scheiße. Scheiße!«, sagte Sascha, der nun einen neuen Kanal für seine Wut gefunden hatte, sodass diese nicht mehr in Kreisen durch die Luft wirbelte und tanzte. »Grischa, steig mal aus und lass ein bisschen Luft aus den Reifen.«

»Sascha, was bringt es jetzt, Luft aus den Reifen zu lassen?«, fragte Gregory vorsichtig, insgeheim froh über diesen bedauerlichen Zwischenfall.

»Es vergrößert die Fläche der Reifen und dadurch auch die Reibung.«

»Ich verstehe. Aber ist es in dieser Situation wirklich das Klügste? Danach werden wir zwar aus dem Schlamm raus sein, aber noch immer am Arsch der Welt samt den platten Reifen. Ich denke, wir sollten zunächst was anderes probieren. Richte mal das Antriebsrad auf genau zwölf Uhr und geh in den Leerlauf.«

»Und nun? Das geht nicht. Erst das, dann dies. Fällt dir nichts Besseres ein? Vielleicht können wir deinen Freund aus dem Kofferraum benutzen, um uns hier rauszuschaufeln oder Hilfe zu holen? Wir können ganz einfach in die Luft schießen und warten, ob es jemand als Hilferuf interpretiert«, sagte Sascha und schaltete aus dem Leerlauf wieder in den ersten Gang.

»Sascha, was machst du da? Du weißt doch, dass das Schlimmste in so einer Situation ist, weiterfahren zu wollen. Wir werden noch tiefer einsinken. Bitte hör auf!«

»Was schlägst du denn vor? Im Leerlauf bleiben? Einfach warten? Worauf denn, kein Hund kommt hierher vorbei.«

»Sascha, wir haben es nicht eilig, oder? Mit dem Auto stecken wir fest, ja, aber wir sollten selbst nicht in Missverständnissen stecken bleiben. Lass uns das ausräumen, okay? Hör zu, ich habe das Gewehr gefunden. Es ist nicht meines, ich habe es in Birobidschan gefunden. Ich war im See schwimmen, und da war es, ziemlich nah am Ufer, sodass ich es unter meinen Füßen spüren konnte. Ich will dich nicht belügen: Ich hatte tatsächlich Selbstmordgedanken, als ich es fand. Komm schon, wer außer einem Depressiven stößt beim Schwimmengehen, bei dem er seine Depression vergessen will, auf eine Waffe? Das ist schon einzigartig!«

»Dann hast du es also aus dem See gezogen und dann? Wieso ist es in meinem Kofferraum gelandet?«

»Offenbar gibt es keine Möglichkeit, etwas in Birobidschan loszuwerden. Also dachte ich, wo auch immer wir beide hinfahren, es wäre ideal, um das Gewehr dort zu lassen. Ich wusste nicht, dass wir nach Tunguska fahren, aber ja, ehrlich gesagt: Das ist doch perfekt. Wir können es dort vergraben und müssen es nie mehr sehen. Das ist der einzige Grund, warum ich es mitgenommen habe, ich verspreche es dir.«

»Wie soll ich dir nach zwei Tagen mit diesem Ding im Kofferraum noch glauben, Grischa?«, sagte Sascha und stieg aus dem Wagen. Er setzte sich auf die Motorhaube, die noch warm war und gegen die Kälte des Windes half, der zwischen den Kiefern hindurchfloss.

»Was soll ich denn noch tun? Du musst mir glauben!« Gregory wurde nun lauter, er fand Saschas Verhalten selbstgerecht und hatte es satt.

»Beweis es mir. Lass es hier im Wald.«

Gregory stieg ebenfalls aus. Der Himmel hatte sich mit einem dicken grauen Plumeau bedeckt. Die Wolken hatten sich versammelt und brüllten, als wären sie ganz weit entfernt, es klang eher wie Magenknurren. Sascha und Gregory waren im Bauch der Sache.

»Du denkst tatsächlich, dass dein Pazifismus über alles erhaben ist, oder?«, sagte Gregory.

Der Himmel knurrte. Auf Hebräisch steht der Himmel im Plural: die Himmel. Die Himmel knurrten. Das ergibt in diesem Zusammenhang mehr Sinn. Mehrere Himmel stießen zusammen, prallten aufeinander, brüllten wie ein heißer bullernder Topf. Und sogleich fingen sie an, Regentränen runterzuspucken. Die Kiefern wurden zum Leben erweckt und tanzten miteinander.

»Hast du ein Problem damit, das Ding hier irgendwo zu vergraben?«, ärgerte sich Sascha.

»Nein, nein, ich mach es gleich. Mich nervt nur deine Chuzpe, mich zu schelten. Ich bin kein Kind, Sascha, und wenn ich dir was sage, kannst du es mir auch glauben. Mit einem Gewehr im Kofferraum zu reisen ist nicht so schlimm, wie du es jetzt darstellst. Sei nicht so zimperlich. Wir hätten auf dem Weg auch Bären treffen können oder böse Menschen. Man muss echt an das Gute im Menschen glauben, um Waffen derart zu verdammen. Denkst du, alle Menschen haben ein gutes Herz? Du bist echt ein Birobidschaner. So sicher leben wir in unserer Blase, dass wir gar nicht die Möglichkeit erwägen, jemand wolle uns wehtun. Es kotzt mich an!«

»Natürlich gibt es böse Menschen, ich bin auch kein Kind mehr. Aber die Existenz von Waffen in dieser Gesellschaft sichert den Fortbestand des Bösen.«

»Ach, Sascha, komm! Als ob es jenseits von Schusswaffen keine Gewalt gäbe. Menschen haben immer gegeneinander gekämpft und einander überfallen, verletzt oder getötet.«

»Jetzt klingst du wie die Scheißkapitalisten, die die Konkurrenz unter den Menschen zu einem Naturgesetz erklären. Du weißt doch, dass man Verhaltensweisen überwinden kann. Ist deine Josephin nicht Vegetarierin geworden? Sie isst nicht mal Fisch! In Birobidschan! Obwohl der Mensch ein Allesfresser ist. Es ist also überhaupt nicht relevant, was man ursprünglich getan hat, sondern in welcher Gesellschaft man jetzt, im Jahr 1990, leben will. Und ich will in einer Gesellschaft ohne Waffen leben.«

»Es ist sehr wohl relevant, wo man herkommt. Die Zukunft ist vielleicht das, was du zu gestalten versuchst, schön, aber du gestaltest sie aus der Vergangenheit heraus. Ich meine: Wenn deine Augen offen sind, schaust du nach vorne. Aber jedes Mal, wenn du deine Augen schließt, um zu schlafen, zu träumen, nachzudenken, all dies, dann drehen sich deine Augen nach innen, und du schaust in deine dunkle Vergangenheit. Erst wenn man tot ist, schaut man mit geschlossenen Augen nach vorne, und dieses Vorne ist schwarz wie bis dahin nur die Vergangenheit.«

»Der Poet mit dem Gewehr!«, rief Sascha, da die Stimmung sich merklich entspannte.

Mittlerweile waren beide durchnässt und hatten keine Lust weiterzustreiten.

Hinter ihnen kam ein kleines weißes Auto vorsichtig den Waldweg entlanggerutscht. Wer auch immer darin saß, konnte ihnen bestimmt helfen, aus dem Schlamm rauszukommen. Das Auto hielt, und zwei Männer waren durch die Frontscheibe zu sehen. Die beiden Freunde liefen zu ihnen. Da öffnete sich ein Fenster, und eine Hand wurde zum Händedruck gereicht.

»Ich bin Sascha, der da ist Gregory. Könnt ihr uns vielleicht helfen, unser Auto aus dem Schlamm zu ziehen? Es wird mit dem Regen immer schwieriger, aber wenn ihr ein Seil habt …«

»Sascha und Gregory«, sagte der Mann am Steuer, »schön, euch kennenzulernen. Ich bin Arouet, und der hier ist David. Ja, gerne helfen wir euch. Oder, David?«

David nickte.

→ 285

226 ← Ø 70 3,77 → 312

71.

Auch wenn Sulamith in diesem erzählten Birobidschan vor Julia aufgetaucht ist, ist diese doch schon viel länger deren Mutter.

Manchmal war Julia eigenartig. Dann redete sie tagelang nicht mit ihrer Tochter, lag nur in ihrem Zimmer und schlief. An anderen Tagen hingegen hatte sie eine so große Lust zu sprechen, dass Sulamith sie gruselig fand. An diesen Tagen erzählte Julia ihrer Tochter alles: vom Krieg, von ihrer Kindheit in Birobidschan nach dem Krieg, von ihren sexuellen Erfahrungen. Als Sulamith jung war, fühlte sie sich bisweilen unangenehm berührt von diesen Gesprächen mit ihrer Mutter, doch keineswegs durfte man ihren Redefluss eindämmen. Dann packte sie ihre Tochter grob und schickte sie raus. »In den Park!« – »Ins Kino!« – »Zur Synagoge!« – »Jemand muss diese Wand streichen! Die Farbe ist verblichen!« Und wenn Sulamith fragte: »Wir wollten doch aber ins Kino, oder?«, schrie ihre Mutter sie an: »Morgen Kino! Jetzt muss erst diese Wand gestrichen werden!«

Kunst war für Julia sehr wichtig. Sie veranstaltete große Ausstellungen bei sich zu Hause. Das Wohnzimmer wurde dann zu einer Galerie, und manchmal, wenn Sulamith aufwachte und in die Küche wollte, um Wasser zu trinken, standen da Birobidschaner und schauten sich die Bilder an.

Die Kunst war nicht genial, aber auch nicht schlecht; manche im Dorf konnten richtig gut malen. Nur die Sujets waren schwierig. Zeigten die Gemälde die bekannte Birobidschaner Landschaft, fanden die Birobidschaner sie langweilig, weil sie diese ja täglich mit eigenen Augen sahen, bildeten sie aber etwas außerhalb der Birobidschaner Landschaft ab, kam es den Birobidschanern zu fremd vor.

Das brach Julia das Herz, machte sie aber bloß entschlossener. Es führte dazu, dass sie potenzielle Käufer insgeheim bezahlte, damit diese mit dem Geld dann doch ein Bild kauften und dem Künstler ein Erfolgserlebnis verschafften.

Nach einer solchen Reihe von Ausstellungen, wenn Julia all ihr Geld für diese heimlichen Käufe ausgegeben hatte, musste sie sich in der Regel beim Amt gegen Armut im Rathaus melden. Dann wurde dafür gesorgt, dass sie Kartoffeln, Fisch, Reis und anderes von der Gemeinde erhielt und mit ihrer Tochter zum Abendessen bei den Nachbarn eingeladen wurde.

Das erschöpfte Julia so sehr, dass sie wieder in ihr Schlafzimmer ging und tagelang kaum zu sehen war. Nur nachts kam sie heraus und wanderte dann durch die Birobidschaner Nachtkälte oder saß im Wohnzimmer, dann klang es, als ob sie sich mit jemandem unterhalten würde.

Sulamith versuchte dann stets, sich diese andere Person vorzustellen: Mann oder Frau? Groß oder klein? Welche Form hatten seine oder ihre Lippen?

Später, als Sulamith längst nicht mehr in die Schule ging und selbst Söhne hatte, die die Schule fast abgeschlossen hatten, war Julia schon allein davon erschöpft, immer erschöpft zu sein. Ihre Welt waren nun die Träume, und in der Realität außerhalb des Schlafes interessierte sie sich nur noch für ihre Tochter und ihre Enkelsöhne. Auch die nächtlichen Spaziergänge machte sie noch.

Eines Abends sah sie einen Mann. Die Straße war leer, er stand auf einer Leiter und strich ein Haus. Es war das Haus von Josephin, das er strich, in einem saftigen Gelb. Julia lächelte ihn an. Sie wusste, dass er nur in ihrem Kopf existierte, trotzdem war es nett, ihn wiederzusehen.

72.

Sie wachten in den Armen des anderen auf. Ihr erster Gedanke: Freiheit; sein erster Gedanke: ein neues Gefängnis.

Rachel würde vielleicht nicht nach Birobidschan zurückkehren, aber Joel musste es. Er würde Alex nie erzählen, was auf dieser Reise geschehen war. Für den Rest seines Lebens würde er mit dieser Lüge und wahrscheinlich auch mit den Verdächtigungen und Vorwürfen seines Bruders klarkommen müssen.

Joel legte einen trüben Kuss auf ihre Lippen und stand auf.

»Ich bleibe noch kurz liegen, treffen wir uns beim Frühstück?«

Ihre Worte folgten ihm so langsam und klebrig wie die Schleimspur einer Schnecke. Er winkte mit einer Hand, sowohl zustimmend als auch im Versuch, seine Nacktheit zu überspielen. Er schaute lange in den Spiegel und sprach dabei mit dem Mädchen, das noch im Bett liegen musste. Wie üblich kam keine Reaktion. Dieses verdammte Schweigen, dachte er. Sie musste doch irgendwann was sagen.

Rachel schaute lange auf das leere Kissen neben ihr. Sie wusste, dass das, was sie in der Nacht getan hatten, schlimme

Konsequenzen für Joel hatte. Aber letztlich war er selbst verantwortlich für seine Handlungen, dachte sie. Sie drehte sich um und blickte nun zur Wand, an die ihr Rucksack gelehnt war. Sie versuchte ihn zunächst mit ihrer Hand zu erreichen, und als es ihr nicht gelang, streckte sie, bloß um das Bett nicht verlassen zu müssen, ein Bein unter der Wolldecke hervor und zog ihn mit dem Fuß heran, bis ihre Hand danach greifen und ein schwarzes Heft herausholen konnte.

Das Innere des Hefts war über und über mit Bleistift bekritzelt, von Zeichnungen über Ein-Satz-Gedanken bis hin zu Gedichten. Manche unreifer als andere, manche in winziger Schrift, die man nur mit einer Lupe hätte lesen können. Sie waren nur für Rachels Augen bestimmt, und die konnte sie sowieso auswendig. Rachel war sich nicht sicher, warum sie das Heft hervorgeholt hatte, doch jetzt nahm sie einen Bleistift und begann, ihren Traum ohne Interpunktionszeichen zu notieren:

Raus aus einem kleinen Haus das wie die Grundschule von Birobidschan aussieht gehe ich und es wartet ein Mann er trägt Brille und guckt mich an und sagt wo warst du ich will antworten aus meinem Mund kommt aber eine unverständliche Sprache eine fremde Sprache er schreit mich an geh ins Auto sagt er und da steht ein schwarzes Auto das ich nie in Birobidschan gesehen habe nur einmal in Moskau und ich steige ein und er nimmt seine Brille ab seine Augen sind schwarz. Ich denke er könnte tot sein wieso aber spricht er mit mir dann denke ich vielleicht bin ich hier die Tote deshalb kann ich nicht sprechen aber warte mal sind es die Toten oder die Lebenden die nicht sprechen können das Auto fährt schnell zu schnell die Scholem-Alejchem-Allee entlang meine Mutter steht an der Tür unseres Hauses gießt die Pflanzen ihre Augen schwarz weiter zum See …

»Rachel! Rachel!«, rief Joel. »Rachel, wo ist das Mädchen? Es ist weg! Steh auf, wir müssen es suchen!«

Sie warf das Heft zurück in den Rucksack und sprang aus dem Bett. »Auf dem Klo vielleicht?« Ihre Stimme war schrill.

»Ich bin kein Idiot! Da war ich ja!«

»Joel, was sollen wir tun? Wir müssen sie finden! Jeder hat gesehen, dass wir zu dritt hier angekommen sind, wir können jetzt nicht einfach zu zweit rausgehen, als ob nichts geschehen wäre!«

»Das ist doch völlig egal, Rachel, das Kind ist vielleicht in Gefahr!«

»Vielleicht wäre sie nicht abgehauen, wenn du nur ein Mal streng mit ihr gewesen wärst.«

»Das ist echt nicht der richtige Zeitpunkt für diese blöden Vorwürfe.«

Sie sahen im Wandschrank nach, sie schauten in den Flur und ins Treppenhaus, sie kehrten zurück, guckten unter das Bett und sogar in den Wäschekorb. Das Kind blieb verschwunden.

Mit jeder Sekunde, die sie mit Suchen verschwendeten, wurden die Räume kleiner. Mit jeder Verkleinerung des

Raums schrumpften auch Joels Lungen. Jede Suche ist auch eine Suche nach Luft, bei Joel war es am deutlichsten. Er kroch auf Händen und Füßen wie ein Hund. Sie hätten rufen können, wenn sie bloß ihren Namen wüssten.

»Ich klopfe mal bei den Nachbarn. Vielleicht hat die Stumme sich bei denen versteckt.«

»Nenn sie nicht so, Rachel.«

»Joel, jetzt nervst du richtig. Wie soll ich sie denn sonst nennen?«

»Keine Ahnung!«, schrie er.

Er hatte die Nase voll von Rachel. Er hatte eigentlich gar nicht mit ihr schlafen wollen, und jetzt fühlte er sich schuldig. Sicher war das Mädchen davon aufgeweckt worden und hatte deshalb angefangen, irgendwo herumzuwandern. Sie waren schuld, er war schuld, und keiner durfte es wissen, niemand durfte es wissen! Gab es überhaupt etwas Schlimmeres, als etwas Verbotenes zu machen und es keinem gestehen zu können?

Rachel klopfte am Nebenzimmer. Drei Mal, keine Reaktion. Und auch gegenüber dreimal Klopfen. Niemand.

»Ich rufe mal bei der Tsukunft an«, sagte Joel. »Wir erklären ihnen alles, dann werden sie herkommen und uns bei der Suche helfen. Ihnen wird schon was einfallen.«

»Ja? Und was willst du genau erklären? Dass du dachtest, das Mädchen würde Unfrieden nach Birobidschan bringen, die Gemeinde spalten und dass du sie deshalb entführt hast? Um die Gemeinde zusammenzuhalten? Dass von allen Leuten ausgerechnet du es warst, der es nicht ertragen konnte, wenn eine demokratische Abstimmung gegen ihn ausgehen könnte? Oder willst du ihnen sagen, dass wir ihr Verschwinden nicht bemerkt haben, weil wir zu beschäftigt damit waren, miteinander zu schlafen, obwohl ich die Freundin deines Bruders bin? Oder was? Was willst du sagen, ha?« Sie ahmte seine Stimme nach: »›Kommt mal schnell nach Tschita, schnell, ich habe das stumme Mädchen verloren!‹«

Ihre Tirade wurde durch das Aufheulen eines Motors unterbrochen. Beide liefen zum Fenster und sahen zwei Männer und das Mädchen in einem weißen Auto, das aus einer Parklücke bog. Die drei waren schon längst weg, als das Paar nach einem Treppenruntergerenne die Rezeption des Hotels erreichte, um aufgeregt nach den Besitzern des Wagens zu fragen.

Rachel war dagegen, sie zu verfolgen. Sie meinte, sie sollten einfach weiter nach Moskau fahren, aber Joel bestand darauf, dem Auto nachzusetzen, Richtung Tunguska, so die Auskunft der Rezeptionistin, um das Kind zurückzuholen.

73.

Arouet und David knüpften das Seil an Saschas Auto fest und fuhren energisch rückwärts, zogen schließlich das Auto aus dem Schlamm. Dann sammelten alle vier herumliegendes Holz, um die schlammige Stelle zu bedecken, damit sie nicht erneut stecken blieben. Das Ganze dauerte ungefähr eine Stunde, und die zwei Freunde drängten zur Eile. Sie wollten nicht erst in Tunguska ankommen, wenn es schon dunkel war, sie wollten nicht in der Kälte der Nacht ihr Zelt errichten. Sie dankten den Fremden, die schnell weiterfuhren und innerhalb kürzester Zeit nicht mehr zu sehen waren. Es war, als ob sie nie da gewesen wären, nur schwache Reifenspuren hatten sie hinterlassen.

»Komische Familie«, sagte Gregory.

»Familie? Das waren doch bloß zwei Männer auf dem Weg nach Tunguska, genauso wie wir.«

»Und wie erklärst du dir das Kind auf der Rückbank?«

»Wovon sprichst du, Grischa? Da war außer ihnen niemand. Halluzinierst du?«

Gregory saß auf dem Beifahrersitz. Es begann wieder zu regnen, und die Reifenspuren der Fremden wurden weggewaschen. Zufrieden sank er in seinen Sitz und erlag der Idee, dass er halluzinierte. Er schloss die Augen und sinnierte über Halluzinationen.

Entweder war die Welt objektiv oder subjektiv oder eine Mischung aus beidem, mal mehr von dem einem, mal von dem anderen. Er wollte alle drei Welten erleben. Mit geschlossenen und in sich geschlossenen Augen fixierte er den gefrorenen Himmel. Dann biss er wie ein Raubtier in den Himmel, fraß sich in die Wolken rein, ihr schaumiger Saft blieb in seinen Mundwinkeln kleben und tropfte auf das Kinn wie Blut auf einem Vampirgesicht. Er fraß sich durch die Wolken und ging in die objektive Welt.

Sie war ein unendlicher Raum voller Bürotische, Zahlen flimmerten in der Luft auf unsichtbaren Wänden, änderten sich ständig. Hinter den Tischen saßen besorgte Sachbearbeiter, sie füllten die Leerstellen der verschiedenen Formulare mit flackernden Zahlen aus. Sie fixierten diese, synchron wie in einem Tanz, und übergaben die Formulare, ebenfalls synchron, dem Sachbearbeiter zu ihrer Rechten. Eine Hand gab weiter, eine Hand nahm auf. Die Zahlen wechselten. Wieder und wieder. Gregory fragte sich, wo der Ausgang war. Der weiße Raum war bis zum Horizont mit Tischen gefüllt, und er stand zwischen ihnen, unsichtbar wie nie zuvor. Er sah die Zahlen an: 62,56 %, dann 29,14 %, 45,04 % und so weiter. Aus dem Inneren der großen schwarzen Ziffer Null sah er plötzlich ein Blitzen. Er hastete zwischen den Beamten, den Tischen und den gleichzeitigen Klicks von Kugelschreibern hindurch bis zu der in der Luft schwebenden Nummer und schaute aus der Nähe in sie hinein. Sein Kopf war auf der Höhe des unteren Bogens der Null, er konnte seinen Arm ausstrecken und durch sie hindurchfassen. Das war der Ausgang. Dahinter war es nicht schwarz, es wirkte nur schwarz. Er kletterte und tauchte in das Schwarze, in das Jenseits. Das war die zweite Welt. Nur ein Sachbearbeiter drehte kurz seinen Kopf, um sich von dem Besucher zu verabschieden. Eigentlich wollte er immer tun, was der Besucher gerade getan hatte. Traute sich aber nicht. Vielleicht morgen, dachte der Beamte.

Gregory fiel auf einen gelben Boden. Als er aufschaute, war er wieder von Tischen umgeben. An jedem Tisch saß ein Sachbearbeiter, und genau wie im ersten Raum füllten alle in choreografierten Bewegungen Formulare aus und leiteten sie weiter. Diesmal schwebten da Buchstaben statt Zahlen. Buchstaben, Worte, sogar Sätze. Der Raum war gelb. Sonst war alles genau wie im vorherigen Raum.

Gregory hatte immer gedacht, dass die Welt aus einem ständigen Tauziehen zwischen der ersten und der zweiten Welt bestünde, zwischen dem Objektiven und dem Subjektiven, aber wie konnte man zwischen diesen beiden identischen und identisch langweiligen Welten unterscheiden?

In den Schichten von Dasein verloren, kletterte Gregory am Bein des Buchstabens P hoch, um von dort in den dritten Raum zu springen, diesmal ohne Erwartungen.

Auf einmal hörte er eine Stimme und öffnete seine Augen. Die Stimme kam von Sascha, der neben ihm im Auto saß. Der Himmel war wieder blau und klar, und die Wolken waren voll, unangetastet, ungefressen.

Sascha sagte: »Ich hab's nicht vergessen, Grischa. Das Gewehr im Kofferraum. Sobald wir in Tunguska ankommen, will ich mit meinen eigenen Augen sehen, wie du es vergräbst.«

→298

74.

Ein Buch ist nicht wie Essen. Wenn man ein großartiges Buch verschlingt, wird man nicht satt, sondern wird im Gegenteil hungrig.

Das war auch bei Sarah so. Eines Tages ging sie von der Smidowitscher Mädchenschule nach Hause. Sie war in der zehnten Klasse, die letzte an dieser Schule. Die Hauptgasse von Smidowitsch hieß damals noch Schneur-Salman-Allee, nach dem orthodoxen Rabbiner und dem ersten Admor, also spirituellen Begründer der Chabad-Bewegung. Sie wurde ironisch »Allee« genannt, war aber bloß eine kleine Gasse mit zwölf Häusern; daneben gab es noch ungefähr zwölf weitere Häuser in Smidowitsch, alle Gassen zusammengenommen.

Es hatte geschneit, aber Sarahs Gang war trotzdem sicher. Manchmal hatte Sarah den Eindruck, im Winter laufe man etwas höher als in anderen Jahreszeiten. Vielleicht tat die Natur den Menschen einen Gefallen und half ihnen, ein bisschen näher an der Sonne zu sein, wenn es so kalt war. Die weißen Gassen waren wie unbeschriebene Tafeln, der Schnee hatte das, was zuvor darin passiert war, zwar nicht gelöscht, verbarg es jedoch bis zum Frühling. Wenn er schmolz, kam alles wieder empor, aber in einer anderen, weicheren Form.

Sarah schaute nach oben, um die drei Sterne am Himmel zu suchen. Es war halb fünf nachmittags, und zu dieser Jahreszeit ging in Smidowitsch bereits die Sonne unter. Waren die drei Sterne zu sehen, bedeutete das, es war schon morgen, also heute, aber das nächste Heute. Das Judentum richtete sich nach dem Mond, mit der Dunkelheit begann der nächste Tag und nicht mit einer erfundenen Uhrzeit wie Mitternacht oder so.

Es war Freitag, und die drei Sterne am Freitagshimmel würden heißen, dass schon Schabbat war und dass Sarah nun vieles nicht mehr durfte. Die Hälfte ihrer Sommersprossen hatte sie bereits im vergangenen Monat verloren, und mit jedem Pünktchen auch ein Grämmchen Fröhlichkeit.

Nun wollte sie nur noch rechtzeitig nach Hause kommen und das Licht am Eingang des Hauses entzünden, bevor sie es nicht mehr durfte. Sie hatte vor, sich später heimlich mit ihren Freundinnen treffen. Sie würden die Ziegen und die Kühe besuchen und auf den kleinen Hügel steigen, von wo aus man, wenn der Himmel klar war oder es einen Feiertag voller Lichter gab, die Nachbarstadt Birobidschan sehen konnte. Es würde schwierig werden, das Haus zu verlassen, ohne die Aufmerksamkeit des Vaters auf sich zu ziehen, wenn sie nicht »zufällig vergessen« hatte, das Außenlicht anzulassen.

Plötzlich rutschte sie wie auf Eis aus und fiel. Unter ihr lag, halb im Schnee vergraben, ein Buch mit festem Einband, ein Buch, das gar nicht aussah wie die Bücher, die sie kannte.

Ehrfürchtig hob sie es auf. Auf dem Einband war ein Foto. Der Mann darauf sah wie ein Kind aus oder ein Jugendlicher, und trotzdem hatte er eine Pfeife im Mund wie ein Erwachsener. Den Rabbiner, der dieses Buch geschrieben hatte, kannte sie nicht. Sergei Jessenin lautete der Name des ungewöhnlichen Jungen, und bei dem Buch handelte es sich um eine Sammlung seiner Gedichte.

An diesem Abend ging Sarah nicht mit ihren Freundinnen spazieren, und als diese nach dem Grund fragten, log sie und behauptete, dass ihr Vater krank sei und sie zu Hause brauche.

Am folgenden Mittwoch, die Gassen noch immer weiß, fand sie das zweite Buch. Jemand musste diese Bücher verloren haben. Dass sie aber unter dem Schnee lagen, das war seltsam.

Sie hatte das Gefühl, dass es mit den Büchern vielleicht wie mit dem Ärger war, wie mit dem Ziegenkot und all den anderen Dingen, die unter dem Schnee begraben lagen und dann im Frühling in dünnen Rinnsalen auf den Straßen flossen: Wenn sie diese Bücher nicht rettete, gäbe es im Frühling nichts außer dünnen Bächen aus Buchstaben und Worten, die unverständlich durch die Gassen von Smidowitsch rinnen würden.

So rettete sie an diesem Mittwoch ein Buch des Rabbiners Michail Bulgakow und nochmals am Samstagabend, kurz nach der Hawdole, eines von einem Rabbiner mit ganz fremd klingendem Namen: Flaubert. Dieses Buch erzählte von einer Frau, die einen Mann liebt, der nicht ihr Mann ist. Sarah war begeistert. Sie hatte sogar den Eindruck, dass sie trotz des dunklen Winters einige Sommersprossen zurückerhalten hatte.

So ging es fünf Jahre lang. Ab ihrem achtzehnten Geburtstag versuchte ihr Vater, einen Mann für Sarah zu finden. Nachdem sie die wenigen Männer in Smidowitsch alle für langweilig befunden hatte, wurden gute Bocher aus ganz Russland gerufen. Orthodoxe jüdische Männer kamen aus allen Richtungen, einer sogar von der chinesischen Seite der Grenze. Sarah interessierte sich jedoch nur für die Bücher, die sie während des Winters dreimal die Woche fand. Eines davon las sie sofort, und zwei versteckte sie, damit sie auch im Sommer Lesestoff hatte.

Dann, auf einmal, sie war zwanzig, fand sie keine Bücher mehr. Sie suchte überall im Dorf, stieg sogar auf den Hügel, in der bösartigen Kälte durchwühlte sie jeden Klumpen Schnee in Smidowitsch. Sie hatte nichts mehr zu lesen.

Schlaflos aufgrund des Entzugs, entschied sie sich, einen Buchladen oder eine Bibliothek in Birobidschan aufzusuchen – dort musste es so etwas geben. Sie wusste mittlerweile, dass diese Bücher nicht von Rabbinern geschrieben worden waren, sie wusste, es war »ihre« Literatur. Sie ging zu Fuß bis zur Autobahn und ließ sich dort sorglos von einem vorbeikommenden Auto in die Stadt der anderen mitnehmen.

Birobidschan kam ihr sonderbar vor. Männer und Frauen umarmten einander, Frauen trugen ihre Haare offen, hatten es wortwörtlich »freigelassen«. Es gab viele Autos, es gab ein Kino neben dem Rathaus, vor dem sie nun orientierungslos stand und nach einem Buchladen suchte oder einer Bibliothek.

»Kann ich dir helfen?«, hörte sie eine Stimme neben sich. Als sie sich umdrehte, stand ein junger Mann vor ihr, groß, mit schwarzen Haaren, braunen Augen und einem traurigen Blick.

»Ich suche eine Bibliothek oder einen Buchladen, weißt du, wo es hier so etwas gibt?«, fragte sie.

Ihr Jiddisch klang für den jungen Mann ungewohnt. Sie war nicht von hier, dachte er, doch sie sprach Jiddisch. Kam sie etwa aus Smidowitsch? Sie strahlte eine Fröhlichkeit aus, die ihm schon seit Jahren fehlte, eine innere Energie, die man sofort bemerkte.

»Komm, ich zeige dir, wo die Bibliothek ist. Ich bin übrigens Alex«, sagte er und streckte ihr die Hand hin.

Das war ihr bisher nur einmal passiert, ebenfalls bei einem Birobidschaner.

»Es tut mir leid …«, sagte sie und schaute auf seine ausgestreckte Hand.

»Oh, nein, mir tut es leid! Ich hätte daran denken sollen, ich meine … es scheint, als ob du von dort kommst … Nicht, dass ich das hässlich finde, im Gegenteil, du bist sehr schön, aber, also … Mir sollte klar sein, dass du Negiah hältst … Vielleicht sollte ich auch nicht sagen, dass du schön bist, oder? Ist es auch gegen …«

»Ich bin Sarah«, schnitt sie seinen Redefluss ab, zu seinem Glück. »Und nein, es ist nicht gegen unsere Vorschriften, einer Frau zu sagen, sie sei schön. Danke dir. Nun zeig mir bitte, wo die Bibliothek ist.«

Es wäre übertrieben zu sagen, dass die Beziehung zwischen Alex und Sarah an diesem Tag begann. Sie kam aus einer ganz anderen Welt und öffnete sich ihm gegenüber nicht so schnell. Sie kam aber wieder, um weitere Bücher auszuleihen, und er war immer da, wartete auf sie. Auch auf seiner Seite sollte noch etwas Zeit vergehen, bis er sich seiner Gefühle sicher war. Im Vergleich zu ihr war er aber sehr schnell damit, Dinge über sich preiszugeben. Er erzählte, dass er keinen Vater hatte (»Und ich habe keine Mutter!«, sagte sie), dass er einen Bruder hatte, der aber drei Jahre zuvor, als Alex erst siebzehn war, gestorben war (»Wie schrecklich! Wie ist das geschehen?«, worauf er zu jenem Zeitpunkt nur »Na ja, es ist eine lange Geschichte« antwortete, ihr später aber, sie waren bereits zusammen, die ganze lange Geschichte erzählte, sogar mit Rachel), er erzählte von Dmitri, von den Kartoffelfeldern, von einer Reise nach Moskau mit der Tsukunft, obwohl er nie wirklich in der Bewegung aktiv gewesen war (Sie lachte.).

Nach fünf Treffen vor dem Rathaus von Birobidschan schlug Alex ein richtiges Date vor.

»Ein richtiges Date ist ein Date mit meinem Vater, Alex, das weißt du«, antwortete sie.

Er überlegte es sich kurz und sagte dann: »Wollt ihr am Freitag zu uns zum Abendessen kommen?«, und sofort darauf: »Nein, Quatsch, nicht Freitag. Samstagabend? Nach der Hawdole?«

»Du kennst die Hawdole?«, fragte sie überrascht, und der Termin stand fest.

75.

Sie konnte ihn nicht mehr ertragen. Seine Stimme nervte sie, seine Witze auch.

»Sollen wir vielleicht gleich das Jugendamt von Tunguska anrufen?«, sagte Joel selbstgefällig.

Rachel schnaubte, als fände sie es witzig. Tat sie nicht. Sie bereute. Sie dachte, dass sie manchmal echt unnötig dramatisch war. Vor einigen Stunden war der Mann neben ihr noch ihr Befreier gewesen, nun war er ihr Gefängniswärter. Ihr emotionaler Rückstoß von ihm zu Alex ärgerte sie und rollte durch ihren Hals, Brust, Bauch, Leiste, entlang ihrer Beine bis zu ihren Zehen wie ein Schneeball, der sich vor Scham und Selbsthass immer mehr vergrößerte und Rachel von innen ein- und ausfror. Die Nadeln der Kiefern, an denen sie vorbeifuhren, sahen wie Messer aus.

Er legte eine Hand auf ihr Knie, und sie rückte von ihm weg ins Angenehmere.

»Jetzt im Ernst«, sagte er, »wir finden sie. Es gibt nicht so viele Menschen in diesem Teil Sibiriens. Im schlimmsten Fall fragen wir in den Dörfern nach, da wissen sie garantiert über alles Bescheid, was in diesen Wäldern passiert.«

»Nicht viele Menschen gibt es hier, aber doch viele Orte, an denen man sich oder eine andere Person verstecken kann. Und nach Tunguska zu fahren finde ich gruselig. Du weißt doch, dass dort mein Vater verschwunden ist.«

Bis jetzt hatte Joel gar nicht daran gedacht. Dieses Detail von Rachel war für ihn in Birobidschan geblieben. Als sie noch Kinder waren und vom Verschwinden von Rachels Vater erfahren hatten, hörten sie es ja in Birobidschan. Auch wenn Gregory in Tunguska verschwunden war, hatte es für Joel doch in Birobidschan stattgefunden. Er errötete und öffnete ein Fenster, um das Auto von diesem Unangenehmen, von seinem Vergessen der Tunguska-Geschichte, zu lüften.

»Sollen wir eine Pause machen?«, fragte er vorsichtig. »Ich habe ein paar Brötchen, Butter, Käse und Äpfel aus dem Hotel in Tschita mitgenommen. Wir sind beide hungrig, oder? Ich habe auf jeden Fall Hunger, und du … bist schon etwas launisch.« Was für ein Fehler!

»Ich bin doch kein Kind, Joel!«, fing der Schneeball an, aus ihrer Haut auszudünsten, als wäre er ein schlechter Körpergeruch. »Hör auf, mich zu bevormunden. Gleich wirst du noch fragen, ob ich meine Tage habe, oder? Es gibt noch andere Gründe, warum man nervös sein kann. Ein Kind zu verlieren ist einer dieser Gründe.«

»Ich verstehe, es tut mir leid, ich wollte das nicht so formulieren.«

»Nicht mal so denken solltest du.«

»Entschuldigung, dass ich es dachte, okay? Keine Essenspause also?«

»Doch! Ich will nur, dass du kapierst: Meine Laune hat nichts mit meinem Hunger zu tun.«

Jede schöne Erfahrung zwischen zwei Menschen wird sofort hässlich, wenn sie nur eine Sekunde länger dauert, als sie dauern soll.

76.

Der Wald sah wie ein Wald aus. Gregory und Sascha könnten an jedem Punkt des Weges anhalten und entscheiden, dass dies der Ort des Tunguska-Ereignisses war.

Als Leonid Kulik 1927 dort ankam, zwanzig Jahre nachdem eine riesige Explosion ganz Sibirien erschüttert hatte, blickte er auf mehr als achtzig Millionen Bäume, die auf dem Boden lagen, als wären sie beim Versuch zu fliehen erwischt und niedergeschlagen worden. Es war schwierig, von den Einheimischen Antworten zu bekommen. Als er sie fragte, was genau sie gehört und gesehen hatten, versicherten sie ihm, die Explosion sei eine Strafe Ogdys, ihres Feuergottes, gewesen, und sie wollten absolut vermeiden, ihn weiter zu verärgern, indem sie sich dem Naturwissenschaftler aus Sankt Petersburg erklärten.

Nun aber standen die zwei Birobidschaner auf dieser Lichtung, um sie herum ein Wald, der kaum an das Loch ins Jenseits, den Ogdy in dessen Mitte offenbart hatte, erinnerte. Sie stellten das Zelt auf und holten das ganze Campinggeschirr aus dem Wagen. Dann sammelten sie Holz für das Feuer, auf dem sie hinterher das Essen zubereiten würden.

Ihr Streit war längst vorbei, als wäre er von diesem Schwarzloch namens Tunguska aufgesaugt worden.

Sascha war schlampiger beim Sammeln, und Gregory machte ihn immer wieder auf Probleme mit den Ästen und anderen Holzstücken aufmerksam, die er brachte. »Das hier ist zu nass, es wird zu viel Rauch erzeugen«, sagte er mit grimmigem Gesicht, oder: »Der ist zu dick, es wird ewig dauern, bis er Feuer fängt«, oder: »Sascha, das ist gar kein Holz.«

Zwei Ewenken, die zufällig vorbeikamen, halfen ihnen beim Feuermachen und fragten, ob sie Interesse hätten, sich mit dem Schamanen zu treffen.

»Danke«, erwiderte Sascha auf Russisch, weil er nicht wusste, wie man es auf Ewenkisch sagte, »aber wir sind schon mitten auf unserer ›Jenseitsreise‹.« Er grinste.

Gregory war sensibler als sein Freund. Er legte eine Hand auf die Schulter eines der Ewenken und sagte: »Entschuldigen Sie bitte, mein Freund kann manchmal ungehobelt sein. Wir werden hier nur eine Nacht bleiben, morgen fahren wir schon zurück, wir brauchen also keinen Schamanen. Aber vielen Dank.«

Die Ewenken sprachen kein weiteres Wort, sondern drehten sich um und gingen.

Sascha holte das Essen hervor, das er für diesen speziellen Abend eingepackt hatte. Es würde ein karges Mahl werden. Gregory tat so, als wäre er zufrieden, in Wahrheit war er es aber ganz und gar nicht, und Sascha sah es in seinen Augen.

Er fühlte sich besiegt und sagte: »Ich weiß, was du denkst. Klar, wir könnten versuchen, ein Rentier zu jagen, wo wir schon eine Waffe dabeihaben. Aber danach will ich sie nicht mehr sehen. Und am Jagen beteilige ich mich nicht.«

»Wenn du dich nicht an der Jagd beteiligst, beteiligst du dich auch nicht am Essen«, sagte Gregory. »Und wenn du es Josephin petzt, bringe ich dich um, kein Witz.«

Jagen ist so gut wie verboten im Judentum. Es ist zwar theoretisch erlaubt, aber die religiösen Beschränkungen machen es fast unmöglich, nach den Regeln zu jagen. Hier aber herrschten, wie gesagt, andere Götter.

Langsam und in absoluter Stille schritten sie also gebückt durch das Unterholz. Sie wussten, dass es hier Rentiere gab, und es war höchstwahrscheinlich, dass mehrere Paare großer schwarzer Augen aus der Tiefe des Waldes dieses jüdische Paar beobachteten.

Vor ihnen öffnete sich eine Lichtung, und mittendrin stand ein Baum.

Der Baum kam Sascha irgendwie bekannt vor, aber als er im Begriff war, Gregory zu fragen, ob er der Buche in Birobidschan nicht unheimlich ähnl…, schnitt Gregory ihm das Wort ab und flüsterte: »Sssch! Ich glaube, dass sich hinter dem Baum etwas bewegt.«

Sascha hatte schon mehrfach Bewegungen im Wald bemerkt, aber nichts gesagt. Er wollte nur, dass es so schnell wie möglich vorbeiginge, und dachte, es wäre einfacher, wenn Gregory nichts aufspürte.

Dann krachten die Himmel über der Lichtung. Stießen wieder ineinander. Diesmal war es sogar aufsehenerregender als zuvor, als sie noch im Schlamm gesteckt hatten. Es fing an zu blitzen, obwohl die Sonne noch zu sehen war.

Für Sascha war das zu viel. »Wir gehen jetzt zurück. Ich verspreche dir, dass ich dich, sobald wir wieder in Birobidschan sind, auf ein richtig saftiges Steak einlade. Hier wird es mir zu gefährlich. Wir gehen zurück.«

Eine Hand wurde auf Saschas Schulter gelegt, genau wie Gregory zuvor seine Hand auf die Schulter des Ewenken gelegt hatte. Sascha drehte sich abrupt um. Hinter sich sah er den Ewenken. Dieser lachte.

»Was machst du hier?«, rief Sascha entsetzt.

Gregory schaute seinen Freund an. »Mit wem sprichst du denn?«

Der Ewenke verschwand zwischen Saschas Herzschlägen in den Wald, bei jedem Schlag hüpfte er von einem Busch zum nächsten. Die Blitze wurden häufiger und greller und machten Gregorys Beharren aufs Schweigen überflüssig. Es regnete Blitze und blitzte Regen.

»Siehst du nicht diese Gestalt dort?«, flüsterte Gregory.

Hinter der großen Buche erschien eine Gestalt, sogar Sascha sah sie nun. Aber es war keine tierische Gestalt, es war eine menschliche.

»Was ist mit diesem Ewenken, hast du ihn wirklich nicht gesehen?«, fragte Sascha noch immer erschüttert.

»Nein, und ich glaube, wir sollten uns eher auf das konzentrieren, was wir beide sehen. Du siehst das hinter dem Baum da, oder?«

»Ja, es ist aber kein Rentier, es sieht aus wie ein Mensch!«, antwortete Sascha.

Als sie schon dachten, es sei ein Einheimischer, der dort seine Abendstunden verbrachte, als sie sich fast schon umdrehen wollten, um für ein vegetarisches Abendessen zu ihrem Zelt zurückzukehren, riss ein Blitz den Himmel entzwei und schlug genau zwischen den beiden ein, entzündete einen Zweig. Der Blitzschlag war so gewaltig gewesen, dass sie für einen Augenblick den Menschen vor sich zu erkennen glaubten.

Gregory trat auf den Zweig und erstickte das Feuer, hob seinen Blick zu Sascha und sagte ruhig: »Hast du auch gesehen, was ich gesehen habe?«

»Meinst du, dass der Typ Boris gespenstisch ähnlich sieht?«

»Du, es *ist* Boris. Ich bin mir sicher.«

»Gregory, wo soll ich beginnen? Erstens sind wir drei Tage von Birobidschan entfernt, und Boris hat kein Auto. Zweitens, wozu sollte er hierherkommen? Im Wald gibt es keine Fische. Und drittens ist dieser Mensch dort zweifellos viel älter als Boris.«

»Sascha, hör zu. Ich weiß nicht, wie oder warum, aber das da ist Boris. Ja, er mag ein paar Jahrzehnte älter sein. Du hast aber auch gesagt, dass dieser Ort die Zeit manipulieren kann …«

»Ich habe es als Metapher gemeint. Weißt du, wie schlimm es wäre, wenn wir anfangen, Metaphern als Realität misszuverstehen?«

Genau zu diesem Zeitpunkt, als hätte es jemand orchestriert, leuchtete der Himmel noch einmal für einen Momentenbruchteil. Sascha war sprachlos. Es war eindeutig Boris, wenn auch ein älterer Boris. Und hinter dem alten Boris tauchte auf einmal noch eine Gestalt auf. Kleiner als Boris, vielleicht halb so groß wie er. Der alte Boris legte sich auf den Boden, und das kleine Wesen, das nun wie ein Mädchen aussah, legte sich im rechten Winkel zu ihm, den Kopf legte sie auf seine Brust, ihr kleines Ohr auf sein Herz.

Sascha wollte Gregory sagen, wie eigenartig das war. Er wollte ihn fragen, ob sie hinschleichen sollten und kontrollieren, ob da alles in Ordnung war. Aber bevor er irgendeine Silbe aus seinem Mund brachte, zersprang ein Donner in seinem Ohr. Dieser künstliche Donner kam von Gregory, er hatte abgedrückt.

Boris wurde getroffen. Er schrie kurz auf, bevor ein ewiges Schweigen ihn eroberte.

Sascha erstarrte. Er hatte nicht einmal mehr die Kraft, Gregory zu fragen, warum er das getan hatte. Aber Gregory wusste auch so, dass hier eine schwere Frage in der Luft schwebte, und konnte sie nicht einfach so stehen lassen.

»Es tut mir leid, ich dachte … Ich … Ich habe doch auf den Bären gezielt!«

»Was für einen Bären? Wovon sprichst du? Du hast gerade einen Menschen getötet, verstehst du? Wahrscheinlich einen Menschen, den wir kennen!«

»Der Bär! Der riesige Bär, der sich über ihn gebeugt hat, der ihn fast getötet hätte!«

»Ja, Gregory. Es sieht wirklich so aus, als ob du Boris das Leben gerettet hast.«

»Es war ein Versehen, sag ich dir! Ich habe doch auf den Bären gezielt. Ich … ich weiß nicht, wie das passiert …«

»Das war doch kein Bär, es ist ein kleines Mädchen! Du hättest es fast ebenfalls ermordet, verdammt noch mal!«

Der Regen hörte abrupt auf, und die Sonne sah aus wie eine Orange in einer großen blauen Schüssel. Sie wussten nicht, wie jeder von ihnen etwas anderes hatte sehen können. Sie sinnierten noch eine Weile über verschiedenen Theorien, doch jede von ihnen war mangelhaft. Nur eines wussten sie: Sie mussten sofort ins Auto und weg von hier. Sie waren von zwei einheimischen Ewenken gesehen worden, es war nur eine Frage der Zeit, bis man sie festnehmen würde.

77.

Rachel sah ihren Vater nie wieder, aber er sah sie. Ab und zu war er da, im Hintergrund, zwischen Bäumen und Büschen, als würde er in diesem Zeitpunkt in Tunguska, im Wald, im ewigen Hintergrund feststecken. Sogar die Beerdigung von Jakov beobachtete er aus der Ferne. So gern hätte er hingehen und Josephin noch einmal umarmen wollen. Aber die Distanz … man gewöhnte sich nicht nur an sie, man wurde davon abhängig.

78.

»Die Natur erneuert sich immerzu. Auch nach uns wird sie sich erneuern«, sagte Joel auf Rachels Anmerkung hin, dass es für diese Jahreszeit viel zu warm sei. Bald würde es keine vier Jahreszeiten mehr geben. »Menschen trauern der Natur nur nach, weil die ihnen bekannte Natur vergeht, nicht die Natur an sich.«

Rachel war verstimmt. Mittlerweile hätte Joel alles sagen können, was er wollte, ihr sogar zustimmen, alles hätte sie verärgert. Dieses hässliche Gefühl war ihr fremd und verwirrte sie. Es war einerseits übertrieben, andererseits konnte sie nichts dagegen tun. Die Worte strömten fast ungewollt aus ihrem Mund. Egal, wie schnell sie versuchte, sie wieder einzufangen und zurück in ihren Bauch zu saugen, die gemeinen Worte waren schon draußen, trieften auf das Armaturenbrett, auf das sie in anderen Zeiten ihre Füße gelegt hatte.

»Mir ist doch scheißegal, was die Natur nach uns macht. Es ist wie bei den Leuten, denen es wichtig ist, was nach dem Tod mit ihnen passiert. Die eine will eine Feuerbestattung, der andere will sein Vermögen so oder so verteilen,

Menschen sind manchmal wirklich schräg. Was mit der Natur passiert, nachdem wir die Welt verlassen haben, ist doch echt unwichtig.«

»Ist dir also auch egal, was mit der ganzen Menschheit passiert, nachdem du die Welt verlassen hast?«, fragte Joel überrascht von dem, was er für Egoismus hielt.

»Richtig!«, sagte sie entschlossen.

Das Wort spannte sich von ihr zu ihm und dehnte sich noch weiter aus, drängte sie beide auseinander, so empfand zumindest Joel es.

»Man merkt schon, dass du ein Einzelkind bist.« Am Morgen hätte er so was nicht gesagt. Jetzt schien es aber, als wäre ihr Zusammensein im Hotel geblieben und als entfernten sie sich mit jedem Kilometer auch emotional davon. »Glaubst du, es war auch Gregory scheißegal, was nach seinem Tod passiert?«, versuchte er, Rachel zu provozieren.

Sie blieb aber ruhig und sagte: »Gregory ist nicht tot.«

»Hä? Wieso denkst du das?«, fragte Joel.

»Hä, du selber! Wieso denkst du, dass er tot ist? Es gibt noch andere Gründe für einen Menschen, seine Familie zu verlassen. Nach siebzehn Jahren mit meiner Mutter weiß ich, wie das ist«, provozierte sie ihn ihrerseits. »Ja, ich weiß, was du jetzt antworten willst, Joel. Habe aber keinen Bock auf eine Die-Familie-ist-so-wertvoll-Diskussion. Schaffst du es, die Klappe zu halten?«

Joel sagte nichts. Er lächelte nur. Als Rachel sein Lächeln sah, verstand sie auf einmal alles, was er sagte. Sie verstand plötzlich, wie sie klang. Genau wie jene rebellische Halbstarke, die sie war. Sie hörte sich nun von außen, als wäre sie

Joel und als kämen ihre Sätze nicht aus ihrem eigenen Mund, sondern würden neben ihr gesprochen. Sie lachte schallend auf. Joel auch.

Die Distanz zwischen ihnen, die sich den ganzen Tag ausgedehnt hatte, löste sich mit einem Schlag auf.

»Stopp! Halt an!«, schrie sie plötzlich. »Mein Gott, ist das nicht das Mädchen?«

Mit seinen schwarzen Haaren und der sehr weißen Haut stand das Kind am Straßenrand vor ihnen und bewegte sich nicht.

Joel bremste scharf, und sie sprangen aus dem Auto.

»Was ist mit dir? Bist du okay?«, schrie Rachel das Mädchen an. »Haben sie dir was getan? Sprich mit uns. Wir müssen es wissen! Was hast du dir dabei gedacht, einfach so mit Fremden abzuhauen?«

»So erreichst du nichts«, sagte Joel und wandte sich dann an das Kind. »Komm, wir fahren erst mal weiter. Wenn du bereit bist, uns zu erzählen, was passiert ist, sind wir da, um zuzuhören. In Ordnung?«

Die Kleine blieb stumm wie zuvor, stapfte langsam zum Wagen und legte sich auf die Rückbank.

Rachel rollte die Augen, schüttelte den Kopf und schloss die Autotür hinter sich. Joel wendete den Wagen, und sie fuhren wieder Richtung Moskau. Das dumpfe Gefühl einer lauernden Gefahr schrieb Rachel noch der letzten Nacht zu. Sie lehnte den Kopf ans Fenster und schlief mit leeren Träumen.

79.

Ich fand das Auto an der E22 in Richtung Moskau. Im Radio spielte gerade irgendeine ukrainische Rockband, und ich drehte die Lautstärke hoch, weil ich bei geöffnetem Fenster fahren und trotzdem die Musik hören wollte. Ich zündete mir eine Zigarette an und hielt sie aus dem Fenster, damit der Wagen nicht nach Rauch stinken würde. Rechts der Straße gab es vor allem Wald mit einigen Dörfern hier und da, links lagen hauptsächlich Dörfer und Kleinstädte, mit etwas Wald und Feldern dazwischen.

Im Wagen roch es auf einmal doch nach Rauch. Erst kurbelte ich das Fenster hoch, aber dann sah ich es. Im Graben zu meiner Rechten, weit vor mir, stieg eine schwarze Wolke in den Himmel. Ein Fahrzeug lag dort kopfüber. Ich hielt an und näherte mich dem Fahrzeug. Trotz des Rauches waren die zwei Körper auf den Vordersitzen deutlich zu erkennen. Ein Junge und ein Mädchen waren mit den Köpfen voran gegen die Frontscheibe geworfen worden. Die Haltung ihrer Körper machte klar, dass sie tot waren. Von dem rauchenden Auto führten die Spuren eines Bären in den Wald.

Während ich auf die Polizei und die Feuerwehr wartete, die ich gerufen hatte, setzte ich mich neben die schwarze Wolke, zündete mir eine zweite Zigarette an und betrachtete nachdenklich die Bärenspur. Ein Bär, dachte ich, hier?

Und dann entdeckte ich das schwarze Heft. Es musste bei dem Unfall aus dem Wagen geschleudert worden sein.

Als ich es aufmachte, war es so voller Wörter, dass ich es sofort wieder schloss, aus Sorge, die Wörter würden gleich aus dem Heft herausschwappen. Erst drei Tage später, zu Hause, öffnete ich es vorsichtig erneut. Die Geschichten, die darin standen, erzählten von Birobidschan. Meinem Birobidschan – und einem ganz anderen.

80.

Josephin hatte zu viele Stücke von sich verschenkt und verloren. Sie war mittlerweile wirklich außer sich. Als am dritten Tag von Jakovs Schiwa die Polizei aus einem ganz anderen Teil Russlands, nämlich aus Jekaterinburg, an ihrer Tür erschien und schlechte Nachrichten überbrachte, verlor die Witwe auch noch ihre Stimme. Sie sprach nie wieder. Wer waren noch mal diejenigen, die sprachen, die Toten oder die Lebenden?

Als Figur in diesem Text konnte sie ihren Ursprung genauso wenig noch einmal verändern wie Herr Kaminski – anders als die Menschen. Smidowitsch war doch ein guter Beweis dafür. Die Menschen dort waren Birobidschaner, die ihren Ursprung geografisch und säkular verändert hatten. Sie hatten nicht nur einen neuen Ort gefunden, aus dem sie nun kamen, sondern auch zurück zu ihrem göttlichen Ursprung.

Am ersten Tag nach der Trauerwoche nahm Josephin ihre Farben und begann zu malen, die ganze Zeit malte sie.

Eines Nachmittags klopfte Sulamith bei Josephin und bekam keine Antwort. Als sie die Tür öffnete, enthüllte sich ihr ein unheimlicher Anblick: Das Erdgeschoss war überfüllt mit

Gemälden, die sich alle glichen. Auf jedem saß eine Frau vor einem schwarzen Hintergrund und blickte direkt zum Betrachter. Sie trug überall dasselbe rote Kleid. Sie saß und sah den Betrachter an, und der einzige Unterschied zwischen den Bildern war das Alter der Frau. Josephin hatte ihre Tochter Rachel gemalt, von dem Alter an, in dem Sulamith sie sofort erkannte, bis zur Betagtheit. Ihr Blick, ihre Augen wurden immer klüger und gleichzeitig erschöpfter.

Mitten im Zimmer voller Rachels hing ein Porträt von Josephin selbst. Sulamith hatte nie zuvor bemerkt, wie ähnlich Rachel ihrer Mutter gewesen war. Es sah aus, als wäre Josephin einfach nur eine weitere Stufe im Älterwerden von Rachel. Und außerdem sah es aus und fühlte sich so an, als hätte sich Josephin in dem Selbstporträt verfangen, da sie nirgendwo zu finden war.

81.

Es war ein schöner Tag Ende Mai. Die Geräusche des Marktes hallten in den Straßen Birobidschans.

Direkt am Marktplatz auf der Scholem-Alejchem-Allee stand ein buntes Haus, in dem es vor langer Zeit viel Freude gegeben hatte. Ein Paar hatte darin gewohnt, Gregory und Josephin. Die verschwundene Hälfte des Paares war noch am Leben und kam manchmal, um die Stadt seiner frühen Jahre zu besuchen. Das Haus war das Einzige, was ihm geblieben war. Manchmal brachte er in der Nacht einen Eimer mit gelber Farbe mit und strich das Haus da, wo die Farbe abblätterte. In diesen Stunden der Nacht waren nur die jungen Birobidschaner unterwegs, und sie erkannten ihn nicht. Allein sein Bart machte es schwierig. Schon seit einigen Jahren kam dieser sonderbare Mann nachts in die Stadt, fast so alt wie der alte Boris, und malte das Haus gelb. Zwei Investoren hatten es neulich gekauft, die Stadt wuchs.

Der Marktlärm lockte auch jene an, die unten am See wohnten. Sulamith, ihren Sohn Alex, dessen Freundin Sarah und neuerdings auch Joel, das Baby von Hannah Greenboym, der Tochter von Mordechay. Auch Sulamith hatte schwere

Jahre gehabt. Sie aber konnte anders als ihre Freundin Josephin nicht einfach verschwinden, da sie keine Malerin war. Wie sollte sie sich in einem Bild verfangen? Sie war hier, in diesem echten Haus, in diesen echten Straßen, zwischen Seen, Flüssen, unter diesen echten Menschen, gefangen. Manchmal kümmerte sie sich um den kleinen Joel, den Hannah nach ihrem so früh verstorbenen Nachbarn benannt hatte.

Auch die Polizisten waren schon auf dem Weg zum Frühlingsmarkt. Sie waren immer mit die Ersten, die dort eintrafen, bevor alle über den Platz bummelten. Sie schauten nach links und rechts, als würden sie noch auf Solomon warten. Der aber war entlassen worden, nachdem der Verdächtige Dmitri aus seinem Haus entflohen war, und zwar samt dem konfiszierten Gewehr. Er arbeitete mittlerweile im Polizeibüro von Chabarowsk.

Der Marmeladenstand war in allen Regenbogenfarben aufgebaut. Naomi und Aharon Cohen saßen dahinter, angestrengt lächelnd. Damals waren sie so lustig gewesen, erinnerte sich Alex und flüsterte es Sarah zu. Die Lehrer und Lehrerinnen der Schule waren ebenfalls auf dem Markt. Außerdem der Rabbiner, der Mitarbeiter der Bahn, die Beamten des Bürgeramts, die Mitarbeiterinnen des kleinen High-Tech-Geschäfts, das alle scherzhaft »Silikon-Tol« nannten, die Kinder, die Kassenwarte, die Arbeiter der Fabrik und der Schriftsteller. Mordechay Greenboym hockte stolz am ersten Fischstand. Nach Boris' Tod war er der älteste Fischer.

Die Mitglieder der Tsukunft gingen später am Tag vom Markt direkt zum Jugendzentrum und bereiteten sich auf die

Nacht vor, in der die älteren Jugendlichen die Kinder zum Zelten auf dem Hügel mitnehmen würden. Dort erzählten sie ihnen dann von den besonderen Pflanzen Sibiriens, von der Tierwelt dieser Umgebung und von der Idee der Jüdischen Autonomen Oblast. Sobald es Nacht wurde, versammelten sich alle ums Lagerfeuer und erzählten einander Gruselgeschichten. Besonders beliebt war die Geschichte vom Mann, der beim Stromfeld in der Hütte lebte. Sein Gehirn wurde von dem ganzen Strom total elektrisiert, und er wurde verrückt. Manchmal saß er auf seiner Veranda und heulte wie ein Wolf. Als dieser Teil der Geschichte kam, heulte plötzlich einer der Jungen aus einem Busch heraus, und die Kinder sprangen erschrocken von ihren Plätzen auf.

Der Markt war lange vorbei, die Nacht war still. Nur Julia wanderte mal wieder ziellos zwischen den Häusern und am Fluss entlang. Plötzlich sah sie zwei kleine Augen in der Ferne. Es war ein Mädchen, und das Mädchen lächelte ihr schüchtern zu. Die Alte lächelte zurück. Das schweigende Mädchen, dachte sie, ich erinnere mich an dich. Julia wusste, dass es nur in ihrer Imagination war, trotzdem freute sie sich über die Kleine.

Ø gesamt 3¾ Seiten pro Kapitel

Epilog

Die Zeit bewegt sich wie Rauch. Manchmal wie ein Ring, manchmal wie eine Linie, manchmal schnell, manchmal langsam, mal kürzer, mal länger. Zwei Sachen aber sind sicher: Rauch steigt immer nach oben, und wo Rauch ist, ist auch Feuer. Und wenn dieses ausbrennt, dann verfliegt auch der Rauch.

Die Zigarette im Aschenbecher auf dem Balkon habe ich nicht ausgedrückt, sie wird von selbst ausgehen. Ich ließ ihren Rauch allein, um wieder reinzukommen und mich an den Computer zu setzen.

Wer bin ich?

Im allerletzten Moment, in der Sekunde vor dem Autounfall, bin ich ausgestiegen aus der Geschichte. Dieses Experiment ist zu weit gegangen, und nun sind Menschen ums Leben gekommen. Das war nicht meine Absicht.

Was ist innen, was außen? Bin ich in der Erzählung oder ist die Erzählung in mir? Was bedeutet es, wenn ich, so wie ich es gemacht habe, aus ihr »aussteigen« kann, sobald es gefährlich oder unangenehm wird?

Biro sollte bleiben, ist aber letztlich in Rauch aufgegangen.

Kunst ist vor allem ein Widerstand gegen die Zeit. Schon die ersten Höhlenmaler wollten etwas Vergängliches verewigen.

Ich aber verlasse meine Höhle und schnipse den brennenden Zigarettenstummel hinter mich. Die Höhle soll brennen und mit ihr auch die Kunst darin. Warum? Weil sie außer Kontrolle geraten ist, sie gehorcht nicht mehr meinem Willen. Sie war mein Labor, wurde zu einem Dorf, einem Kaff, einem Schtetl und ist nun eine Höhle.

Ich aber bin müde. Ich werde schlafen gehen. Ja, schlafen, und morgen wird es Birobidschan nicht mehr geben.

Ich zünde mir eine weitere Zigarette an. Irgendwann sollte ich wirklich aufhören zu rauchen, ich weiß, ich weiß, es ist schrecklich für die Lunge, teuer und das ganze Zeug. Diese hier will ich aber gar nicht rauchen.

Ich halte Birobidschan vor mich: ein Stapel Papier, ein Haufen Din-A4-Blätter. Und mit der Zigarette in meiner Hand brenne ich Löcher in den Text, mache ihn unkenntlich.

Und die Zeit? Die fließt durch die Löcher und verdampft.

Dank

Mehr als bloß ein Dankeschön geht an Aviva Ronnefeld, die diesen Text ursprünglich sorgfältig korrigiert und lesbar gemacht hat. Danke für mehrere Stunden Arbeit, Gespräche und Wein.

Danke an die Berliner Senatsverwaltung für Kultur und Europa, die mir das Arbeitsstipendium für deutschsprachige Autorinnen und Autoren für das Jahr 2020 verliehen und dadurch das Schreiben an »Birobidschan« ermöglicht hat.

Danke an die Copywrite Agentur und an Caterina Schäfer für die professionelle Begleitung.